「スキーズブラズニルにしようと
思っているんですが」
「流石、お目が高い！
SDMS-020は当社の
キャリアシップの
定番ロングセラー機です。
基本設計ができたのは
およそ八十年前ですが、
フィードバックを受けて
改良を重ねてきた名機ですよ。
機体のコンセプト通り、
高い信頼性と拡張性が売りですね。
それに、購入するなら丁度良い
タイミングです。
先日、最新ロットの機体が
仕上がったばかりなんですよ」
メイ
mei
エルマ
elma
ミミ
mimi
ヒロ
hiro
母船の購入の相談に
ドワーフのメーカーにやってきた
ヒロたちだったが……
目覚めたら最強装備と宇宙船持ちだったので、
一戸建て目指して傭兵として自由に生きたい

試作機用ドックを訪れると――
「兄さん！　待ってたで！」
「こんにちは、お兄さん」
「ああ、うん」
ティーナとウィスカが兄さん、お兄さんと俺に親しげに声をかけてきたことに対する嫉妬の感情のようなものがドワーフの技術者連中から押し寄せてくる。
ティーナ
tina
ウィスカ
wiska

目覚めたら最強装備と宇宙船持ちだったので、一戸建て目指して傭兵として自由に生きたい

5

リュート

ill. 鍋島テツヒロ

口絵・本文イラスト
鍋島 テツヒロ

装丁
coil

CONTENTS

プロローグ

誰かの気配で目が覚めた。

温かく、心地よい微睡《まどろ》みの向こうで衣擦《きぬず》れの音が聞こえる。離れたがらない瞼《まぶた》をなんとかこじ開け、音がする方向に視線を向ける。すると、そこには既にクラシカルなメイド服に身を包み、こちらに背を向けて艶《つや》やかな長髪をポニーテールにまとめている女性の姿があった。

俺の僅《わず》かな身じろぎの音を拾ったのか背を向けていた女性が振り返る。

「おはようございます、ご主人様」

メイド服の女性が注意して見なければわからないほどの本当に微《かす》かな笑みを浮かべる。

「おはよう、メイ」

まだ夢現《ゆめうつつ》のまま、俺は彼女に朝の挨拶《あいさつ》を返した。

☆★☆

「おはようございます、ヒロ様、メイさん」

「おはよ」

「ああ、おはよう」

「おはようございます」

メイと一緒に自室から出てひとっ風呂《ぷろ》浴びてから食堂に行くと、そこでは既にミミとエルマが寛《くつろ》いでいた。とは言っても二人ともどこか元気がないというか、怠《だる》そうである。

「二人とも今日は休んでて良いからな。ゆっくりしててくれ」

「はい、ありがとうございます」

「悪いわね」

そう言って微笑《ほほえ》む二人は若干体調を崩していた。別に病気とかそういうのではなく、女性特有のものである。お薬を服用したとしても人体の生理現象が消滅するわけではないのだ。まぁ深くは語るまい。

「俺はコックピットに詰める。メイはコックピットに俺の朝飯を運んだら二人についていてやってくれ」

「承知致しました」

「あー、別に大丈夫よ？　ちょっと怠いけどそれだけだから。症状は軽いしね」

そう言ってエルマが苦笑いを浮かべる。同じく少し怠そうにしているミミも同意の声を上げた。

「はい。メイさんはヒロ様についていてください」

「そうか？　じゃあ朝飯を運んだら通常タスクを終わらせてから俺についていてくれるか？」

「承知致しました」

メイがコクリと頷《うなず》いたのを確認し、俺はコックピットへと向かう。

「うーん、相変わらずド派手というかサイケデリックというか……」

コックピットに入るなり目に飛び込んでくるのは極彩色の光の奔流であった。今、俺の乗るこの船――クリシュナはブラド星系へと向かうハイパーレーン内を航行中である。メインスクリーンの片隅にはハイパーレーン脱出までの推定時間が表示されており、それによるとブラド星系への到着は凡《およ》そ七時間後である。

ハイパーレーンを利用した恒星間移動――ハイパードライブ中は基本的に自動航行となるので、本来はコックピットに座ってサイケデリックなハイパーレーンの様子を監視している必要など一切ないのだが、一応不測の事態が起こる可能性もゼロではない。なので、誰か一人はコックピットで監視を行うのが星の海を往《ゆ》く船乗りの常識であった。

「さぁて、あと七時間……ブラド星系ではゆっくりと過ごしたいもんだが」

そう言いつつメインパイロットシートに座って俺はコンソールを操作し、銀河地図《ギャラクシーマップ》を開く。そしてメインスクリーンに投影された銀河地図を操作し、俺達が今向かっているブラド星系の情報を表示した。

ブラド星系は俺が最初にこの世界を訪れた時に滞在したターメーン星系と似通った様相の恒星系である。G型恒星であるブラドを中心として四つの惑星と小惑星帯から構成されており、小惑星帯と四つの惑星のうち二つから豊富な鉱物資源が採掘されている。ガス型惑星のブラドⅢからも有用な資源となるガスが採取されており、グラッカン帝国内でも有数の資源が豊富な星系だ。

これだけ有用な資源が産出される星系であれば宙賊も多く跋扈《ばっこ》していそうなものであるが、この星系で活動する宙賊はほぼいない。絶無と言っても良い。何故《なぜ》かと言うと、この星系には今回俺達がここを訪れた目的であるシップメーカー、スペース・ドウェルグ社のシップヤード——つまり造船所があるからである。

何故造船所があると宙賊がいないのか？　それは宙賊の存在が確認されたらシップヤードから出撃した試作船が大挙して押し寄せ、宙賊どもを駆逐するからである。

何故シップメーカーのスペース・ドウェルグ社が宙賊退治などに精を出すのか？　その疑問は尤《もっと》もなものだ。その質問をぶつけたとあるジャーナリストに対するスペース・ドウェルグ社の回答は以下の通りである。

『我が社では優秀なエンジニア達が日夜挑戦的、かつ先進的な船や装備を開発している。その船や装備の性能を試すことができる機会があったら利用するに決まっている。無料で提供されるテストターゲットを放っておく道理がない』

つまり、イカれた技術者達にとっては宙賊など無料で提供される実験台にすぎないのである。シップメーカーの試作機を撃破して鹵獲《ろかく》できれば見返りはそれなりにあるのかもしれないが、試作機だけに何が飛び出してくるのかわからない上に、奴《やつ》らは嬉々《きき》として向かってくるのだ。宙賊にしてみればたまったものではない。それはどのシップメーカーの造船所でも同じことなので、基本的に宙賊連中はシップメーカーの造船所近辺には近寄らない。

ハイパーレーンの二つや三つ先の星系くらいまでなら、奴らは『長距離航行実験』と称して遠征までしてくるのである。その際に撃破した宙賊艦のパーツはマッドなエンジニアどもにとっては貴重な資材になるので当然残らず略奪するし、かかっていた賞金は研究資金として活用できる。

試作機のテストができる上に資材と資金が手に入るのだ。狩らない理由がない。

「見事に周辺三星系まで宙域危険度が『クリーン』になってやがるんだよなぁ……」

今回は宙賊関連のトラブルに巻き込まれることはなさそうである。少し退屈な上に金が稼げないのは残念だが、結局骨休めをするために訪れたシエラ星系でもまともに休むことができなかったので、良い機会かもしれない。新車ならぬ新造船を発注するとなれば建造が終わるまでに時間もかかるだろうし、クリシュナのオーバーホールもしたい。ミミとエルマも調子があまり良くないし、丁度良いだろう。

#1：ブラド星系のドワーフ達

あれからおよそ七時間。クリシュナは極彩色のハイパースペースから脱出し、俺達は無事にブラド星系へと到着した。

光量調整されたＨＵＤ越しに黄色矮星《わいせい》とも呼ばれるＧ型主系列星のブラドがコックピットに着いた俺達を明るく照らした。Ｇ型主系列星と言われてもピンとこないだろう。俺もピンとこない。簡単に言えば太陽と同じような恒星ということである。

「確かメインシップヤードがあるのはブラドプライムコロニーだったよな」

「はい。セカンダスコロニーとテルティウスコロニーは採掘基地としての役割が強いみたいですね。私達が向かうのはプライムコロニーで良いと思います」

「じゃあブラドプライムコロニーに進路を向け――」

向けるか、と言おうとしたところでアラート音が鳴った。攻撃されているとか、ロックオンされているとかそういう物騒なアラート音ではなく、スキャンを受けているというアラート音だ。手元のコンソールを操作してレーダーを表示してみると、一隻の船が少し離れたところからクリシュナに艦首を向けているのがわかった。恐らくレーダーに映っているこの船がこちらをスキャンしてきているのだろう。

「スキャンされてるわね」

「まぁ、別に良いけどな。痛くもない腹を探られるのはなんとなく気分が悪いけど、目くじらを立てるようなことでもない。ミミ、ブラドプライムコロニーに進路を向け――」

再びアラート音が鳴った。別にロックオンされたわけでも、火砲を発射されたわけでもない。スキャンされたのである。スキャンする船が増えたのである。いつの間にかその数は三隻になっていた。

「……」

「ええっと……ナビ設定しました」

「総員対ショック姿勢。一気に加速して振り切るぞ」

そう言って俺はクリシュナを急加速させた。アフターバーナーも使い、スキャンを試みる不審船を一気に引き離す。レーダーを見る限り慌ててこちらを追おうとしているようだが、知ったことではない。

「エルマ、超光速ドライブチャージ開始」

「はいはい、開始するわ。カウント、5、4、3、2、1……超光速ドライブ起動」

ズドォン、と炸裂《さくれつ》音じみた轟音《ごうおん》を立ててクリシュナの航行速度が一気に光速の壁を飛び越える。

「なんだかわからんが気味が悪い――」

再三のアラート音。

亜空間センサーを起動すると、超光速航行するクリシュナを追いながら黙々とスキャンを行う船、船、船……その数、七隻。いや、八隻に増えた。更に増えそうだ。多数の船を引き連れたまま超光速ドライブの航跡を残す俺と追随する不審船はさながら流星群の如《ごと》き様相である。

「いやいやいやいや。おかしいだろ！」

逃がすな！　追え！　と言わんばかりに俺の船を追跡する船がどんどん増えている。一体全体何事だよ。理解の範囲を超えすぎてて怖いわ。

「恐らくはこの船が全く見たことがないものだからではないかと」

そう言ってメイが追跡してきている多数の船の所属を俺の正面にあるメインスクリーンに表示する。どれもスペース・ドウェルグ社所属の試作機や哨戒《しょうかい》機であるらしい。兵器開発課とか船体設計課とか推進機構開発課とか細かく所属は分かれているようだが、全《すべ》てスペース・ドウェルグ社の機体であることには違いない。

「なんか急にコロニーに向かうのが嫌になってきたな」

厄介事の匂《にお》いしかしない。いや、クリシュナのようなユニーク船に乗っている時点でこれはいつか訪れる未来だったのだろう。どこかで決着——とは違うが、こういう事態は必ず起こるのだろうから、今やるのも逃げてまたいつかやるのも同じことだろう。

そうこうしているうちにブラドプライムコロニーに着いたので、超光速ドライブ状態を解除する。ドォン、というクリシュナが超光速ドライブを解除した轟音に続いてドドドドドォン、と続々とクリシュナを追っていた船達もワープアウトしてくる。その数……数えるのも馬鹿らしくなってくるな。

「ミミ、ドッキングリクエストだ」

「はい」

鳴り響くアラート音が煩《うるさ》い。威嚇射撃でもして追い散らしたい気持ちがフツフツと沸き上がってくるが、ここで短気を起こしても何一つ良いことがないので放っておくことにする。

「チャフでも撒《ま》く？」

エルマも俺と同様にかなりイライラした様子である。そりゃそうだろう。星系軍などの公的な法執行機関所属の船にスキャンされるならまだしも、民間船にこんなに執拗《しつよう》にスキャンをかけられたら不快に思うのも当然だ。

勝手にスキャンしたからといって特段法に触れるわけではないが、基本的にスキャンをかけるというのは『違法な物資を積んでいないか』『賞金がかかっていないか』ということを調べる行為である。言い換えれば、何か悪いことしてるんじゃないか？　俺はお前を疑っているぞ、という態度を示す行為だ。例えるなら全身をボディチェックされた上にバッグの中身も探られるようなものだ。

「不愉快だけど放っておけ。後で正式にクレームを入れれば良いだけだ。メイ、こちらをスキャンしている船のＩＤと所属を記録しておいてくれ」

「はい、ご安心ください。既に全て記録しております」

「よし」

別に不法行為ではない。だが不法行為ではないだけでマナーを大きく逸脱する行為ではある。こんなに多数の船が一斉に客に対してマナー違反を犯すというのは企業としてはよろしくない事態だろう。

「承認が下りました」

「よし、ドッキングするぞ。オートドッキングコンピューター起動」

「はい、起動します」

ミミの声と同時に船の操作が俺の手から離れ、クリシュナが自動制御でコロニーのハンガーへと向かい始める。ブラドプライムコロニーはスタンダードなトーラス型——所謂《いわゆる》ドーナツ型の居住スペースを持つコロニーのようであった。ミミやエルマと出会ったターメーンプライムコロニーと同じようなタイプだな。

しかし、ブラドプライムコロニーは普通のトーラス型コロニーよりもかなり大型のようである。回転の軸となる部分が非常に長大で、その部分に艦船を建造するための造船所が併設されているようだ。脳裏に違法建築なんて言葉が過《よぎ》るが、まぁこのコロニーを管理しているのは銀河でも名の知れているシップメーカーだ。きっと問題はないのだろう。

俺の船をスキャンしていた船もドッキングリクエストを送っていたらしく、続々と入港を開始したようだ。

「やれやれ……この様子だと船まで押しかけてきそうだな」

「そうね……」

正直気が重いというか、面倒くさい。こりゃ船を空ける時はシールドを張っておいたほうが良さそうだな。好きにやらせていると船の中にまで入り込みかねない。

☆★☆

　無事ハンガーへのドッキングを終えることができた俺達は寄港手続きを済ませて早速コロニーに降りることにした。今回はフルメンバーで降りることにする。つまり俺、ミミ、エルマ、それにメイも一緒にスペース・ドウェルグ社のショールームに向かうのだ。一応機種そのものはスキーズブラズニルに決めているが、内装や装備などに関しては最新のオプションも含めて全員で相談しようと思ったのだ。

　で、準備を終えて船を降りようとしたのだが。

「どういうことなの」

　船のハッチを開けたらハンガーに十人以上ものエンジニアや研究者っぽい連中がたむろしていた。どう見ても港湾関係の職員には見えない。彼らはカメラのような機材や見慣れない機械をクリシュナに向けて何やら議論したり、興奮した様子である。おい待て、何だその脚立は。こら、勝手に船体に手を触れるんじゃねぇ。

「ええと、これは……」

「ヒロ」

「ああ」

　俺はすぐさまポケットから小型情報端末を取り出し、港湾管理局をコールした。

『はい、こちらブラドプライムコロニー港湾管理局です』

「34番ハンガーのキャプテン・ヒロだ。船から降りようとしたら不審人物が十人以上もハンガー内にたむろしていて外に出られん。勝手に何かよくわからん機器で調査らしきことをしたり、脚立を使って船体に触れているような奴《やつ》もいる。至急治安維持要員を寄越《よこ》してくれ」

『それは……わかりました、すぐに向かわせます。ご迷惑をおかけして申し訳ありません』

「ああ、まったくだ。この後2000万エネルの商談があるんだ。早急に対処してくれ」

ドデカイ金額を提示して対応してくれた港湾管理局員を脅すと、すぐに治安維持要員が乗った車両が複数駆けつけてきて文句を言う不審人物達を速やかに拘束し、連行していった。それを確認してから俺達はタラップを使って船を降り、小型情報端末を使ってシールドを起動する。

「とりあえずこれでよし……だけど先が思いやられるな、これは」

「そうですね」

「そうね」

「はい」

メイまでもが俺の言葉に同意した。だってあいつら妙に目が血走ってたりして気味が悪かったんだよ。何か開発ノルマとかそういうものがあって追い込まれているんだろうか？　実はスペース・ドウェルグ社はディストピアチックなブラック企業だったりするのか？

「最終的に俺達の目的が果たせれば良いと考えて、ある程度諦《あきら》めたほうが良いんだろうか」

ポツリと呟《つぶや》くが、誰《だれ》も俺の呟きには答えてくれなかった。

☆★☆

不審人物達が連行されるのを見送った俺達は港湾区画を後にしてエレベーターに乗り、商業区画へと移動した。そして四人で通りを連れ立って歩いているわけだが……。

「なんだか息苦しいというか、狭苦しいコロニーだな」

「天井が低いですよね」

ミミがそう言って天井を見上げる。そう言われればそうかもしれない。ターメーンプライムコロニーもシエラプライムコロニーもこういう通路部分は天井がかなり高かった覚えがある。しかしこのブラドプライムコロニーでは天井がかなり低い。それが頭の上から押さえつけられるような圧迫感を生み出しているのか。

「ドワーフは背が低いのが多いからね。これくらいの高さでも気にならないんでしょ」

「ドワーフ？」

ドワーフと言うと、あのずんぐりむっくりで小さいおっさんというイメージあるあの？　この世界にはエルフだけでなくドワーフもいるのか？

「そりゃスペース・ドウェルグ社なんだからドワーフはいるでしょ。ドウェルグってドワーフの別名じゃない」

「……おお！」

ドウェルグってどっかで聞いた単語だなぁと思ってたらそうか、ドワーフの別名か。ああ、そうだ。昔北欧神話か何かを読んだ時にドウェルグって小人が出てきたっけ。あれか。そういえばスキーズブラズニルってのもどことなく北欧っぽい雰囲気がある。北欧神話にそんな名前が出てきていた気がするな。どの神のどんな持ち物か覚えてないけど。多分名前の響きから言って神々が持つ乗り物か動物か何かだろう。

「急に腑《ふ》に落ちたって顔をしたわね」

「いや、北欧神話でそんなのを見た覚えがあるなって。スッキリしたわ」

そういえばさっき連行されていった連中の中にもやたらとガタイの良い小さいおっさんが何人か居た気がするな。なるほど、彼らを基準に作られたコロニーなら天井が低めになるのも頷《うなず》ける話だな。彼らを基準にしつつ、俺みたいな普通の人間でも過ごせるようにある程度高さを確保した結果がこの中途半端に圧迫感があるコロニーなのだろう。

「北欧神話、ね……そういえばあんた、エルフについても最初から知ってたわよね」

「ん？　ああ。そうだな」

ゲームとかだとエルフはドワーフと並んでメジャーな存在だからな。勿論《もちろん》知ってる。

「それって不思議ですよね。ヒロ様はここじゃないどこかから来たはずなのに、エルフやドワーフを当然のように知っていて、しかもエルフやドワーフが出てくる神話も知っている。確かエルフとかドワーフって人間が宇宙進出して暫《しばら》くしてから交流が始まった筈《はず》ですよね？」

「そうね、その筈ね。ヒロの居たところではまだ恒星間航行技術は確立されていなかったんでしょう？　それなのになんでエルフやドワーフの存在を知っているのかしら」

「それを言ったら俺がゲームとしてこの世界のことを知っていたことのほうが謎じゃないか？」

「ん……確かにそれはそうよね。そう聞くとやっぱりヒロは元々この世界の住人で、何らかの事故で記憶が混乱していると考えたほうが自然な気がするわね」

「自分が異世界から来たと思い込んでるってことか？　それはイタいな……いやでも、それだと俺の頭の中にアレが入ってないのはおかしいんじゃないか？　それに、俺の遺伝子情報の件もあるだろ」

　俺がそう言って自分の頭を指先でトントンとつつくと、エルマが眉間《みけん》に皺《しわ》を寄せた。

「それはそうよね……うーん、不思議だわ」

「ミステリーですね」

　俺の頭の中にはこの世界で一般的に普及しているという多言語翻訳インプラントというものが入っていない。これはどんなに経済的に困窮している人でもインプラント手術を受けて脳に移植できるという代物らしく、およそ入れていない人は居ないだろうと思われるレベルで普及しているものであるらしい。

　ちなみに、俺は多言語翻訳インプラントが入っていないにも拘《かかわ》らず、多数の言語を理解することができている。診察した先生の首を大いに傾《かし》げさせてしまう不思議人間なのだ。ついでに言えば俺の遺伝子情報はこの世界では確認されていない未知のものが多いらしく、非常に価値のあるものであるということだった。

そっち関係は俺もミミもエルマもさっぱりわからない門外漢なので、何がどう珍しくて価値があるのかは5％も理解できていない。そういえば解析は進んでるのかな？　今度機会があったらショーコ先生のいるアレイン星系を再訪するのも良いかもしれない。

「到着しました」

ドワーフの話題から俺の存在そのものに対するミステリーな話題に移ったところで俺達は目的地に到着した。レトロフューチャー感あふれるロケット型宇宙船に宇宙服を着た髭面《ひげづら》のおっさんが跨《また が》っている巨大な看板が印象的な巨大ショールームである。肩に担いでいる妙にSFチックな見た目のハンマーが絶妙にダサい。

「看板で損してないか？」

「伝統の看板だからね。確か数百年前からずっと同じ看板だとか聞いてるわよ」

「うーん、私のセンスには合いませんね」

エルマが肩を竦《すく》め、ミミは難しい顔で看板を見上げて辛口コメントをしている。ミミのセンスには合わないだろうなぁ。ミミは大人しそうな顔をしているけど割とパンキッシュなファッションセンスだし。

でもまぁ、人はそれなりに入っているようだ。そりゃこのコロニー自体が実質的にスペース・ドウェルグ社のものであるわけだし、このコロニーに来る人々は基本的にスペース・ドウェルグ社に用がある人々であるはずなので、当たり前といえば当たり前か。

看板を見上げていても何も始まらないので、全員で中に入る。中に入ると正面に大きなカウンタ

SPACE
DWERGR

ーがあり、そこでは多数の受付嬢が来客に対応していた。全員両耳の辺りに機械パーツがあるので、恐らく受付嬢は人間ではなくメイと同じようなアンドロイドなのだろう。

「結構人が多いですね」

ミミの言う通り、それなりの広さがあるロビーには結構な数の客らしき人々がいた。俺達と同じ傭兵《ようへい》と思われるちょっと厳《いか》つい人々や、もう少しマイルドな感じの商人っぽい人々。下請け業者なのか、ドワーフらしき頑健そうな身体《からだ》つきの背の低い男性達の姿も多い。

「スペース・ドウェルグ社の製品はデザイン性はともかくとして頑丈で信頼性が高いものが多いからね。堅実派の商人や傭兵に人気なのよ」

「なるほどー」

空いているカウンターを見つけて四人で連れ立って歩いていく。

「いらっしゃいませ。スペース・ドウェルグ社にようこそ」

そう言って頭を下げ、営業スマイルを浮かべる受付嬢アンドロイド。ふむ、前髪ぱっつんボブカットの青みがかった黒髪か。誰がデザインしたのかは知らないが、良いセンスだな。

「本日はどのようなご用件でしょうか？」

「母艦の購入を検討していてな。その相談に来たんだ。とりあえず今検討している艦はスキーズブラズニルだが、オプションその他諸々《もろもろ》について総合的にな」

そう言って俺は小型情報端末を取り出した。すると彼女は頷き、自分の手の甲を小型情報端末に翳《かざ》す。どうやら彼女の手の甲には情報の読み取り機能があるらしい。

「ゴールドランク傭兵のキャプテン・ヒロ様ですね。承りました。ガイドボットの道案内に従ってお進みください」

「わかった」

カウンターの下部に穴が開き、ボウリングの球くらいの大きさの球体がごろりと転がり出てくる。イナガワテクノロジーでも同じようなのがいたな。見るからに重くて頑丈そうなのは蹴《け》っ飛《と》ばされて壊れないようにという対策なのだろうか？　他に改善する方法があるのでは……？

「コチラヘドウゾ」

「お、おう」

ピカピカと光りながら転がり始めるガイドボットの道案内で俺達は商談ブースへと向かう。ガイドボットは人々に接触しないように器用にロビーを横切り、俺達を目的地へと導いてくれた。

「なんであんたはガイドボットに目が釘付《くぎづ》けになってんのよ……」

「なんか不安になって……」

「わかる気がします」

エルマは呆《あき》れていたが、ミミは俺と同じ気持ちだったようだ。エルマはちょっとおおらかすぎるというか、気にしなさすぎだと思うよ。うん。

案内されたブースというか個室の扉を開くと、そこにはビシッとビジネススーツを着込んだ小学生くらいの少女がいた。

「……？」

部屋を間違えたかと思って扉を閉めてガイドボットを確かめる。確かにガイドボットはこの扉に案内してくれたようだ。

「どうしたの？」

「いや、中になんかビジネススーツを着込んだ女の子が」

「それはドワーフの女性では？」

「えっ」

この世界のドワーフの女性は合法ロリなのか？　団子鼻に樽《たる》体型のかっちゃま的なやつじゃないのか？　いや、確かに近年の女性ドワーフは合法ロリ率が高くなってはいたと思うが、それにしてもあんまりなのでは？

閉めていた扉が向こう側から割と力ずくで開かれる。力強いね？

「お客様。どうぞこちらへ」

俺の発言が聞こえていたのか、満面の笑みを浮かべたスーツ姿の少女——ではなくドワーフの女性社員が俺達を個室の中へと招き入れた。そして俺達に席を勧め、俺達が席に着いた後に「失礼します」と一言断ってから自分も俺達の対面に座った。

「本日はスペース・ドウェルグ社ブラドプライム支店にご来店いただきありがとうございます。私は本日お客様の接客を担当させていただくサラ、と申します。よろしくお願い致します」

そう言って彼女は完璧《かんぺき》な営業スマイルを浮かべてみせた。

#2：スペース・ドウェルグ社

「本日はキャリアシップ――所謂《いわゆる》母船の購入のご相談ということでしたが」

営業スマイルを浮かべたまま、彼女は単刀直入に商談を切り出してきた。思った以上に率直でちょっとビックリである。だが率直で話が早いのは歓迎だ。

「ええ、スペース・ドウェルグ社のスキーズブラズニルにしようと思っているんですが」

俺がそう言うと、彼女――サラさんは目を輝かせながらずいっと身を乗り出してきた。乗り出してきたけど彼女が小さいので全然遠いわけだが。

「SDMS－020ですね！　流石《さすが》、お目が高い！　SDMS－020は当社のキャリアシップの定番ロングセラー機です。基本設計ができたのはおよそ八十年前ですが、フィードバックを受けて改良を重ねてきた名機ですよ。機体のコンセプト通り、高い信頼性と拡張性が売りですね。それに、購入するなら丁度良いタイミングです。先日、最新ロットの機体が仕上がったばかりなんですよ」

サラさんが揉《も》み手《で》を作ってにっこりと微笑《ほほえ》む。

「でも……お高いんでしょう？」

最新ロットは、という意味を込めて人差し指と親指で輪っかを作ってみせる。

「勿論。最新ロットは幅広いオプションパーツに対応している最新型ですから。ですがご心配なく。

ヒロ様にだけ提案させていただく、とってもお得でオンリーワンなご案内がございます」

そう言ってニッコリと笑うスーツを着た少女。否応《いやおう》なしに俺の中で警戒度が上がる。

「ヒロ様は極短期間でブロンズランクからゴールドランクへと駆け上がった新進気鋭の凄腕《すごうで》傭兵。そうですね？」

「……自分で自分のことを凄腕傭兵ですって自称するのってイタくないか？」

「そんなことありません！　かっこいいと思います！」

ミミは俺の言葉を否定して目をキラキラさせた。

「私はちょっとイタいと思うけど……でも事実ではあるわね」

エルマは俺の意見に同意しつつも俺が凄腕であること自体は肯定してくれるようだ。メイはソファに座らずに俺達の後ろに立って控えているので表情はちょっとわからない。口を出してこないところを考えると、特にこれといった意見はないようである。

「事実か……？　いや、まぁそこは良いか。サラさんというか、スペース・ドウェルグ社がそう見てくれているということはわかったよ。それで？」

俺が凄腕傭兵かどうかという議論は今は関係ないので横においておいて話の先を促すことにした。結局のところ俺がどう思うかではなく他人がどう思うかって話だからな。彼女とスペース・ドウェルグ社が俺のことをそう認識しているのであればそれで良いのだろう。俺がウダウダ言うことでもない。

「はい。当社と専属契約を結んでいただけるのであれば、大幅に値引きをさせていただきますという話です」

彼女はニコニコ笑顔を崩さずにそう切り出してきた。俺はその話に首を傾げる。

「専属契約とやらの内容を聞かせてもらわないと判断ができないよな」

「そうですね」

「そうよね」

「はい。簡単に言えば、可能な限り母船として当社の製品を使い続けていただくこと、整備などに関しても可能な限り当社を使っていただくこと、運用データを定期的に吸い上げさせていただくこと、ヒロ様達の活躍を当社の宣伝に使わせていただくこと、以上の四点ですね」

提示された条件を頭の中で反芻《はんすう》する。

条件その一に関しては問題ないだろう。母船なんてそうそう買い替えるものじゃない。

条件その二の整備を製造元で行ってもらうというのもまぁ、良いだろう。可能な限りという注釈がついているわけだし、スペース・ドウェルグ社の整備員が居ないところでも整備を受けても良いってことなら問題ない。

条件その三の運用データ云々《うんぬん》に関しては俺は問題ないと思うが、これは一応皆に相談しておくべきか。条件その四に関しても同様だな。ただ、条件その四には少しこちらから聞くべきことがあるように思える。

「一つ目と二つ目の条件に関しては問題ないと思うが、三つ目と四つ目の条件についてはどう思う？　俺的には運用データを渡しても構わないと思う。あと、四つ目の条件に関しては正直まだ内容が漠然としていて判断ができないと思うんだが」

「プライバシーに関わる生活系のデータを除くなら良いんじゃない？　宣伝に関しても収集したデータを使う分には問題ないと思うけど、私達にスペース・ドウェルグ社の看板を背負えってのはナシよ。いちいちスペース・ドウェルグ社に配慮して発言したり振る舞ったりするのは面倒だもの」

「私もエルマ様と同意見です。どちらにせよ、条件を呑《の》むことによってどれだけのディスカウントが行われるのか提示されなければ検討することもできないかと」

「ふむ……ミミは？」

「宣伝に使うというのがよくわからないですね。私達の傭兵活動をどう宣伝に使うんでしょうか？基本的に宙賊を倒して賞金を稼ぐだけですよね。その活動をどう利用すればスペース・ドウェルグ社の利益になるのかがよくわからなくて、モヤモヤします」

　俺達の意見を聞いたサラさんは頷《うなず》き、口を開いた。

「運用データに関しては仰《おつしや》られたようにプライバシーに関わる部分を除いた機体の実働面についてのデータ収集になりますので、まずはご安心を。そして宣伝に利用させていただくという内容ですが、こちらは提供されたデータを実戦データの一つとして表記させてもらったりするのと、後は優先取材権の獲得が目的ですね」

「優先取材権？」

　またよくわからない言葉が出てきた。

「はい。スペース・ドウェルグ社は造船業だけでなく、数多くの事業を経営しています。例えば工業部門だけでも造船部門、携行武器製造部門、酒造部門など多岐にわたりますし、工業部門の他にも娯楽メディア部門などもあるのです」

「娯楽メディア」

オラなんだか嫌な予感がしてきたぞ。

「はい。コロニーに定住する人々にとって、コロニーに定住せず、宇宙を股《また》にかけて旅をする放浪者《ドリフター》の生活というものは非常に刺激的なものに見えるのですよ。特に悪い宙賊を倒して回る傭兵《ようへい》のドキュメンタリーは人気が高いんです」

「……ミミ？」

元コロニー入植者《コロニスト》であったミミに意見を聞こうと視線を向けると、彼女は頬《ほお》を紅潮させてそれはもうキラキラと目を輝かせていた。

「確かに私もコロニーに住んでいた頃《ころ》は行商人や怪物狩人《ハンター》や傭兵のドキュメンタリーを見たりしてました！　私達の活動がドキュメンタリー番組になるんですか⁉　うわぁぁぁぁ……！」

ミミさん大興奮。尻尾《しっぽ》があったらブンブン振ってそうなくらい大興奮。なるほど、この反応を見る限り、コロニーの入植者にとって傭兵のドキュメンタリー番組が良い娯楽なのだということはよくわかった。

「どう思う？」

「うーん……」

大興奮のミミに対してエルマはとても渋い顔をしている。

「やめといたほうが良いと思うけど……」

「どうしてですか⁉」

「いや、クルーの構成を見ればヒロと私達の関係が丸わかりじゃない。全銀河に拡散されることになるのよ？　その意味わかる？」

男と女が一つの船に乗っているってことはつまり『そういう関係』であるという常識のアレだ。俺達の顔出しドキュメンタリー番組が公開されたらそういった事情がフルオープンになるというわけである。

「？　何か困るんですか？　私達とヒロ様がそういう関係であることが知れ渡っても何も問題ないと思いますけど」

ミミはわかった上で全く気にしていなかったようである。あっけらかんとしたミミの反応にエルマが仰《の》け反《ぞ》った。

「今更ですよね。今まで立ち寄ったコロニーでも港湾管理局の人とか傭兵ギルドの人にはバレバレだったわけですし、これから先も宇宙を旅していけば結局全銀河に広がることになるじゃないですか」

「そ、それは……そうだけど」

平然とした様子のミミに対してエルマは押され気味のようである。というかミミ強いな。

「ヒロ様とお二人の関係については個人的にとても興味がありますが、つまりそういうことです。スペース・ドウェルグ社の娯楽メディア部門からのオファーがあったら受けて欲しいということですね。ああ！　勿論《もちろん》取材の際は別途ギャラが出ますよ！」

そう言って彼女は先程俺がやったのと同じように小さな人差し指と親指を使って輪っかを作ってみせる。ああ、そう。

まぁミミのエピソードとかはシンデレラストーリーとして人気が出るんじゃないかな？　とは思う。見方によってはどん底からの大逆転だものな。

「……優先権ってことは他社のオファーは受けないようにってことでいいんだよな？」

「ええ、そういうことです」

「取材を強制されるということではないな？　条件面で折り合わなかったら拒否しても良いんだよな？」

「……ええ、そうです」

舌打ちでもしそうな雰囲気を醸し出しながらそれでも笑顔でサラさんが答える。

「ヒロ様！　取材受けましょう！　受けましょう！」

ミミが大興奮して俺を揺さぶってくる。ああ〜、揺れる揺れる。ガクガクしてる。

「はいはい条件に折り合いがついたらね……で、船につけるオプションとお金の話をしようか」

「はい、そうしましょう」

そう言ってサラさんが手元のタブレット型端末を操作し、大型のホロディスプレイを起動した。

当然、そこに映っているのは俺達が購入しようとしている母船、スキーズブラズニルだ。

「まずはスキーズブラズニルのお話をさせていただきます。お話の内容によってはより良い提案もできるかもしれません」

営業スマイルを浮かべていたサラさんの視線が一瞬だけ猛禽《もうきん》のような鋭い光を帯びたように見えた。これは心してかからないと相当毟《むし》られそうな気がするな。気を引き締めていこう。

☆★☆

「こちらが最新ロットのスキーズブラズニルです。艦内のハンガーには小型艦を二隻収容できるようになっており、装甲の補修や破損パーツの交換、弾薬の補充などが行えます。これらの作業はオートメーション化されており、少数のクルーでも運用できるようになっているのがスキーズブラズニルの特徴ですね」

そう言ってサラさんがどこからか取り出した指示棒のようなものでスキーズブラズニル下部後方にあるハンガースペースを指す。

「こちらのオートメーションハンガー二つは初期装備なので、二つもいらないということであれば一つだけにしてその空いたスペースに他の設備を搭載することも可能です。地表探査用ビークルのハンガーにするというのも一つの選択肢だと思います」

「地表探査用ビークルかぁ……」

傭兵稼業には不必要そうに思えるかもしれないが、実はそうでもない。どちらかというと傭兵というよりも探索者の領分だが、仕事で使うことがないとも言えないんだよな。商人ではなく学者の護衛依頼とかを受けると、辺境まで引っ張り出されて太古の遺跡がある惑星の探査に駆り出されることもあるんだこれが。面倒だからSOL《ステラオンライン》では殆《ほとん》ど受けた覚えがないけど、こっちでも無縁のままで居られるかはちょっとわからないな。

「とりあえず後で考えよう。説明を続けてくれ」

小型艦を二隻収容できるようになれば、将来的にエルマが自分の船を得た時にバディを組むって選択肢も取れるだろうし、俺がクリシュナを得た時のように何かの拍子で小型艦がポンと手に入ることもあるかもしれない。そういう時のことを考えれば小型艦ハンガーが二つあるというのもそれはそれで良さそうだ。

「はい。自由に設備を配置できるユーティリティ区画は他社の同クラスキャリアシップに比べてかなり大きめです。全《すべ》てをカーゴとして使えば中型輸送船並みの積載力を発揮しますし、カーゴではなく別のより有意義な施設を搭載することも可能です。例えば採掘した鉱石を精錬加工する自動精錬機《オートリファイナリー》や、精錬した金属を加工して弾薬や修理用の装甲材、スペアパーツなどを作り出すことができる自動製造機《オートファブリケーター》なども お勧めですね」

「あー、まぁそういうのは無補給で新宇宙探査に行く探索者向けじゃないかな」

基本的にコロニーの近くで活動する傭兵にはあまり用がない設備である。採掘で稼ぐなら自動精錬機はあっても良いかもしれないけど。単価の高い鉱石をガンガン掘ればアレはアレでかなり稼げるんだよなぁ。

「まぁ考えようによっては自動精錬機はアリか？」

「アリなんですか？」

「まぁ、アリかナシかで言ったらアリかもね」

ミミはよくわかっていないようだが、エルマは俺の意図がわかったらしい。つまり、スキーズブラズニルを運用する際の『待ち時間』にただボーッとしているのではなく、採掘をやって小銭を稼ぐのもアリだなぁという話だ。ミミはまだ首を傾《かし》げているが、ここで詳細を説明するつもりはない。

「そうなると鉱石スキャナーと採掘補助ドローンユニットは欲しいな。回収ドローンもグレードの高いものにしたほうが良いか……まぁ、この辺は資金と相談だな。投資金額を回収するのも大変だし、素直に全部カーゴにして荷物を運んだほうがよっぽどシンプルだ」

「それもそうね。それより優先すべき設備があるわけだし」

「はい。では肝心のジェネレーターですが、こちらはクラス6までのジェネレーターを搭載することが可能です。このクラスのキャリアシップとしては標準的な大きさのジェネレーターになりますが、最新ロットのものでは従来のものより出力が20％向上し、燃費は5％改善されています」

そう言ってサラさんが指示棒でホロディスプレイに触れて情報を切り替える。ふむ、なかなかに高性能なジェネレーターが標準搭載されているようだ。大きさの割にクリシュナのジェネレーターと出力があまり変わらなかったりするのだが、クリシュナのジェネレーター出力が異常なだけなので気にしてはいけない。

「シールドと装甲、ジェネレーターに関しては妥協せずに最高の性能のものを搭載したい。それ以外の設備や装備に関しては二の次だな。砲艦運用する気も今のところは――」

背後からポン、と俺の肩に触れるものがあった。無論、背後に立っているのはメイだけなのでこの手はメイのものであろうことは明白だ。

「……やる気か？」

「資金が許せば、ですが」

視線を合わせずに問いかけると、背後の頭上から静かな声が返ってきた。マジかぁ。

「まぁどっちにしろ優先順位はシールド、装甲、ジェネレーター、カーゴ区画の順だ。次点で回収ドローンと採掘装備――」

肩に手が置かれる。

「――じゃなくて武装だな。うん。とにかく生存性を高めたい。シールド、装甲、ジェネレーターは用意できる最高のものを基準に考えたいところだ」

「はい。では最新ロットの船体に三層大容量シールドジェネレーター、それにミリタリーグレードの積層装甲に大容量カーゴ、と。内装はどうされますか？」

「生命維持装置や空調は堅牢《けんろう》性を重視してください。性能より信頼性重視です。医療施設は標準仕様、船員区画の内装も最低限で良いでしょう。日常生活はしっかりと手を入れてあるクリシュナで過ごすのが合理的です。基本、キャリアシップ内で過ごすのは私だけでしょうから」

「なるほど、傭兵の母艦ということであればできるだけ足は速く、目も良いほうが良いですよね？」

「そうだな。超光速航行速度も可能な限り速いほうが良い」

「はい。それではその辺りも考慮しまして、っと。こうなります」

彼女が提示した金額は予算の範囲内――とは言えなかった。およそ2800万エネル。母艦の運用費と被撃破時の修理代金を考えると残金410万エネル程度というのは少々心許《こころもと》ない。稼ぐ前に母艦が大破したら一気にレッドゾーンである。

「予算オーバーだな」

貯金を全て叩《はた》くならメイの望む武装もできなくはないが、すっからかんになったら補給も覚束《おぼつか》なくなる。やはり予算オーバーだ。可能であれば2200万エネルくらいに収めたい。

「……ご予算は」

にこにこと胡散臭《うさんくさ》い笑みを浮かべるサラ。正直に言って良いものかどうか。

「……2200万」

「なるほど、なるほど……」

ニチャァ……と少女の形をした何かがいやらしい笑みを浮かべる。

「先程の条件、呑《の》んでいただければ大幅ディスカウント！　2200万ポッキリに負けましょう」

600万エネルねぇ……うーん。

「呑むことは吝《やぶさ》かじゃないが……」

「条件があります」

俺が先程の条件を呑むことを検討し始めたところでメイが口を挟んできた。

「スペース・ドウェルグ社に渡す運用データに関しては渡す前に私が予《あらかじ》め検閲をさせていただきます。私には主《あるじ》を守る使命がございますので、これは譲れません」

「私どもが信用できないと？」

「はい」

笑顔のサラさんと俺の背後に立っているメイの視線が虚空でぶつかり合い、激しい火花を散らしているようだ。俺？　俺はとばっちりが来ないように『自分は空気、自分は空気』と念じているところだよ。

「……まぁ、良いでしょう。では提出してもらう運用データに関してはこちらの求める項目のうち、そちらが許可したものだけということで手を打ちます。それで良いですか？」

「はい、それで問題ありません」

何故《なぜ》だか知らないが、メイがサラに対して好戦的だ。最近製造されたばかりのメイとスペース・ドウェルグ社に勤めるサラに何か妙な縁があるとも思えない。となると、相性が悪い何かがあるのだろう。メイは思慮深い。そうそう敵を作るような真似《まね》をするとも思えない。

「代わりに、取材は受けてもらいますよ。こちらが譲歩したのですから、そちらも譲歩していただけますよね？」

「俺は構わんが……」

チラとエルマに視線を向ける。ミミは乗り気だし、メイは何か意見を言うとも思えない。嫌がっているのはエルマだけだ。

俺？　俺は別に構わない。ドキュメンタリー動画になったらクリシュナの姿も多くの人の目に触れることになるだろう。もしかしたらクリシュナの製造元とか俺と同じように向こうから来ている人が連絡してくるかもしれないし、そうすればワンチャン俺の不可解な状況を理解する一助になるかもしれない。

「……私の顔出し声出しはナシ。それで良いなら」

「わかりました、伝えておきます。あとは武装でしょうか。ご覧の通り、武器を装備できるスロットはかなり多めです。一つだけですが大型武器の武器マウントもありますから、武装すれば火力もなかなかのものですよ」

「大型武器マウントにはＥＭＬを。その他の武器マウントには中型のものには中口径のレーザー砲を、小型のものにはシーカーミサイルラックを装備してください」

「え、大型ＥＭＬ？　マジで？　当てられるの？」

「はい。問題ありません」

思わず驚いてメイを振り返ってしまったが、メイは無表情でコクリと頷《うなず》いた。ＥＭＬというのは所謂《いわゆる》電磁投射砲のことである。レールガンと言ったほうがわかりやすいだろうか。ゲーム的に言えばエネルギーを消費して撃ち出す超強力な艦砲である。

実体弾を撃ち出すレールガンは当然ながらレーザーよりも弾速が遅いため、距離の遠い相手を攻撃する場合は相手の未来位置を予測した偏差撃ちをする必要がある。しかも砲身が固定されているため、艦の前方にしか発射することができない上に自分で狙《ねら》いを定める必要がある。

当然ながら、物凄《ものすご》く当てづらい。その代わり、威力はとんでもなく高い。中型艦までなら当たりどころが悪くない限りは一撃で爆発四散するし、小型艦は跡形もなく粉々になる。

当てづらいが、超高威力。所謂ロマン砲というやつである。

「ＥＭＬですか。また珍しいものを……勿論《もちろん》ご用意致しますが」

「……全ての武装にコンシールド加工を施してくれ。一見非武装船に見えるようにな」

コンシールド加工というのは通常時はウェポンマウントを装甲で隠して見た目には武装しているかどうかわからなくするための加工である。ウェポンアームを展開しないと四門の重レーザー砲と二門の散弾砲が見えないクリシュナもある意味では武器をコンシールド加工していると言えるな。フォルムと速度で戦闘艦なのがバレバレだけど。

「承知致しました」

特に疑問を差し挟むこともなくサラは頷く。うん、話が早いのは助かるな。

しかし非武装の防御型母艦にするつもりが、蓋《ふた》を開けてみればメイの要望でかなりの重武装母艦になりつつあるのだが……？　というかメイの要望した武装を全てつけると軽くメイ本体の値段より高くなりそうなんだが、これは色々とどうなのだろうか？

まぁ、良いんだけれどもね。メイが当てられるというのであれば、ＥＭＬでの砲撃支援というのはありがたい話ではあるし。

☆★☆

「ふぅ……」

一度ちょっと身内で話し合いたいということでサラさんには部屋から出てもらい、一服。出されたお茶のような何かを一口飲んで文字通り一服である。

「メイ」

「はい」

さぁてどうしようかなぁ、と考えているとエルマがメイに話しかけた。ここは静観するとしよう。

「貴女《あなた》、最初からこうするつもりだったわね？」

「こう、とはつまり母艦の重武装砲艦化でしょうか？　それであればイエス、とお答え致します」

メイは全く悪びれる様子もなくそう言った。つまり、メイがスペース・ドウェルグ社のスキーズブラズニルを推した時からこの重砲艦化計画は既定路線だったということだ。もしかしたら、もっと前――俺が母艦の購入を仄《ほの》めかしたのを彼女が認識したその時から計画されていたのかもしれない。

「少しばかり奉仕機械の分というものをはみ出しているんじゃない？　主を唆して自分が戦うための力を得るというのはやりすぎだと思うけれど？」

「私は私という存在の全《すべ》てを使って主様にお仕えします。ただそれだけです」

エルマの追及に対し、メイは一切の動揺を見せずにそう言い切った。いや、メイドロイドのメイが動揺するところなんて想像もできないわけだが。それにしてもまぁなんとも見事なゴリ押しである。エルマに対して自分の意図を説明する気は一切ないと言わんばかりだ。

「メイ、俺はまぁ……咎《とが》めはしないけれども、意図だけは説明して欲しいな」

「はい、ご主人様。現状の環境では私のスペックはやや——という次元ではなく、およそ98・8％ほど持て余されている状態です。私としてはご主人様のおはようからおやすみまでを見守り、時にご主人様のご寵愛《ちょうあい》を頂ける今の環境は理想的と言って良いのですが、このままではご主人様が私にかけられた金額的価値を通常奉仕でお返し終えるまでに凡《およ》そ１２０３年と２５６日13時間42分必要となってしまいます。メーカーの保証する耐用年数の実に12倍以上です」

「お、おう……」

物凄く細かい。今聞いたのにもう頭からすっぽ抜けていきそうなほど気の遠くなる話だな。１２００年で耐用年数の12倍ってことはメイの耐用年数は凡そ１００年なのかな？

「このままでは私はご主人様にエネルを電子の海に捨てさせた愚図で無能な存在になってしまいます。なので、それを回避すべくこうしてご主人様におねだりをしたわけです」

「豪快なおねだりだなぁ……」

余裕でメイ本体よりも大きい金額が吹き飛んでいるんだが……まぁ良いんだけどさ。

「これで私もご主人様のお仕事をお手伝いできますし、ご主人様の命をお守りすることもできるようになります。私が重砲艦化したスキーズブラズニルを操ることによって宙間戦闘におけるご主人様の死亡リスクはおよそ72％低減されます」

「そこは１００％じゃないんですね」

「ミミ様、１００％などということは有り得ません。宙間戦闘のリスクを１００％低減させるのであれば、スキーズブラズニルを重砲艦化するのではなくクリシュナを破壊するほうが遥《はる》かにローコストです」

「確かにクリシュナが壊れて宇宙に出られなくなったら宙間戦闘のリスクも何もないわね」

「やめてね？」

女性陣が恐ろしい話をし始めたので止めておく。

「で、武装を諸々《もろもろ》追加した最終的なお値段が例の契約込みで2200万エネルとなったわけだ」

「2200万エネルとか桁《けた》が多すぎて実感が……というか、なんだか凄《すご》そうな武器にレーザー砲とかシーカーミサイルポッドとかをたくさんつけたのに思ったより安いんですね？」

ミミがそう言って首を傾《かし》げる。確かに。ミミの言う通り、戦闘艦の武装というものは実はそう高いものではない。今回スキーズブラズニルに取り付ける武装で一番単価が高かったのは大型EMLの120万エネルである。レーザー砲は一門10万エネルで十二門で120万エネル、シーカーミサイルポッドは一個6万エネルで十個取り付けて60万エネル。合計で300万エネルほどだ。

ちなみにスキーズブラズニル本体の内訳はハンガー二つを含めた本体の基本フレームがおよそ800万エネル。三層大容量シールドジェネレーターがおよそ400万エネル。軍用積層装甲がおよそ500エネル、クラス6の高出力ジェネレーターがおよそ450万エネル。高性能回収ドローンシステムがおよそ100万エネル、ハイパードライブ、超光速ドライブ、及びスラスターなんかの足回りが250万エネル。積荷の管理システムを含めたカーゴ区画に100万エネル、その他細々とした内装や武装のコンシールド加工などで更に200万エネルがかかり、合計2800万エネルといったところだ。武装と合わせて3100万エネルだな。

ここから例の契約で600万の値引きが入って2500万エネルになった。

見ての通り、本体の基本フレーム価格よりもシールドや装甲、ジェネレーターを合わせたほうが高い。何故と言われても値付けをしているのは俺じゃないから困るが、船の本体価格よりもオプションパーツを高性能なものに取り替えてフルカスタムする費用のほうが高いというのがSOLの常識である。

そのため、船の購入・買い替え時には本体の基本フレーム価格のおよそ三倍ほどの資金を調達してから事に臨むというのがある程度手慣れたSOLプレイヤーの嗜《たしな》みだ。何既存の船を売り払って新しい船の基本フレームを買い、なけなしの金で武器だけ揃《そろ》えて出撃。何のカスタムもされていないバニラ機体で無理をして爆発四散し、借金を抱えて初期船のザブトン生活に戻るなんてのも初心者にありがちなムーブである。

ちなみに、今回購入しようと思っていたスキーズブラズニルは最新ロットでなければ基本フレームの価格は600万エネルだった。最新ロットでないスキーズブラズニルはクラス5までのジェネレーター搭載ができる機体であったため、まず1クラス上がったジェネレーターの価格が当初の予定より高価格になった。それに合わせてシールドジェネレーターもより高出力のものになったため、更に値段が上がった。この二点が誤算と言えば誤算だったのだ。これがなければおおよそ予算内に収まっていた……筈《はず》だ。たぶん。きっと。おそらく。まぁ、メイの提案で更に武装分が追加されて完璧《かんぺき》に予算オーバーなわけだけど。

というような話をミミにした。

「……本体よりもオプションパーツが高いということですね！」

おめめがぐるぐるしていた。どうやら情報量が多すぎたらしい。まぁミミの言っていることで全く間違いはない。

「要は、私達傭兵《ようへい》の船が宙賊どもをボッコボコにできるのはここなのよ。私達と宙賊の船に大きな性能差が生まれる理由ね。奴《やつ》らの船は基本フレームをただ動かせる程度のオプションパーツに、使い古してガタガタの武器をくっつけてギリギリ戦闘艦と言えるレベルの船で戦っている。それに対して、私達は真っ当で高性能なオプションパーツでフルカスタムした船を使って戦っている。装甲やシールドには特にお金をかけるから、ちょっとやそっとの攻撃じゃビクともしない。基本的にレーザーなんて避《よ》けられるものじゃないから、殆《ほとん》ど受けて耐えながら相手を返り討ちにしてるのよ」

「そうなんですか？」

ミミが俺に視線を向けてくる。俺はクリシュナでレーザーを避けることも少なくはないからね。まぁ、あれは避けてるというよりもそもそも射界に入らないようにしてるんだけども。

「こいつの変態機動は別。ああいうのはごく一部の変態ができる芸当だから。気をつけなきゃならないのはシーカーミサイルみたいな爆発系の兵器と、対艦魚雷みたいなシールドを貫通してくる攻撃ね。シールドは爆発系の武器に弱くて、何発も受けると簡単にダウンしちゃうから、絶対に避けなきゃいけないわ。対艦魚雷はシールド中和装置を搭載してるから、シールドを貫通してダメージを与えてくるしね……って本題から外れたわね」

こほん、とエルマが一つ咳払《せきばら》いをする。

「取材の件に関してはさっきも言ったけど、私は顔出し声出しはNGだからね。クリシュナの活躍を主題としたドキュメンタリーならヒロは全部晒《さら》すことになるからそのつもりでいなさい」

「りょーかい」

どんな取材になるかわからないが、まぁ俺自身は隠すことなど何もな――くもないけど、まぁ自分から異世界からきましたとかいうぶっ飛んだ発言をしなければ大丈夫だろう。問題はミミか。

「わくわくしますね！」

ミミは大変乗り気である。本人にやる気があるのは良いことだが、この様子だと調子に乗って話さなくて良いことまで赤裸々に話しかねない。取材の間はメイをくっつけておいたほうが良いかもしれない。

話がまとまったところで部屋のドアがノックされ、サラさんが戻ってきた。何らかの手段で部屋の中の会話を把握していたのでは？　と疑いたくなるほどのタイミングだったが、深く詮索《せんさく》はすまい。

「発注書は上げてきました。納品まではおよそ二週間ほどかかるようですね」

「二週間ね。まぁ順当？」

「じゃない？」

エルマがそう言うので納得しておく。ゲームなら発注というか買ったらすぐに乗り回せるのが当たり前だが、現実ではそうもいかない。むしろ、二週間でジェネレーターその他諸々を積み替えて装甲を全て張り替えるというのはかなり早いのではなかろうか。

「他に承ることはございますか？」

「ある。今使ってる船をオーバーホールしたい」

「承ります」

即答であった。即答であったが、まだ言うことがある。

「見ればわかると思うが、あの船は特別だ」

「はい。恐らくパーツなどは分析にかけてレプリケーターで複製することになると思います。サービス致しますよ」

「ほーん。で、いくら払う？」

サラさんが笑顔のまま固まる。いやいやいや、固まられても困る。あんなに露骨に船をスキャンする理由なんて考えるまでもない。クリシュナにはスペース・ドウェルグ社にとって未知の技術がてんこ盛りなのは火を見るよりも明らかだ。彼らがクリシュナをオーバーホールするのなら、それはもう微に入り細に入りパーツを一つ一つ検分し、未知の技術を吸収しようと躍起になるに違いない。そして、クリシュナから吸収した技術を自分たちの製品作りに活《い》かすのは目に見えている。

「あんた達にとっちゃお宝の山だろう、あの船は。あの船をオーバーホールすることによって得られる技術、いくらで買う？」

「オーバーホール代金、サービス致します」

サラさんがにっこりと笑う。

「母艦の整備と合わせて一社にまるっとお任せできれば楽だし、お互いに幸せになれると思ったんだけどなぁ……今回はご縁がなかったということで」

「まってまってまってください。じゃすとあもーめんと！　わかった！　わかりました！　オーバーホール代金は無料！　それにスキーズブラズニルのほうを更に値引き致しましょう！　武装代金の300万エネルをタダにして、弾薬もたっぷりつけます！」

メイに視線を向ける。こういう交渉はメイに任せるに限る……順調に堕落してるな？　俺。

「全て合わせて2000万ポッキリであれば適正かと」

「ちょっと待ってください。そうすると値引き金額が1100万エネルになります。三割引きは流石《さすが》にないです。暴利です」

サラさんが真顔になる。うん、俺も流石に専属契約とクリシュナの情報で1100万エネルは暴利じゃないかと思う。

「こちら平常時、巡航時、超高速ドライブ時、ハイパードライブ時、戦闘機動時におけるクリシュナの稼働データとなります」

「わかりました、2000万エネルぽっきりで手を打ちましょう」

メイがどこからか大容量記憶媒体であるデータクリスタルを取り出し、真顔になっていたサラさんが速攻で掌《てのひら》を返して笑顔になった。メイ、いつの間にそんなものを……？

「リスク管理です、ご主人様」

メイが無表情でそう言いながらサラさんに向かってデータクリスタルを差し出す。リスク管理ね。まぁわからないでもないけれども。無理矢理狙《ねら》われるよりは、こっちから差し出して見返りを貰《もら》うほうが遥かに安全でお得だ。メイはそう言いたいのであろう。

「色々と俺に内緒でやっているな？」

「はい。ご主人様のためですから」

「なるほど。でも俺に許可を得ず、報告もしないで裏で画策しすぎるのはあまりに独善的だとは思わないか？」

重砲艦化計画まではまぁ、許そう。だが、取引のために俺に内緒でクリシュナの運用データを収集し、記憶媒体に記録して持ち出しているというのは流石にやりすぎである。一体どこからどこまでがメイの掌の上であったのか？

「……」

メイは答えない。なるほど。

「あとでお仕置きだ」

「はい、ご主人様」

メイの返事がどこか弾んでいるように聞こえるのは俺の気のせいだろうか？　あと、サラさんを含めた女性陣。そんな目で俺を見るのをやめろ。言い方はアレだったかもしれないが、俺の言っていること自体は極めて真っ当だと思うよ。

☆★☆

「さて、宿を取らないとな」

「そうですね」

「そうね」

一通りの手続きを行い、スペース・ドウェルグ社から出たところで俺の発言にミミとエルマが同意した。クリシュナは分解点検整備のため、整備中は当然ながらクリシュナを使うことが不可能になる。クリシュナは俺達の船であると同時に住居でもあるので、宿を確保しないと俺達は一時的に宿なしになってしまうのだ。

「引き渡しは明日の正午だったわね。それまでに宿の確保と荷造りをしないと」

「当面の生活に必要なものだけ持ち出せば良いんですよね」

「そうだな。まぁ小型情報端末とタブレット端末、それに着替えがあれば良いかな。俺は」

小型情報端末が財布の機能を兼ねているし、男の外泊準備なんてこんなものだろう。何か足りなかったら都度買えば良いしな。

「どちらにしても一度船に戻る必要がありますよね」

「そうね。戻って食事がてら宿を探しましょ」

「そうしよう」

メイを加えた四人でテクテクと歩いて港湾区画へと向かう。俺達の居る港湾区画との最寄りフロアはほぼスペース・ドウェルグ社の支社とその関係先で埋まっている。商業区画や繁華街にあたる場所は別フロアに集中して作られているらしい。

当然ながらこのコロニーに来る人の大半はスペース・ドウェルグ社に用がある人々だ。自然と俺達のようにコロニー内に暫《しばら》く留《とど》まる人が多いため、宿泊施設も充実している——とサラさんが言っていた。スペース・ドウェルグ社と提携しているホテルのリストも受け取っているので、滞在先はその中から選ぶことになるだろう。

ちなみに、メイは俺達三人から一歩離れたような距離でしずしずと足音も立てずについてきている。メイにはお仕置きもしなきゃいけないからなぁ。効果があるかどうかはともかく、お仕置きの方法は既に考えついている。まぁ実行するにしても宿に入ってからだな。

で、クリシュナのところにまで戻ってきたんだが。

「応援を寄越《よこ》してくれ！　今すぐにだ！」

「うおおっ!?　やめんか貴様ァ！」

「無許可のスキャニングは窃盗罪だ！　しょっぴけ！」

「技術の発展のためだ！　どけぇぇぇ！」

クリシュナの周辺が物凄《ものすご》く騒がしいことになっているというか、もう殆ど暴動レベルであった。何やらよくわからない機材を持ち込んでクリシュナを分析しようとしている背の低いガチムチのおっさんや細身の少女達と、官憲の制服を着た背の低いガチムチのおっさんと細身の少女達が押し合いへし合いを繰り広げている。

「これは酷《ひど》い」

「ええっと……」

「酷いわね、これは」

「もう少し吹っかけても良かったかもしれませんね。新しい技術に対するドワーフの執着を甘く見ていました」

申し訳ありませんでした、ご主人様と言ってメイが頭を下げる。うん、別にそれは気にしなくていいけど、これじゃクリシュナに近寄ることもできない。どうしたものか？　と考えたところでエルマが声を張り上げた。

「この船はオーバーホールのため明日の正午にスペース・ドウェルグ社に引き渡すことになっているわ！　こんなところで官憲と取っ組み合いをしているよりもオーバーホールの作業員に潜り込んだほうがじっくりたっぷりクリシュナを見られるわよ！」

エルマの言葉に喧騒《けんそう》に包まれていたクリシュナ周辺がシンと一瞬だけ静まり返り、次の瞬間騒ぎを起こしていた技術者らしき連中が雪崩《なだれ》を打ってスペース・ドウェルグ社の支社へと突撃していった。

後に残ったのは拘束されて悲嘆の声を上げている技術者らしき数名とちょっとボロボロになって疲れた様子の官憲らしき人々である。お勤めご苦労さまです。

「うおォイ!?　あんたがこの船のオーナーだろう!?　こいつらに言って不当な拘束を撤回させてくれ！」

「お願いだよ！　この船のオーバーホールに参加できないなんて酷すぎるよ！」

「連れて行ってくれ」

「任せてくれ」

「「アァァァァ！　イヤダァァァァ！」」

官憲の皆さんが拘束された技術者らしき人々を連行していく。何日ぶちこまれるのかは知らんが、豚小屋でのバカンスを楽しむが良いよ。

☆★☆

翌日。

昨日《きのう》のうちに滞在するホテルを決めて予約を取り、荷造りも済ませた俺達はコロニー内の貨物配送システムを利用して滞在先のホテルへと荷物を送り、ほとんど手ぶらで目的のホテルへと移動を開始していた。

「貨物配送システムって楽だよなぁ。こういうところはホント進んでるなぁと思うわ」

「貨物配送システムがない社会ってあまり想像がつきません」

「貨物を積載できる乗り物とかに荷物を載せて近くまで走って、それから荷台から荷物を下ろして目的地に手で配達するのよ。非効率だけど、それを生業《なりわい》にして生きている人もいるわ」

「キツい仕事だぞ……学生の頃《ころ》、年末のバイトで何回かやったことある」

寒いしキツいし真冬だから路面状況も最悪だしで本当にキツかった。年末年始なだけあって日当は良かったけど。

「ご主人様」

「なんだ？」

「どうかお考え直しください」

「ダメだ」

にべもない俺の反応にメイが無表情ながらも沈んだ雰囲気を醸し出す。今、彼女は罰を受けている真っ最中なのだ。

「あの、そろそろメイさんを許してあげても良いんじゃ……」

「自発的に色々と行動してくれること自体は俺としても助かるが、今回はやりすぎだ。少しくらいは反省してもらわないと困る」

今のメイは護衛以外の俺に対するあらゆる奉仕活動を禁止されている状態である。メイにとって主人である俺に対する奉仕活動は彼女の存在そのものを支える重要な柱だ。それを禁止され、俺の身だけを守るガードロボットのような扱いを受けるのは彼女にとって耐え難い苦痛である――らしい。

俺も確信を持ってやっているわけではない。何故《なぜ》ならこの対処法はメイの製造元であるオリエント・インダストリーで出会った受付嬢アンドロイドから聞いたものだからだ。

忠誠心と能力が高く、そして若い機械知性は主人のために色々と暴走しがちらしい。そんな時のためにということで俺は彼女から高性能メイドロイドに対する効率的な折檻《せっかん》の方法というものをいくつか教えてもらっていた。護衛以外の一切の奉仕活動を禁じるという命令はそのうちの一つである。

ちなみに、肉体的というか物理的な意味での折檻はめちゃくちゃ頑丈な機械の身体《からだ》を持つ彼女にとってはあまり意味を成さない。むしろ頑丈な彼女を殴って怪我《けが》をするのは俺のほうである。彼女を殴って俺が怪我を負ったらそれはそれで彼女を心配させそうではあるが、できれば女性は殴りたくない。嫌なもんは嫌だ。まぁ相手にもよるけれども。

あと、言うまでもないが性的な意味での折檻はむしろ逆効果である。返り討ちに遭うのがオチだ。

「大いに反省しました。今後はこっそりと企《たくら》んだりせずに全《すべ》て報告、連絡、相談を欠かしません。ですからどうかお許しください」

メイが真剣な様子で懇願してくる。どうしたものかとエルマに視線を向けると、彼女は苦笑を浮かべた。

「機械知性が奉仕すべき対象に嘘《うそ》を言うことはないわ。許してあげたら？」

「ヒロ様。私からもお願いします」

ミミも俺の袖《そで》をちょいちょいと引っ張ってメイを許すよう言ってくる。まぁ、二人がそう言うなら良いか。

「じゃあ、二人に免じて許すよ。今回のメイの行動には助けられた部分も多いしな。でも、今後はいくら俺のためになったとしても隠し事はなしだ。良いな？」

「はい。ありがとうございます」

奉仕禁止令を出してから解除までほんの十数分の出来事であった。ほんの十数分でも、処理能力がめちゃくちゃ高い陽電子頭脳を搭載しているメイにとっては物凄く長い時間に感じられるんだろうな。まだクリシュナを出てホテルにすら到着していないのだけれども。

しかし俺の許しを得たメイの雰囲気は明らかに変わっていた。先程まで醸し出していたどんよりとした雰囲気は消え失《う》せ、今はむしろ意気揚々とした雰囲気を放っているように見える。なんというか、顔は無表情だけどなかなかに感情表現が豊かだよな、メイは。

そんなことを考えつつ観光気分で若干寄り道などもしながら歩き、ついに俺達は暫くの間の滞在場所となるホテルに辿《たど》り着《つ》いた。

「なかなか立派なホテルだな」

「そうですね。なかなかと言うか、かなり高級そうに見えますけど」

「朝食と夕食付きで一泊１５００エネルのところを一週間で1万エネルポッキリだぞ」

「いや、それは高――」

「シエラⅢのリゾートなんて一人あたり一泊1万エネルだったんだぞ？　それが三人で一週間1万エネルだ。安いだろ？」

「――くない……？　いや、騙《だま》されませんよ！　高いですよ！　安宿なら一部屋一晩50エネルとかで取れるじゃないですか！　ツイン二つで１５０エネルから２００エネルで済みます！」

ちっ、騙されなかったか。

「ミミ、お金を持っている人はお金があるなりの消費をするものよ。というか、ゴールドランク傭《よう》兵《へい》が場末の安宿なんかに泊まってたら舐《な》められるわ」

「そういうものなのですか……？」

「そういうものよ」

「そういうものなのか」

勿論《もちろん》俺はそんなことはあまり意識せずに部屋数と施設と評判と雰囲気で選んだ。クリシュナと同じようにトレーニング施設を有し、一部屋で全員が泊まれるスイートルームを持つホテルがここしかなかったのだ。スペース・ドウェルグ社からの紹介ということで割引も効いた。それであの値段らしい。

実際のところ、メイのおかげで想定よりも安い金額で母艦が手に入った上に重砲艦化にオーバーホールも実質無料になったわけで、手持ちの資金は１２００万エネル以上残っている。メイは今回俺に秘密で色々とやらかし、俺達の行動を自分の意図通りに操ったわけだが、結果としてその行動は間違いなく俺達の、というか俺のためになっている。折檻をごく軽く済ませたのは妥当といえば妥当だったのであろう。

「ほらほら、もう荷物も送っているんだし入り口でうだうだ言っていても仕方ないわよ。さっさとチェックインしちゃいましょう」

「へーい」

「うぅ……はい」

微妙に納得しきれていないミミを俺とエルマで引っ張ってホテルの中へと入る。ホテルのロビーはなんと言えば良いのか……上品で煌《きら》びやかな空間であった。ロビーの待ち合いスペースには格調高いソファやテーブルが並べられており、その先には様々な観葉植物が観賞できるグリーンスペースとでも言えば良いのか……そんな感じのリラックススペースのようなものも見える。また、天井も高く、天井からぶら下がったシャンデリアのようなものがきらきらと温かみのある光をロビー全体へと降り注がせていた。

「想像していたよりも遥《はる》かに高級そうな雰囲気だなぁ」

「こんなもんでしょ。行くわよ」

「へいへい」

俺も若干気後れしているが、ガチガチになっているミミを見て逆に落ち着いてきた。エルマはこういう場所に慣れているのか、全く気後れするような気配は見られない。やはりこいつ、貴族かそれに準ずるような家柄の出なんじゃないだろうか？　いや、単に長い傭兵生活の間にこういう場所を利用することが多かっただけかもしれないな。決めつけはよくない。うん。

「いらっしゃいませ。本日は当ホテルにお越しいただき、まことにありがとうございます。ご予約はございましたか？」

「はい。キャプテン・ヒロで予約を取っている筈《はず》なんですが」

フロントで待ち構えていた口髭《くちひげ》の似合うナイスミドルにそう言って小型情報端末を取り出して見せると、彼は認証機で端末の情報を読み込み、笑みを浮かべた。

「はい、確認致しました。ヒロ様ですね。よろしければ一緒にご宿泊される皆様方にも電子キーをお渡しできますが」

「貰《もら》うわ。ミミとメイも貰っときなさい」

「は、はい」

「はい」

エルマに言われてミミも自分の小型情報端末を取り出し、メイは右手の甲を見せるように手を差し出した。フロント担当のナイスミドルが認証機をそれぞれの小型情報端末と手に翳《かざ》し、電子キーとやらを付与していく。詳細はわからないが、話の筋から推測するに部屋のロックを解除するためのカードキーのようなものだろう。

「では、係の者がご案内致します。お荷物は既にお部屋に運び入れてありますので」

「ありがとう」

「ご案内致します」

メイド服をしっかりと着込んだ少女が俺達を先導してトテトテと歩き始める。この子も小さい女の子に見えるけど、口調はしっかりしている。きっと成人しているドワーフの女性なんだろうなぁ。ちっちゃくて可愛《かわい》いけど、子供扱いしたら怒られそうだ。気をつけよう。

「こちらのお部屋です」

メイドドワーフさんの案内に従い、俺達の宿泊する部屋に辿り着く。それはなかなか広い空間であった。質の良い家具や調度品の置かれたリビングには俺達が予《あらかじ》め送っておいた荷物が置いてあり、更にいくつもの扉も見える。

「うーん、思ったより広いな」

「えっ……あの、どこからどこが……？」

「そこの扉の内側は全部私達の部屋よ。そうよね？」

「はい。こちらのスイートルームは寝室が四部屋とお手洗いが二つ、ドレッシングルームや広いクローゼット、豪華なバスルーム、それにこちらのリビングダイニングなどで構成されております」

「素晴らしいですね。ご主人様が宿泊するに相応《ふさわ》しい部屋です」

「ありがとうございます。そちらの専用端末からルームサービスをご提供させていただいておりますので、ぜひご利用くださいませ」

それでは失礼致します、とペコリと頭を下げてからメイドドワーフさんはスイートルームから退出していった。

「まずは荷物を開けましょうか。ほら、ミミ。寝室を決めるわよ」

「は、はい……」

エルマが置いてあった自分の荷物を持って未《いま》だに呆然《ぼうぜん》としているミミを引っ張っていく。

「主寝室はこちらのようです」

「はいはい」

メイが俺の荷物を持って部屋の奥にある扉へと向かっていくので、それについていくことにする。

正直、元々小市民であった俺もミミと同じように豪華すぎる部屋に若干ビビっているわけだが、今更どうこう言っても仕方あるまい。とりあえず一週間。ここでのんびりとさせてもらうことにしよう。

#3：デッドボールシスターズ！

母艦の納品に二週間、クリシュナのオーバーホールに一週間。

母艦はともかくとして、クリシュナをオーバーホールしている間はコロニーの外に出ることもできないので、俺はゆっくりするつもりだった。部屋は広くて豪華だし、良い自動調理器を入れているのかメシもそこそこ美味《うま》い。ミミとエルマとメイに囲まれて、それはもうキャッキャウフフしながら俺はゆっくりするつもりだった。

ゆっくりするつもりだったのだ。

「オーバーホールをしている整備工場から呼び出しィ？」

「はい。ご足労をかけて大変申し訳ないが、来て欲しいといった旨のメッセージを預かっています」

昨日《きのう》は正午にクリシュナを整備工場に引き渡し、その後は部屋に戻ってごろごろイチャイチャして過ごしていた。今日ものんびりごろごろイチャイチャしようと思っていたのに、朝起きるなりこれである。

「何か用事があるなら向こうが来るのが筋では……？」

「はい。私もそのように考え、そう伝えましたがとにかく来て欲しいの一点張りでして。スペース・ドウェルグ社のサラに連絡して抗議致しましょうか？」

「んぁー……まぁいいや、行ってみよう」

俺は客だが、相手は宇宙ドワーフだ。ここで俺が突っぱねた結果、職人気質をこじらせて臍《へそ》でも曲げられたら困る。いや、まぁその時はサラに連絡してカネから来る権力で如何様《いかよう》にもすれば良いのだろうが、無駄に事を荒立てることもあるまい。どうせホテルに籠《こ》もっていてもミミやエルマとイチャイチャして過ごすだけだし。

いや重要だけどね？　イチャイチャは重要だけどね？　あまりベタベタしすぎるのも鬱陶《うっとう》しいだろう。親しい仲だからこそ距離感は間違えないようにしていきたい。

「身支度を整えたら向かうと連絡しておいてくれ。俺の端末にナビ情報も入れといてくれると助かる」

「承知致しました。しかしナビについてはお供いたしますが？」

「いや、いいよ。たまには一人でコロニーをうろつくのも良いだろ」

宇宙ドワーフのたくさんいるコロニーだし、何か面白いものを売っている店とかあるかもしれない。パワーアーマー用の近接武器とかないかな？　ヒー○ホーク的なものとか。どうも帝国領内は剣という形態の武器に関しては貴族のものっていう意識があるようだから、刃物じゃなくて鈍器でも良いな。寧《むし》ろ装甲目標を相手にするならメイスとかのほうが適してるかな？　うーん、夢が膨らむね。まぁ、そういうのがあったら良いなっていう願望でしかないから、そもそもそんなもの全く扱ってないかもしれないけど。

☆★☆

身支度を整えて俺は一人でホテルを出発した。ミミはまだスヤスヤと寝ていたし、エルマは昨日結構飲んでいたので、起きるのは昼だろう。メイには二人についてもらっておいたので、何の心配もない。やっぱりこういう時にメイの存在はありがたいな。絶対的な信頼感がある。

「ええと、整備工場はこっちか」

小型情報端末で現在地と目的地を確認し、ルートを表示する。それもこれも全部メイが用意してくれました。メイ様々だな。なんか遠くでミミがうなされているような声が聞こえてきた気がするが、きっと気のせいだろう。

若干天井の低いコロニー内をナビに従って歩く。なにはともあれまずは呼び出された整備工場に顔を出さないといけないので、コロニー内の探検は後回しだ。まだ朝も早いし、パワーアーマー用の装備を売っている店が開いてるとも思えないしな。

途中で繁華街らしき場所の近くを通ることがあったのだが、滅茶苦茶《めちゃくちゃ》酒臭くて思わず顔をしかめてしまった。密閉空間であるコロニー内で揮発性の高いアルコールを飲むのは危険だと思うんだが……？　何か特別な対策でもしているんだろうか。いや、流石《さすが》に対策はしているか。酒の飲みすぎでコロニー内で火災とか爆発とかが起こったら洒落《しゃれ》にならないし。

そんなことを考えながら歩いていると、繁華街エリアを抜けたところで急に酒の匂《にお》いがしなくなった。

「？」

疑問に思って少し引き返し、繁華街エリアに一歩足を踏み入れる。その途端に強い酒の匂いが押し寄せてきた。なんだこの無駄に高度な空調設備は。いや、空調設備の効果なのか？　見た感じ、何か特別な機械などは見当たらないが……でも何かしらの種や仕掛けがあるのだろう。流石はドワーフの技術……か？　技術の無駄遣いのような気もするな。

いや、そういえばこういう技術の無駄遣いをしているアイテムを俺は知っているぞ。グラビティスフィアだ。この謎の空調技術はあの空間固定式のドリンクホルダーと同じ匂いがする。酒の匂い成分だけを選別して通さないシールド的な何かが展開されているのかもしれない。

「……行くか」

更に進むと、この辺りは整備系の工場区画であるということがわかってきた。自動調理器などの家電製品やレーザーガン、レーザーライフルなどの武器、パワーアーマー、その他諸々《もろもろ》の整備工場や細々とした修理用の部品や機材を扱う工場などが立ち並んでいるようである。あの繁華街エリアはこの辺りに勤めているドワーフ達の憩いの場なのであろう。

「ふーむ、パワーアーマーも一回オーバーホールしたほうが良いかな」

うちの【ＲＩＫＩＳＨＩ　ｍｋ－Ⅲ】もそれなりに使用している。整備はちゃんとしてもらっているが、本格的なオーバーホールはこちらの世界に来てからはしてないんだよな。この際しっかりとやってもらうほうが良さそうだ。パワーアーマー用の嵩張《かさば》らなくて使い勝手の良い射撃武器も欲しいんだよなぁ。レーザーランチャーは嵩張ってちょっと使いにくいし。別に肩の固定武装レーザーでも良いんだけどさ。あれはなんか撃ってる感じがしなくてなぁ。

などとパワーアーマーに思いを馳《は》せながら進むと、低重力区画へと入った。宇宙船というものは基本的に大きなものなので、宇宙船の整備を行う区画というのは基本的に低重力、あるいは無重力区画であることが多い。このコロニーでもその辺りは同じであるようだ。

低重力区画に入るとついつい楽しくてはしゃぎたくなってしまうのだが、基本的に低重力区画＝通常重力では重くて扱うのが困難な代物を扱っている場所なので、年甲斐《としがい》もなくはしゃぐと凄《すご》く白い目で見られる。とはいえ実際に楽しいので、あまり使われていない場所ではコロニーの子供達が秘密基地を作って遊んだりすることもあるらしい。ミミも小さい頃《ころ》は友達と一緒に低重力区画に忍び込んで遊んではよく怒られていたとか言っていたな。

低重力区画ではそれはもうポンポンと軽快に跳ね回って高速移動をすることも可能なのだが、当然ながらそんなことをすると他の人とぶつかるリスクも跳ね上がる。なので、通常区画よりも一層注意深く移動する必要があるのだ。低重力区画では踏ん張りも利きづらいから、スピードが乗ると急に止まれないしな。

そうして慎重に進むこと少し。遂《つい》に俺はクリシュナが運び入れられている整備工場へと辿《たど》り着《つ》い……たんだが。

「なぁにこれぇ」

中を覗《のぞ》いてみると、装甲を外されて船体の基本フレームを晒《さら》したクリシュナに大量のドワーフ達が張り付いていた。何やらよくわからない機械でスキャンをしたり、小さなハンマーでフレームを叩《たた》いたりして何かをチェックしているようである。四門の重レーザー砲や二門の散弾砲なども取り外され、可変機構などもバラされて分解整備されているようである。可変機構とか四門の重レーザー砲が取り付けられているアーム型砲塔ユニットの辺りにも人が多いな。

と、様子を観察していると作業をしていたドワーフが俺の存在に気づいた。

「操縦者が来たぞ！　確保しろ！」

「えっ」

俺に気づいたドワーフがそう叫ぶと、整備工場で働いていたドワーフ達の視線が一斉にこちらに集まってきた。なにこれこわい。

「うおおおおっ！」

「どけぇ！　ウチが確保する！」

「うちらが最初や！　いくでウィー！」

「えっ？」

むくつけきドワーフ達が迫ってくる中、出遅れた女性ドワーフが隣にいた自分の相棒らしき女性ドワーフの襟を掴《つか》み上げ、こちらにブン投げてきた。

「わあぁぁぁぁっ⁉」

「うおぉぉぉォイ⁉」

物凄い勢いで迫ってくる女性ドワーフを受け止めるがその勢いは強く、低重力区画では踏ん張りも利かない。結果、俺は受け止めた女性ドワーフ諸共整備工場の入り口から外へと吹っ飛ばされた。というか女性ドワーフって身体《からだ》が小さい割に重いな⁉　などと考えているうちに背中から壁に叩きつけられ、壁と女性ドワーフに挟まれて息が詰まる。

「ぐふぅっ」

ずるずると壁からずり落ちながら聞いたのは『あぁあ⁉　お客さん⁉』と胸元で騒ぐ女性ドワーフの声であった。なんなんだよ一体……何故《なぜ》俺がこんな仕打ちを受けるんだ。そう思いながら俺はガクリと気を失うのであった。

☆★☆

俺は基本的に温厚な人間である。

うせやろ？　って？　そう思う？　いやいや、勿論《もちろん》仕事上というか、宙賊やらこっちの命を狙《ねら》ってくるような相手やらは別だ。必要とあらば高圧的、かつ横柄に振る舞うこともある。だが、日常生活において、見知らぬ相手——例えばお店の店員さんとかどこかの窓口の受付さんとか——に初手から喧嘩《けんか》腰で臨んだりは基本しない。

無論、相手の態度によってはこちらもそれなりの態度を取るけれども。例えばミミの賠償金関連の手続きをしたあの役人とか、こっちの世界に来て最初に俺を拘束した港湾管理局の局員とかね。

金持ち喧嘩せず、なんて言葉もある。喧嘩すると損ばかりで得がないことを金持ちは知っている

から、無駄に人と争うことはしないという意味の言葉だ。

ちょっとニュアンスは違うかもしれないが、俺もこの世界では金持ちに分類される側の人間なので、少なくともコロニーとかではできるだけ穏便に過ごしたいとは思っている。思ってはいるんだ。

「流石に温厚な俺もこれは許せんよなぁ？」

俺は我慢したと思う。不躾《ぶしつけ》なスキャン、入港するなりのやはり不躾な押し寄せ、そして今朝《けさ》の呼び出し。仏の顔も三度なんて言葉もあるしね。いや、あれは三回まで許すじゃなくて、本当は三度目で怒られる的なアレだった気もするけど。まぁとにかく、三度目までは耐えたわけだ。

「その……大変申し訳なく」

俺の目の前にはサラが正座していた。オイルなどで汚れた整備工場の金属製の床の上に直接、である。その横にはこの整備工場の工場長と、現場主任。そしてデッドボール女とデッドボール女を投げたファッキンピッチャー女も同様に正座している。その後ろには俺に押し寄せようとしたドワーフの整備員どもが全員正座している。

「なぁ、俺は客だよな？　色々と駆け引きはしたが、最新ロットを言われるままにポンと買う、それなりの上客だよな？　その客に無礼を繰り返して、最終的に怪我《けが》を負わせるのがスペース・ドウエルグ社のやり方なのか？　それとも、ドワーフのやり方なのか？　客を呼び出して、ドワーフデッドボールをかますのがお前らの礼儀なのか？　ええ？」

「そのようなことは、決して……」

サラが俯《うつむ》きながら絞り出すような声でそう言う。

「オイオイオイ涙目になるのはやめろよ。泣きたいのはこっちだよ。それにお前、人間の俺がドワーフの女を正座させて泣かしたら絵面が最悪じゃないか」

見た目的には少女を正座させて泣かせているという本当に最悪な絵面である。

「とりあえず、こうやって仕事を止めること自体が非効率で俺にとって最悪な状況だからな。まず、整備員は作業に戻ってくれ。ぞんざいな仕事をしたら銀河の果てまで追い詰めてパワーアーマーで捻《ひね》り潰《つぶ》してやるからな。丁寧に、素早く仕事をしろよ。技術の解析なんて許さんからな。超特急で丁寧に仕事を終えろ。ほら行け」

俺がそう言うと、最前列で正座をしているサラと工場長と現場主任、それにデッドボールシスターズ以外のドワーフ達が一斉に立ち上がって仕事に戻っていった。

「さァて、あとはお前らだが……」

俺は正座しているサラを睨《にら》みつける。

「俺が直接どうこうしろってのは筋が違うだろうからな。どうするかはお前らに任せる。お前らの誠意と謝意がどの程度のものなのか、見せてもらうぞ」

「ひゃい……」

俺に睨みつけられたサラは涙目でガクガクと震えながら頷《うなず》いた。工場長と現場主任も顔を蒼白《そうはく》にしたまま頷く。デッドボールシスターズは蒼白を通り越して土気色になっている気がするが、知ったことじゃないな。

「とりあえずオーバーホールは進めてもらうが、最新ロットのスキーズブラズニルの購入に関してはストップだ。そっちの対応次第で買うかどうかを決める。当然それで良いよな？　ああ、購入は保留するが、それで納期を延ばすのは許さないからな。わかってるよな？」

「ひゃい……」

　サラがガックリとうなだれる。スキーズブラズニルの購入費2000万エネルに関してはまずその場で俺のエネル残高を確認してもらった後に頭金として1000万エネルを入金した。残りの1000万エネルは納品後、製品に瑕疵《かし》がないことを確認してからの入金ということになっている。当然、取引が成立しなかった場合は先に払った1000万エネルは俺の手元に戻ってくることになる。スペース・ドウェルグ社は俺が満足するような対応ができなかった場合、俺が発注した仕様の最新ロットのスキーズブラズニルを在庫として抱えることになるのだ。母船は当然デカいので、コロニーにおいてはただそこにあるだけで維持費がかかる。ドックに入れている間、そこを使えないわけだからな。そんなことになったらその維持費は誰《だれ》に降りかかるのかなぁ？　ハハハ。

　きっと必死になってくれることだろう。

「よし、話は決まったな。スペース・ドウェルグ社として、あるいはドワーフとして、俺にどのような対応をしてくれるのか楽しみにしているぞ。対応によっては俺はクリシュナのオーバーホールが終わり次第、このコロニーを発《た》つ。これでも一応ゴールドランクの傭兵《ようへい》だ。万が一実力行使なんかに出てきたら……わかるよな？　言っておくが、俺は白兵戦もそれなりにやるぞ」

　さっきは完全に油断していたが、油断していなかったらあんなデッドボールは避《よ》けるなり迎撃するなりはできていたと思う。いや、まさか自分が船を預けている整備工場に行ったら突然人間デッドボールを食らうとは思わんだろ。思わんよな？

「はい……そのようなことは、決して」

「そう願うよ」

それじゃあ、と言って俺は彼女に背を向けて整備工場を出た。整備工場での用事が終わったらパワーアーマー用の武器とか色々見て回ろうかと思ったんだが、そんな気分じゃないな。帰ろう。

というか、俺はなぜ呼び出されたのだろうか？　操縦者を確保しろとかなんとか言っていたが、謎だな。いきなりデッドボールを食らってブチ切れたし。腰のレーザーガンを抜いたり、手当たり次第に暴れたりしなかっただけでもだいぶ自制できていたと思う。

☆★☆

「ドワーフどもをぶち殺して参りましょうか？」

「参らんでいい、参らんでいい」

部屋に戻って事の顛末《てんまつ》を話すと、メイが無表情で物騒なことを言い始めた。自分が伝言を伝えた結果、俺に危害が加えられたと聞いてメイは静かに、無表情で激おこである。まぁ本気でぶち殺すわけじゃないと思うが……本気じゃないよな？

「酷《ひど》い話というか、意味がわからないですね……」

「操縦者を確保、ねぇ……」

俺の話を聞いたミミはただただ困惑しているようだった。そうだよね、わけわからんよね。デッドボールを直接食らった俺にもよくわからん。エルマはなにか考え込んでいるようだが、心当たりがあるのだろうか？

「なにか心当たりがあるのか？」

「クリシュナをばらして、恐らく各スラスターの使用頻度からどう使っているかの推測はつくと思うのよね、ドワーフなら。もしかしたらヒロの変態的な曲芸機動に目をつけたのかも？」

「データにはプロテクトがかかっていますが？」

「言ったでしょ、スラスターの使用頻度を見てって。ドワーフは金属の状態を何かよくわからない感覚で読み取れるのよ。人やエルフが本を読むように、ドワーフは金属を読めるの。具体的な機動データを読まなくてもヒロが特異な戦闘機動で戦うのは読み取れるかもしれないわ」

「金属を読む……なるほど」

早速ネットワークに接続して関連情報を収集したのか、メイが納得したように頷く。

「それで確保しろとは結局どういうことなんだろうな。テストパイロットでもやらせる気だったのかね」

「エンジニアがパイロットを欲しがるということは、何かコンペティションのような催しでもあるのかもしれませんね」

「それでそのパイロット候補を怒らせたら本末転倒じゃないか……？」

もっと冷静に行動しろよと言いたい。

「何にせよ、相手の出方がどうなるかね……どういう形で誠意を示してくるかちょっと予想できないわ」

「途轍《とてつ》もなく失礼な行為ではありますが、言ってしまえば罪状そのものは軽度の傷害ですからね。簡易医療ポッドの診断データを提出しても賠償金額は５００エネルも取れれば良いほうかと。まぁ、企業としては自社が斡旋《あっせん》した工場でそのような事件が起きること自体が途轍もなく大きな失態ですが。今頃《いまごろ》、対応に苦慮しているのではないでしょうか」

「ドワーフだからね……素《す》っ頓狂《とんきょう》なことをしてくるに違いないわよ、きっと」

エルマがそう言って苦笑いをしている。そういえば、この世界ではエルフとドワーフの仲はどうなのだろうか？　なんとなくエルフとドワーフは仲が悪いというイメージがあるんだが。

「なにかドワーフに思うところがあったりするのか？」

「別に？　個人的には特にないわね。ただ、ドワーフはなんというか……誤解を恐れずに言えば変な人が多いからね。発想が突飛とでも言えば良いのかしら。理論よりも閃《ひらめ》き重視、理性よりも本能重視って感じでね」

「なるほど。まぁ、サラは理性的なほうだよな……だよな？」

「多分ね。ドワーフ全員がそういうわけじゃないから、ちゃんと理性的というか理論派の人もいるわよ。あくまでそういう傾向ってだけだから」

☆★☆

「あの……お世話させていただきます。ティーナです」

「お、同じく……お世話させていただきますウィスカです。どうかお手柔らかに……」

その日の夜、なんだか薄っぺらい服を着たデッドボールシスターズが部屋を訪れてきた。

ティーナと名乗るのは髪の毛が赤っぽいドワーフの女性で、顔立ちは……まぁ可愛《かわい》い部類だろう。昼間はオイルで汚れたジャンプスーツを着ていた上にヘルメットをしていたし、顔も汚れていたから気づかなかったけど。

そしてもう一人のウィスカと名乗るドワーフの女性は髪の毛の色が青というか水色っぽい。こちらもやはり朝は気づかなかったが、ティーナと同様可愛らしい顔立ちである。

というか、この二人、顔立ちが同じだ。双子なのだろうか。まぁ、それは良いか。とりあえず、俺が言えることは一つだ。

「帰れ」

扉を閉める。そうすると、扉の向こうから半泣きの声が聞こえてきた。

「このまま帰ったら住む場所も働く場所も失ってしまうんですぅ！」

「話を聞いてください！　なんでもしますからぁ！」

扉がドンドンと叩《たた》かれる。あー、うるせぇなぁ！　ホテルのセキュリティを呼ぶか。

「あ、あの、ヒロ様……？」

「あん？」

セキュリティを呼び出そうとフロントに繋《つな》がる通信端末に手を伸ばしたところでミミに声をかけられた。

「えっと……入れてあげないんですか？」

「ミミ、俺は確かに激怒した。スペース・ドウェルグ社がどんな対応を取るか見定めようと思っていた。だが奴《やつ》らの対応はこれだ。実行犯の下っ端を切り捨てて、都合よく若い女だったからって俺にあてがったわけだ。ミミとエルマを連れた上にメイまで連れているんだからきっと女好きに違いない、なら女あてがっとけばええやろ、とでも言いたげなこの対応はあまりにふざけているとは思わないか？」

確かに俺は女好きという誹《そし》りを免れない身ではあるが、こういうのはちょっと違うだろう。自然とそうなるならともかく、押し付けられるのはＮＯである。しかも嫌がってる相手を金や権力で無理矢理というのはいくらなんでもいかがなものか？

冷静に考えるとメイは割と押し付けられた感があるが、まぁ本人（？）がノリノリなのでよし。ノーカンということにしておこう……なんだか怒りが萎《な》えてきたな。

「なんだか何もかもがどうでもよくなってきた……あの二人に関してはミミに任せる」

「……えっ？」

「まかせる」

「ええ……と、とりあえず中に入れて話を聞いてみますね」

ソファに座ってぐったりする。俺にとってドワーフは鬼門なのだろうか？　とことん反りが合わないというか、感情を逆撫《さかな》でされるな。

ソファに座ってぐったりしていると、ミミがべそをかいているデッドボールシスターズを連れて部屋に入ってきた。そして俺の対面にあるソファに二人を座らせ、ミミもその隣に座る。

「ドワーフの外見卑怯《ひきょう》じゃない……？　これ絵的には完全に俺が悪い奴じゃないか」

「あ、あはは……」

薄着のままめそめそと泣いているデッドボールシスターズの世話をしながらミミが苦笑いする。

ちなみに、エルマは少し離れたテーブルで酒をちびちびとやりながらこちらの様子を窺《うかが》っており、メイは俺の座っているソファの後ろに立ってデッドボールシスターズに視線を向けているようであった。

メイの視線を受けたデッドボールシスターズが怯《おび》えて抱き合っているので、どうやら相当冷たい視線か怖い視線を送っているらしい。

「あの、メイさん。あまり二人をいじめないであげてください」

「別に私は何もしておりませんが」

そう言うメイの声はひたすらに冷たく、硬かった。宇宙船の装甲板か何かかな？

しかし、ミミの反応がちょっと解せないな。見た目が子供っぽいから同情しているのだろうか？

そんな俺の疑問が顔に出ていたのか、ミミがデッドボールシスターズの世話をしながら少し辛《つら》そうな顔をした。

「お上の事情でお金も住む場所も何もかも失ったのは私も同じですから」

「むっ……」

そう言われると弱い。しかもこの二人は俺がそういう立場に追いやったのだ。そこに少し責任を感じ――……。

「いや感じねぇわ。責任は一切感じねぇわ。完全に自業自得だわ」

危なくミミとデッドボールシスターズを重ね合わせて同情するところだった。まぁ良い、それでもミミがこの二人に同情していることは確かだ。ミミに免じて話だけは聞いてやろう。

☆★☆

「よし、話を聞いてやる。その前にどっちが俺にぶつかった方だ?」

「あ、あの、私です」

工場の時と同じように床に正座をした青髪合法ロリのウィスカがそう言っておずおずと手を挙げる。

「なるほど。まぁ今思い返すとお前は意図せずぶん投げられて俺にぶつかっただけだから、そんなに悪くもないな。ソファに座っていいぞ」

「は、はい……で、でもお姉――姉さんが」

そう言ってウィスカが赤髪合法ロリ――ティーナにチラリと視線を向ける。どうやら自分だけがソファに座るのは気が咎《とが》めるらしい。

この反応や自分は悪くないにも拘《かかわ》らず、相方に付き合ってわざわざ俺の毒牙《どくが》にかかりに来たことを考えればウィスカはそこそこ人のできた奴なのかもしれん。まだわからんが。

「そうか、まぁ無理には勧めないけども。で、話を聞いてもらいたいとか言ってたな」

「は、はい。あたし達はその、今回の件で職も住む場所も失うことになりそうで……」

「いや、そりゃ突然客に暴行を加えるようなのは雇っておけないだろう。常識的に考えて」

住む場所まで失う羽目になるのはちょっとよくわからんけど、社員寮みたいなとこに入っていたならまぁ有り得なくもない話だな。

「で、その話と俺のところに押しかけてきたのにはどんな関連性があるんだ？　職と住む場所を失いたくなければ俺にその身を捧《ささ》げてご機嫌を取ってこいとでもスペース・ドウェルグ社に言われたのか？」

「いや、そういうわけじゃないんですけど……そうでもしないとあかんかなって思って」

「んん？」

こいつ、スペース・ドウェルグ社に言われて来たわけじゃないのか？

「職も住む場所もって話は？」

「こ、このままだとそうなるんやないかなって……」

「別にそう言われたわけじゃないんだよな？」

「そ、それはそうやけど……」

つまりこいつの独断？　え？　マジ？　挽回《ばんかい》するどころか汚名を上塗りしてるだけじゃねーか。スペース・ドウェルグ社がこの事態を知ったら卒倒者続出だぞ。というかこいつ微妙に似非《えせ》関西弁みたいなイントネーションで話すな。ドワーフ訛《なま》りか何かか？

「お前、誰《だれ》にも言われてないのに妹を巻き込んで俺のところに身を売りに来たのか？」

「み、身を……はい、そうです」

ティーナが顔を赤くしたり青くしたりしながらそう言って俯《うつむ》く。ウィスカにも視線を向けるが、俺の物言いにこっちはより正確に事態を把握したのか、顔を真っ青にして脂汗を流し始めていた。

「なぁ、俺が何故《なぜ》怒っているのかお前わかってる？」

「えっ……それは、あたしがお客さんに怪我《けが》をさせたから——」

「いや違うから。それも大問題だけど、俺が一番怒ってるのはスペース・ドウェルグ社が自社の人間を適切に管理できずに俺に迷惑をかけていることだから。この意味、わかるか？」

「えっと……？」

よくわかっていないティーナが首を傾《かし》げ、事態を把握しているウィスカが気の毒になるくらい動揺している。

「つまり、お前みたいな奴が独断専行で素っ頓狂な行動をして、こうして俺に迷惑をかけることを一番の問題としてるわけだよ。今日の発端も客である俺を朝から工場に呼びつけるっていうクソムーブから始まってるのをもうお忘れかな？　その首の上に乗っかってるものの中身はお留守か？

ん？」

自然と笑みが浮かんでくる。俺、怒りが度を越してくると自然と笑みが浮かんでくる時があるんだよな。笑顔が本来は攻撃的な云々《うんぬん》という話が脳裏を過《よぎ》る。

「あ、あの、えっと……」

ここに来て事態を把握したのか、ティーナがダラダラと脂汗を流し始める。

「メイ」

「はい、ご主人様。既にスペース・ドウェルグ社に抗議の連絡を入れております」

「よくやった、流石《さすが》はメイだな」

「勿体《もったい》ないお言葉です」

姉妹揃《そろ》って蒼白《そうはく》になっているデッドボールシスターズをとりあえず無視してミミに視線を向ける。

「ミミ、ちょっとこいつら救いようがないぞ」

「え、ええっと……なんとか自分で責任を取ろうという心意気だけは……？」

「その解釈はいくらなんでも苦しいだろう……そもそもこいつらお上の思惑でここに派遣されてきたわけじゃないし、挽回しようとして更にドツボに嵌《はま》ってるだけだぞ」

俺の言葉にデッドボールシスターズが「うぐっ」と苦しそうな声を上げる。

「まぁ、別に俺は許しても良いんだけどな。お前達のことを」

「えっ」

「いや、俺がお前達に直接被った被害はちょっとした打撲だけだし。それをいつまでもネチネチと言うのは流石にケツの穴が小さすぎるだろう。ちょっとデッドボール食らっただけで姉妹揃って貞操差し出せオラァとか流石に言わない。そんなどこぞのチンピラじゃあるまいし」

そう言って手を振ると、デッドボールシスターズの表情に光が差してきた。

いや実際問題ね。昼にもメイが言った通りどんなに事を大きくしようとしても、この二人が俺にやったのは軽微な傷害ってところだ。簡易医療ポッドに入ればすぐに完治したわけだし、酷《ひど》く痛むわけでもなかったので個人的に慰謝料云々とか言うつもりもない。

そういったことを姉妹に説明していると、メイが入り口の扉のほうに歩いていった。もう来たか、早いな。連絡を受けてすぐに飛んできたんだろう。

「俺は許そう」

扉が開く。

「だがあいつらは許すかな？」

扉から入ってきたのは高級そうなフルーツのバスケットや酒瓶、それに何かが入っているらしい一抱えほどの箱を持ったスーツ姿のドワーフの男女であった。

☆★☆

「この度は本当に、重ね重ね、申し訳なく……」

ソファに座った俺の前で三人のドワーフの男女が俺に深く頭を下げていた。

俺の真正面、三人のうち真ん中に座って頭を下げているのがスペース・ドウェルグ社ブラド支社の営業部長。サラの直属の上司の上司の上司くらいの立場で、スペース・ドウェルグ社ブラド支社でも上から数えたほうが早いような地位の高い人間であるらしい。

そしてその右隣に座って頭を下げているのが昼間にも会った整備工場の工場長だ。その反対に座って頭を下げているのがサラの直属の上司の上司である傭兵《ようへい》相手の船の売買を担当している課の課長であるらしい。ちなみに、サラの上司の係長とサラ本人、その他数名がソファの後ろに立って深々と頭を下げている。

「御社の営業方法は実に刺激的ですね。全く退屈することがありませんよ、はっはっは」

お前んとこの営業どうなっとるんや？　おちおちゆっくりすることもできへんぞオラ。ということを遠回しに言っておく。

「は、ははは……恐れ入ります」

営業部長が脂汗を垂らしながら愛想笑いを浮かべる。おいそこの赤髪暴投合法ロリ。褒めてねぇからな。皮肉を言っているんだよ、皮肉を。

「彼女達が突然訪ねてきた時は驚きました。まさか花を贈って事を有耶無耶《うやむや》にしようとしているのかと。確かに私は花が好きですが、私にも好みというものがありますからね。押し付けられたのかと思って、思わず腰の銃を抜くべきかどうか迷ってしまいました」

「は、ははは、まさかそのような意図はまったく。はい、我々にとっても意想外の事態というものでして」

営業部長ドワーフが懐から取り出したハンカチで脂汗を拭《ぬぐ》いながら愛想笑いを継続する。ははは、この段になっては下手《へた》な言い訳もできないよなぁ？

「そうですよね、まさかスペース・ドウェルグ社ほどの大きな組織がゴールドランクの傭兵を舐《な》めてかかるとは思えませんからね、ははは」

「勿論《もちろん》ですとも。傭兵の皆様、それもゴールドランクの傭兵の方ともなれば我々にとってはとても大切なお客様ですから」

「その割にはあまりに対応が後手後手の上に雑ですよね。現場までちゃんと管理の手が行き届いていないのでは？　と思ってしまいます。それに、今回のような事態を頻発されてしまってはアフターフォローにも不安がつきまとうのではないかと心配してしまいます。その点はどう思われますか？」

「と、当社のアフターフォローは顧客満足度も非常に高く、質が良いと評判を頂いております。優秀なスタッフによる十全な整備は他社とは一線を画していると自負しています」

「その優秀なスタッフに怪我を負わせられたんですけどね」

俺の一言に営業部長だけでなくその両隣の工場長と課長もだらだらと脂汗を流し始める。

「しかも一発逆転だかなんだか知りませんが、その当人が私の部屋を訪ねてきて抱かせてやるから許せなどとのたまう始末。問題行動を起こした人物が何故自由に出歩いているので？」

「そ、それはですね……」

営業部長がチラリと工場長に視線を向ける。

「断酒と謹慎を命じておいたのですが、勝手に抜け出したようでして……」

「勝手に。なるほど、彼女達が勝手に抜け出したので、貴方達《あなた》には責任はないと。そう仰《おつしや》りたいということで？」

「い、いえ！　そのようなことでは決して……」

営業部長が俺の発言を慌てて否定する。

「では諸々《もろもろ》の監督責任を認められると、そういうことで」

「……はい。この度は本当に申し訳ありませんでした」

再び営業部長が頭を下げ、他の面々も同様に深く俺に頭を下げる。まぁ、この辺が手の打ちどころか。

「はい、謝罪を受け入れましょう。こちらの要求としては速やか、かつ丁寧な仕事してもらいたいということ、理不尽かつ何の説明もなしにこちらの手を煩わせないで欲しいということの二点です。まぁ、本来であればこんなことは要求するまでもない、当然のことだと思いますが」

「まったく、お客様の仰る通りです」

俺が謝罪を受け入れたからか、多少顔色の戻った営業部長がハンカチで汗を拭《ふ》きながらしきりに頷《うなず》く。いやほんと、当たり前のことだよなぁ。

「なので、そちらから何か誠意を示したいというような提案があればそれは喜んで受けさせていただきます。私達は今後も傭兵として活動を続け、宇宙を飛び回る予定です。母艦も手に入れたので、交易などにも手を出すかもしれませんね」

当たり前のことなので、何かプラスアルファで誠意を示してくれるなら快く受け取ってやるぞと言い加えておく。これだけ迷惑をかけられたんだから何かしらの便宜を要求してもいいだろう。

「は、は……何かご提案できることがないか、社に持ち帰って速やかに検討させていただきます」

「それは楽しみですね。ああ、それと」

「は、はい」

次は何を言われるのかとビクビクしている営業部長に笑みを向ける。おいおいそんなに怖がるなよ。別に更に何か要求しようってつもりはないよ。

「結局俺は何故朝っぱらから呼びつけられたんですかね？　行くなりデッドボールを食らって大騒ぎになったんで、用件を聞いてないいんですが」

「その件ですね。実は、当社で開発している次世代機のテストパイロットが不足していまして……お客様の機体を見た技術者達が短期間でも良いからお客様にテストパイロットをしてくれないかと頼み込もうとしたようです。個人というか、開発チーム毎《ごと》に別々にお願いをしにいくのは流石に邪魔だろうということで、失礼ながら各チームのリーダーを整備工場に集め、そちらで一度に面談と依頼をこなしてしまおうと考えていたようでして……」

汗を拭き拭き営業部長がそんなことを言う。

「いや、それはそっちで意見を集約して取りまとめて俺に依頼をすれば良い話ですよね。誰《だれ》が俺に依頼をするかも決まっていない状態で俺を呼び出すとかどう考えても非効率的だしおかしいでしょ。そもそも自分達の個人的な用件で客の俺を仕事場に呼び出すとか失礼じゃないです？」

「申し開きのしようもございません」

俺に視線を向けられた工場長がずんぐりむっくりとした小さい身体《からだ》を更に縮こめて頭を下げる。この人、優秀な職人だから工場長になったけど管理職としてはダメな人なんじゃないだろうか。優秀な職人が優秀な管理職になれるわけじゃないものなぁ。

「まぁ、船の整備中はコロニーの外にも出られないし、どちらにしても母艦が完成するまではこの星系に滞在するつもりなんで、テストパイロットの依頼は受けても良いですけどね。こっちの都合と報酬次第ですけど。傭兵ギルドを通して指名依頼でも出してください」

「ありがとうございます」

工場長だけでなく営業部長と課長も一緒に頭を下げてくる。経緯はどうあれ次世代機のテストパイロットというのは少し興味がある。俺のＳＯＬ《ステラオンライン》の知識にない機体や装備を目にできるかもしれない。今の情勢ならワンチャン入手の目もあるかもしれないから、可能なら是非やってみたいところだな。

「じゃあ、とりあえずはこんなところですかね。何か決まりましたらご連絡ください。ああ、ストップしていた母艦の取引に関しては再開ということで」

「承知致しました。この度は本当にご迷惑をおかけ致しました」

「ええ、本当に。これ以上何もないことを祈ります。ああ、その二人の処分に関しては……」

俺の言葉にビクリとデッドボールシスターズが身を震わせる。周りのドワーフ達がスーツ姿であるため、扇情的――というには色気が足りないな。薄着な二人は滅茶苦茶浮いている。

「まぁ、正直あんまり庇《かば》いようもないんですが、路頭に迷うような処分だけはやめてください。そんなことになったら俺の寝覚めが悪いので」

「ご配慮痛み入ります」

そう言ってスペース・ドウェルグ社の人々は部屋から去っていった。後に残ったのは高級そうなフルーツのバスケットといくつもの酒瓶、そして何かの入っている一抱えほどの箱である。

「はー、疲れた」

「ちょっと見直したわ。あんた、交渉もそれなりにできるのね」

離れたところでこちらの様子を窺《うかが》っていたエルマがそう言いながらスペース・ドウェルグ社の人々が置いていった酒瓶の物色を始める。

「あー、どうかな。ベストだったかどうかはわからんが、ベターであったとは思いたい」

そう言いながら俺は俺で箱を開けて中を見てみる。中に入っているのは真空パックになっている何かの燻製《くんせい》のようなものや、何かの瓶詰めのようなもの。それに高級そうな缶詰などが入っていた。

高級おつまみセットってところだろうか。

「良い引き際だったかと。相手の謝罪を受け入れて譲歩を要求し、こちらからも譲歩をして丸く収まったのではないでしょうか。相手も部長級の人員を出してきたとなると、ここで謝罪を突っぱねるのはあまり得策とは言えませんから」

俺の後ろに控えていたメイもそう言ってくれた。単純に換算することはできないが会社の部長といえば、軍組織で例えたら中佐以上……下手したら少将くらいの地位の人間だと言っても過言ではない。スペース・ドウェルグ社内の序列で言えばあの営業部長はセレナ少佐よりも格上なのである。しかも営業部といえば社内でも所謂《いわゆる》花形部署と呼ばれるところだろう。その長が顔を青くして脂汗を流しながら何度も頭を下げたのだ。それを突っぱねると逆に相手の態度が硬化する恐れもあったと思う。なんでもかんでもゴネりゃいいってもんでもないしな。

「メイにもそう言ってもらえると安心できるな……ミミ？」

ミミはと言うと、何か考え込んでいる様子であった。どうしたのだろうか。

「あっ……いえ、その、私もヒロ様みたいにかっこよくああいった事態にも対応できるようになりたいなって。なんというか、ヒロ様は今までも凄《すご》かったんですけど、別の凄さを見たと言うか」

「クリシュナを操縦してバッタバッタと宙賊を倒したり、パワーアーマーを着て暴れまわるだけじゃなくて、大企業の重役とも対等に渡り合う姿に惚《ほ》れ直した？」

「そんな感じです」

エルマの言葉に同意してミミが頷く。

「やめてくれ。そんな言うほど上手《うま》くやれたとは思ってないから」

「あら、照れてるの？　可愛《かわい》いわね。さっきまでの堂々としたヒロはどこに行ったのかしら？」

「だからやめろって。それよりほら、美味《おい》しそうな珍味とフルーツだぞ。早速食おうぜ」

からかってくるエルマになにかの燻製の入った真空パックを放り投げて話題を逸《そ》らす。

今日は疲れたよ、ほんと。美味しい珍味とフルーツで疲れた心を存分に癒やすとしよう。

#4：ブラドプライムコロニー

翌日である。

いやぁ、あの蠢《うごめ》く燻製は強敵だったな。真空パックに入ってたのに、開けた途端蠢き始めるからミミが悲鳴を上げてたよ。食べてみたら美味しかったから、最終的には三人で美味しく頂いたわけだけどな。

味は……濃厚なエビっぽかった。ボイルしたやつじゃなくて、刺し身っぽい感じ。それでいて食感は……アワビ？　とりあえずあれが何だったのかは調べないことにした。食っちまった謎生物の正体を知るのは怖いよな。

「今日こそはパワーアーマー用の武器とかを見に行こうと思っていたんだが」

朝起きて朝食を取り、ホテルのジムでトレーニングを終えて部屋のシャワーで汗を流し、さぁ出かけようというところで。

「案内ならお任せやで、兄さん」

「お、お姉ちゃん……お兄さんにはもっと丁寧な言葉を使わないと」

何故かシャワーを浴びて出てきたらデッドボールシスターズが部屋にいた。どういうことだ、とミミとエルマと、あとサラに視線を向ける。そう、デッドボールシスターズだけでなくサラも俺の部屋を訪れていたのだ。

「はい。この二人がどうしても改めてヒロ様にお詫《わ》びをしたいということなので、私がお目付け役となって連れてきたのですが……不快なようなら今すぐ連れ帰ってブタ箱にぶち込みますので」

初手からタメ口――というか気安く接するという常識では考えられないティーナのムーブを目の当たりにしたサラがこめかみに青筋を浮かべながら物騒なことを言う。いや、まぁ、別に気安く接されただけでブタ箱にぶち込めとまでは言わないよ、俺は。

「というか、こいつらの処分はどうなったわけ？」

「ヒロ様がとりなしてくださったので、厳しい処分にはなりませんでした。厳重注意と禁酒二週間、減俸三ヶ月ですね。ちなみに私は禁酒こそ言い渡されませんでしたが、減俸二ヶ月です。工場長は禁酒一ヶ月と減俸三ヶ月、リーダー研修の再受講となりました」

「そのサラッと処分の中に禁酒が入ってくるの何なの？　ドワーフにとって禁酒は刑罰なの？」

「刑罰以外の何ものでもないやろ」

「とても辛《つら》いです」

「私は禁酒を言い渡されなくて本当に良かったです」

がっくりと肩を落とすデッドボールシスターズとは対照的にホッとした顔を見せるサラ。信じられないことに、ドワーフにとって禁酒は非常に重い刑罰であるらしい。種族揃《そろ》ってお酒好き過ぎるだろう……。

「まぁ、処分についてはわかったよ。改めて謝罪をしたいという件についても謝罪は受け取ろう。

しかし俺に二度も迷惑をかけてるこの二人をよく俺に近づけようと思ったな」

普通に考えれば近づけないようにするものだと思うが。

「それがですね、まだ本決定ではないのですが、この二人をヒロ様の専属整備員として派遣するのはどうかという話がありまして」

「……ちょっとよく聞こえなかったな。なんだって？」

「あの、この二人を、専属整備員として派遣しようという話が持ち上がっていまして」

「……なんでよりによってこの二人なんだ？」

何故かドヤ顔をしている赤髪合法ロリと、そんな姉を見てオロオロとしている青髪合法ロリに視線を向ける。人選がおかしくないか？　わざわざ俺とトラブルを起こしたこいつらを俺につけようとするとか何考えているんだ？

「腕は良いんですよ、この二人。行動力もずば抜けていて……まぁその、行動力が徒《あだ》になることも多いのですが」

「くれるとしても思慮深そうな妹のほうだけで良いんだが」

「えっ？　そ、それって……」

「なんでや！　うちだって可愛《かわい》いやろ！」

俺の発言に頬《ほお》を赤くする青髪の妹と、憤慨する赤髪の姉。なんでやってお前、そういうとこだぞ？

「というか専属整備員として派遣するってのはつまり、どういう扱いになるんだ？」

「彼女達の給金は我々スペース・ドウェルグ社が支払います。つまり、所属はあくまでもスペース・ドウェルグ社のままということです。無論、コロニーを離れて自由に移動が可能になる自由移動権の付与手続きやその費用も全《すべ》てこちらで持ちます。ヒロ様にかかる唯一のご負担は納品するスキーズブラズニルに彼女達の生活スペースを確保していただき、提供していただくという一点のみです。無論、彼女達の生活スペースの設備に関しても当社で負担致します」

「ふーむ……？」

これはお買い得なのだろうか？　腕の良い整備員が二人、給金も必要な設備も全てスペース・ドウェルグ社持ちで手に入るということだよな。確かに装備や設備のメンテナンスができるプロのエンジニアというのは得難い存在だが。

「言っておくが、傭兵《ようへい》稼業に同行するのは危険だぞ。命の保証は一切できないし、怖い目にも遭うと思うが」

「でも色々な所に行けるんやろ？　色んな場所や不思議な光景や旨《うま》い酒とも出会えるかもしれないし、うちは少々の危険があってもコロニーの外に出てみたいな。兄さんにも迷惑をかけたし、恩返しもしないと」

「私は……ちょっと怖いですけど、とりなしてくれたお兄さんに恩返しがしたいから。お兄さんがとりなしてくれなかったら本当に姉ともども路頭に迷っていたので」

デッドボールシスターズは危険な傭兵の船に乗るというのに随分と楽観的というか、抵抗感が少ないようである。お前ら本当にそんな簡単に決めて良いのか？　傭兵稼業の危険さを甘く見てない？　母艦を落とされるつもりも落とさせるつもりもないけどさ。

まぁ、恩返しのためにって点は好感を持てるかな。悪い気はしないというか、別に大したことじゃないと言えば大したことでもないと思うが……コロニーみたいな閉鎖的な環境では、一度転落すると這《は》い上がるのが難しいんだろうな。

「この場ですぐに返答するのはちょっと無理だな。クルーとの相性もあるだろうし」

「そうですよね。なので、よろしければコロニーの案内に彼女達を使って彼女達との相性や人となりを見ていただくのはどうか、と。彼女達からそう提案があり、社としてもこちらの提案を受け入れていただく素地となれば良いという判断でして」

「なるほど……」

デッドボールシスターズに視線を向ける。姉のティーナは……なんだか知らんが自信ありげな様子だな。妹のウィスカのほうはそんな姉を見てハラハラしているようだが。第一印象は最悪というか、何してくれてんだお前って感じだったけど、話してみると二人とも付き合いやすそうな人柄ではある。

「しかし、仮に二人を受け入れるとすると……」

本当に俺以外女だらけになってしまうんだが。女好きのエロ傭兵の誹《そし》りはますます免れなくなりそうである。そう言えばこいつらも俺の船に乗るとなると、例のこれなんてエロゲ？　みたいな慣習から考えて色々と不味《まず》いと思うんだが。

「なぁ、例のアレ。男の傭兵の船に女が乗るっていうのは、みたいな慣習があるじゃないか。その方面は気にしないのか？」

「気にせぇへん。というか、もう兄さんと他の三人はデキとるんやろ？　そこに新しく男のクルー入れるのはかえって危ないと思うで」

「まぁ、トラブルの種にしかならないでしょうね。特殊な事情でもなければ」

エルマがティーナの言葉に同意する。なんだよ特殊な事情って……とは思ったがなんだか嫌な予感がしたので聞くのはやめておいた。ケツの穴が縮み上がりそうだ。

「二人が気にしないって言うならまぁ……まだ乗ってもらうと決めたわけじゃないけど」

「うちら、お買い得やと思うけどな。自分で言うのもなんやけど、顔は悪くないやろ？」

そう言ってティーナが俺の顔を見上げてドヤ顔をキメる。まぁ、確かに顔は悪くないというか、美少女の類だと思うが。姉が美少女なら双子の妹であるウィスカもまた同様に美少女顔だ。でもな。

「流石《さすが》に小さすぎてちょっと」

「誰《だれ》がちっさいんや!?　旦那《だんな》がデカすぎるだけや！　うちらはもう二十七やぞ。立派なレディーや」

「マジか」

「マジや」

俺とほぼ同い年である。こんな小さいのに俺とタメなの？　マジで？　ドワーフの神秘だな。

「ヒロと同じくらいじゃないの？」

「お兄さんも同じくらいの歳《とし》なんですか？」

「まぁ……うん」

　認めたくないが、同い年くらいらしい。えー……そうなのかぁ。そうなると、ミミがダントツで若いわけだな。俺よりも十歳程若いわけだし。そうなるとサラは……？

「何か？」

「いえ、なんでも」

　歳の話をし始めた辺りでどす黒いオーラを放ち始めたサラの威圧を受け流しておく。いくら見た目が小さくても女性に歳の話は厳禁だ。いいね？

「私が一番若いですね」

　何故か張り合ってそこはかとなくドヤ顔オーラを放つメイが少し面白かった。そうだね、メイは生後二ヶ月経《た》ってないもんね。確かにそうだわ。

「じゃあまぁ……案内を頼もうか」

「ヒロはパワーアーマーの装備や武器を見に行くんでしょ？　ならメイと二人でどうぞ。私とミミは普通に買い物とか観光とかしてくるから」

「それじゃあ旦那達の案内はうちがするわ。ウィーは姐《あね》さん達を案内したってや」

「うん。わかったよ、お姉ちゃん」

　そういうわけで、俺とメイとティーナ組、ミミとエルマとウィスカ組で分かれてブラドプライムコロニーを散策することになるのだった。

☆★☆

「いやホント、昨日《きのう》はごめんな。改めて謝っておくわ」

「謝罪はもう受け取ったけどな。というか、もう少し後先考えて行動したほうが良いと思うぞ」

「あはは……ウィーにもよくそう言われるわ」

ティーナが苦笑いを浮かべながら頭を掻《か》く。彼女は妹のウィスカのことをウィーと呼んでいるらしい。ウィスカはティーナのことをお姉ちゃんと言っていたので、ティーナには特に愛称などはないのだろう。ティーだとお茶だしな。

「俺の船のクルーになるかどうかはともかく、そこは直したほうが良いだろうな……言って直るものなら妹に言われてとっくに直ってるんだろうけど」

「よくわかってるやん」

「せめて少しは懲りろよ……」

糠《ぬか》に釘《くぎ》、暖簾《のれん》に腕押しとはこういうことか。ウィスカの苦労が偲《しの》ばれるな。

「ご主人様に迷惑をかけた場合は私が責任を持ってスペース・ドウェルグ社に報告致しますので、お覚悟を。査定に響きますよ」

「うっ……き、気をつけるわ」

どうやら初対面の苦手意識が抜けないらしく、ティーナはメイに対して及び腰な感じである。実際のところ俺達の中で怒らせると一番怖いのは間違いなくメイだろうから、彼女の危険察知能力は正常に働いていると言えるだろう。

　そもそも、メイにとっては俺が最も優先すべき対象である。未《いま》だ俺の身内とは言えないティーナやウィスカは警戒の対象であっても庇護《ひご》する対象ではないのだろう。ミミやエルマは俺の身内扱いなので、彼女もそれなりに振る舞うのだが。

「え、えーと……そう！　パワーアーマー用の装備やったな！」

「強引な話題転換だなぁ……まぁ、そうだよ。この前スプリットレーザーガンをずんばらりと真っ二つにされちまってな。新品を買いたいのと、何か良さげな武器でもないかと思ってな」

「ずんばらりって、何があったんや……」

「詳しくは言えないが、貴族の跡目争いに巻き込まれてな。その時の騒動で」

「あー、聞かないほうが良さそう。凄《すご》く聞かないほうが良さそう。でも生きてるってことは丸く収まったんやな？」

「まぁな」

「ならええわ。とりあえず個人用レーザー武器といえばここ、って言われるほどの老舗《しにせ》があるから、まずはそこやな」

　貴族関連の話を聞いた時には本気でドン引きしていたが、すぐに気持ちを切り替えたのかティーナはズンズンと天井が低めの通路を歩き始めた。俺とメイもその後ろに続く。

「旦那は傭兵稼業やってどれくらいなん？」

「ん？　んー……まぁそこそこかな」

　こっちの世界に来てすぐということになるのだろうが、そうなるとギリギリ半年に届くかどうかというところだろう。何気に恒星間移動でそれなりの日数を過ごしているしな。

「そこそこかー。まぁゴールドランクっていったら凄腕《すごうで》やんな。どれくらい儲《もう》かるん？」

「調子が良ければ一日で10万エネルくらい」

「えっ、嘘《うそ》やん。一日10万エネルは吹きすぎやろ」

　あはは、とティーナがまたまたご冗談を、とでも言いたげに笑い飛ばす。

「いや、本当だが。そうでもないと2000万エネルもポンと出せるわけないだろ。宙賊の基地襲撃任務とか、紛争に傭兵として参加するとか、その他何かあればもっと稼げるぞ」

　一日10万エネルってのは特に何のミッションも受けず、宙賊を一日探して狩り続けた場合の金額だからな。

「マジで？」

　ティーナが振り返って真顔で聞いてくる。

「マジで」

　俺が頷《うなず》くと、ティーナはスススッと真顔で俺ににじり寄り、俺の手を取って自分の胸に抱いた。

　ハハッ、なかなか硬い胸板ですね。洗濯板か何かかな？

「……旦那さん、うちのこと貰《もら》ってくれへん？　今ならウィーもつけるで」

「結婚、結婚なぁ……まぁするとしてもミミとエルマとメイが先だな」

「くっ、四番手か……」

「何言ってんだ。もし君ら姉妹と結婚するにしても妹さんのほうが上に決まってるだろ」

「なんでや⁉　ティーナちゃんかわいいやろ！　っていうかウィーとうちは顔同じやろがい！」

「顔が同じだから性格が重視されるんだよなぁ」

ガーッ！　と吼《ほ》えるティーナの額を押しのけて左手で耳の穴をほじる。あとでメイに耳掻《みみか》きでもしてもらおうかな。メイの耳掻きはそれはもう気持ち良いなんてものじゃないんだよ。

「くっ……まぁええわ。旦那にはそのうちティーナちゃんの可愛《かわい》らしさを存分に思い知らせてやるからな」

「金目当てとわかっている相手に思い知らされるも何もないんだが」

「何を言うてんねん。金が稼げるってことは甲斐性《かいしょう》があるってことや。女が甲斐性のある男に惹《ひ》かれるのは自然の摂理ってやつやろ。金がなくても愛情は育めるかもしれんけど、金があればより大きく育つもんや」

「世知辛い意見だなぁ」

「そらそうや。ヒトっちゅうのは甘い幻想だけじゃ生きてはいかれへんやろ。おまんまの食い上げじゃ育つもんも育たんで」

「なるほど」

ティーナの洗濯板の感触を思い出す。ティーナも苦労してきたんだな。俺の考えを読んだのか、ティーナがジト目を向けてくる。

「そういうのじゃないからな。あたしはまだ成長期が来てないだけや」

「成長期って……」

道行く他のドワーフ女性にもさっと目を向ける。ふむ、サイズは色々か……しかし成長期ねぇ。

「二十七で成長期が来てないって言い訳は辛くないか？」

「うっさいわボケ！」

尻《しり》を叩《たた》かれた。手は小さいのになかなかの威力だった……いてぇ。

☆★☆

「ここが目的の場所や」

「ほほう」

ティーナが俺とメイを案内した場所はレーザー武器をメインに幅広く携行兵器を揃えている武器の総合商店のような場所であった。俺のような傭兵《ようへい》稼業の人間らしき連中が結構出入りしているようである。

「なんか思ったより人が入ってるなぁ」

「この工房は既製品はもちろんのこと、オーダーメイドも受け付けてるからな。このコロニーに来る傭兵はそれなりの期間滞在することが多いから、その時間を使ってオーダーメイドの武器を拵《こしら》えることも多いらしいで」

「オーダーメイドの武器か……ふむ」

自分専用のオーダーメイド武器。心躍る言葉だな。メイの交渉のおかげで予算はあるわけだし、是非そういうのも作ってみたいものだ。

「よし、入るか」

「せやな。うちもここ来るのは久しぶりや」

先を歩いて店内に入っていくティーナ。こいつはどんどん口調の似非《えせ》関西弁めいた感じが増していっているが、こっちが素なのだろうか？　意味が通じないほどの訛《なま》りじゃないからあまり気にならないけど。しかしこういうところもティーナの残念ポイントなんだろうな。

「ほほう、ほう、ほう」

店内はなかなかに広々としていた。店構えからもなかなか大きな店舗だというのはわかっていたが、どうやら奥のほうは例のオーダーメイド武器を作るための工房になっているらしい。

「フクロウか何かかいな」

俺の様子を目にしたティーナが笑う。そう言われてもお前、この光景にはこう、男の子の心が擽《くすぐ》られるものがあるだろう。所狭しと並ぶレーザーガンやレーザーライフル、その他諸々《もろもろ》の武器が整然と並んでいる光景は、これが人を殺す道具だということがわかっていてもワクワクしてしまうものだ。

「まずはスプリットレーザーガンを買うか。ぶった切られた分は補充しておいたほうが良い」

「はい。あちらが大型光学兵器のコーナーのようです」

「メイ用にあっても良いかもな。ついでだし、メイも良さげな武器があれば選んでおいてくれ」

「ありがとうございます、ご主人様」

メイがペコリと頭を下げる。メイの戦闘能力が向上すれば、それだけ俺達の安全性が向上することになる。正直それは大歓迎なので、遠慮せずにどんどん言って欲しい。

「あたしは？」

「お前は武器は使わんだろ。というか、使うとしても俺がお前に何かを買ってやる謂《いわ》れはないと思うんだが」

「けちんぼ。ちょっとくらいええやん」

「昼飯くらいは奢《おご》ってやるよ。美味《うま》けりゃお高いところでも構わんぞ」

「よっしゃ、任せとき」

一瞬で機嫌を直しやがった。現金な奴《やつ》だな。案内料みたいなもんだと思えば別に腹も立たないが。思えばミミもエルマも俺にあまり何かねだったりしてこないからな。こうやって直截《ちょくせつ》にものをねだられるのはちょっと新鮮な気分だ。

メイ？　メイはねだるというかなんというか、あれはもうねだるというよりは必要なものを要求するって感じで、なんかねだるのとはちょっと違うような気がする。金額はでかいけど、個人的な趣味のものとか嗜好《しこう》品ってわけじゃないからな。ものをせびるって意味では同じかもしれないが、なんか違う。

「グレネード類も置いてるのか。まぁ使ってないから必要はないな」

「そうですね。グレネードではないですが、こちらを購入していただいてもよろしいですか？」

そう言ってメイが持ってきたのは黒い金属でできた……なんだろう。投げナイフ？　にしては太くてゴツいな。針と言うにも太すぎる。金属製の投矢――ダートとでも表現するのが適当だろうか。

「超硬金属製のダートです。パワーアーマーの装甲などに使用されている素材ですね」

「それを使うのか？」

「はい。私が投げればパワーアーマーにもダメージを与えられますし、隠し持つのに最適なので」

そう言って彼女はメタルダートを収めるバンドやホルスターのようなものを俺に見せてきた。なるほど、それで身体《からだ》の各所に隠し持つのか。見るからに重そうだけど……メイには負担にもならないんだろうな。

「そんなにアナログな武器で良いのか？」

「はい。アナログな武器ですが、それだけに信頼性は高いので」

「確かにそうそう壊れることはなさそうだな」

レーザーガンだけでなく実弾を放つ拳銃《けんじゅう》もそうだが、複雑な機構を持つ武器ほど些細《ささい》な衝撃などで壊れてしまう可能性を孕《はら》んでいるものだ。その点で言えば金属製の投矢なんてものは変な話、ひん曲がってしまっても全力でぶん投げて敵に当てればそれなりにダメージを与えられるからな。そういう意味では単純でアナログな武器ほど信頼性が高くなるというわけだ。

「じゃあそれも買っていくか。なんなら伸縮式の警棒なんかも買っておいたらどうだ？　メイの能力なら近接戦闘をする時にそういうのがあると役立つだろ」

「はい、ありがとうございます。そうさせていただきます」

そう言って頭を下げ、再び顔を上げたメイの表情はこころなしか嬉《うれ》しそうに見えた。表情は変わらず無表情なのだが、なんとなく雰囲気がそんな感じだ。まったく、無表情に見えてなかなかおねだり上手なメイドさんである。

☆★☆

機械知性に物欲というものは存在しないようで、メイが俺に求めるのは全《すべ》て必要なものだけである。それも基本的には俺の安全を守るためだったり、より俺に高度なサービスを提供するためのものであったりするので、恐らくメイにある『欲』というのは主人である俺に奉仕したいという奉仕欲とでも言うべきものだけなのだろう。それが強すぎる故に要求する買い物の額がデカくなりすぎるというのが玉に瑕《きず》か。

それに対して。

「なーなー、旦那《だんな》、これ、これ買って」

「……いや、なんで俺がお前の趣味のものを買ってやらにゃならんのだ?」

「ティーナちゃんこれ欲しいのっ☆」

わざとらしいというか、あざとい笑みを浮かべながらティーナが上目遣いで俺を見つめてくる。

「3点、やりなおし」

「採点辛いなぁ！　ちなみに10点満点で３点？」

「……ハッ」

「１００点満点で３点は採点辛すぎないか……？　ティーナちゃん可愛《かわい》いやろ？」

不満げに唇を尖《とが》らすティーナ。まぁ、確かに見た目だけなら美少女かもしれない。今は後ろでポニーテールにしてまとめているが、セミロングの赤い髪の毛は意外とサラサラだし、顔立ちも整っている。髪の毛と同じ赤い瞳《ひとみ》は感情豊かな輝きを宿しているし、表情もくるくると変わって愛嬌《あいきょう》がある。

「まぁ、可愛いか可愛くないかで言えば可愛いな」

「へぁっ……？」

「ティーナは可愛いと思うよ」

「そっ、そうか。せやろ？　せやんなー」

なんだか急に顔を赤くしてくねくねし始めるティーナ。可愛いは可愛いけどウザカワ系だよな、こいつは。残念なのはウザさが度を越すことがあるところなのではなかろうか。適度に締めるか褒めるかしてやれば可愛い感じを維持できるかもしれない。今みたいに。

「でもそれは買ってやらねぇから。戻してきなさい」

「えー。旦那金持ちなんやから少しくらいタカらせてーや」

と、ティーナが不満げに言ったその瞬間、ずいっとメイが俺とティーナの間に割り込んだ。

「ティーナさん」

「はい」

ティーナがピンと背筋を伸ばして気をつけの姿勢になる。どうも先日メイに睨《にら》みつけられてからティーナはメイが苦手みたいだな。

「今、貴女《あなた》が何故《なぜ》ご主人様と行動を共にしているのか、お忘れではないですか？」

「はい、すみません」

「貴女はご主人様にとって自分が有用であると、ご主人様と行動を共にする資格があるのだと証明しなければならない。そのためにスペース・ドウェルグ社は貴女をご主人様の傍《そば》につけ、その資格があるかどうかを見極めてもらおうとしているのです」

「はい、仰《おつしや》る通りです」

「それを理解していながらご主人様にタカるというのはどういうことなのでしょうか？」

「申し開きもございません」

こころなしかメイに怒られたティーナがひと回り小さくなっているように見えるな。まぁ、元気とか明るさが売りのティーナからそういう部分を取り払ったらそうなるか。ミミもしょんぼりしていると一層小さく見えちゃうもんな。

「メイ、そのくらいでいいぞ。ティーナもそこまで本気で言ったわけじゃないだろうし、あんまり萎縮《いしゆく》されてもやりづらいから」

「ご主人様がそう仰られるのであれば」

そう言ってメイが身を引くと、安心したのかティーナが溜息《ためいき》を吐《つ》いた。

「ふぅ……兄さんのとこのメイドさんめっちゃ怖いわ」

「言ってることは真っ当だと思うけどな」

「ちょっとくらいええやん？」

「しょうがないなぁ……なんて言うと思ったか？」

「いけずやなぁ」

文句を垂れながらもティーナは持ってきた謎の機械を戻しにいく。なんか説明していたような気がするが、興味がなかったというか理解できそうもなかったので右から左に聞き流していた。ふぉとにっくれぞなんすなんちゃらとか、くあんたむはーもなんちゃらとか言っていた気がするが、よくわからない。

「あとはオーダーメイド武器かぁ」

「どんなのが欲しいのん？」

オーダーメイド武器の発注端末の前に立つと、ティーナがくっついて同じ画面を覗《のぞ》き込んでくる。特に意識しているわけじゃないんだろうが、距離感が近いなぁ。これは隙《すき》が多くて実は隠れファンが多いタイプなんじゃないだろうか。

「パワーアーマーで使う手持ち武器だな。閉所でも取り回しが良くて、接近戦もこなせるようなものがいい。貴族の剣にぶった切られないようなのがベストだな」

「それはなかなかの難題やなぁ。あれは強化単分子の刃を持つ高周波ブレードでな、アレにずんばらりされない素材となると、超重圧縮素材とかになる。滅茶苦茶《めちゃくちゃ》頑丈な分滅茶苦茶重いし、値段も高いのが難点や。アレで武器なんか作ったら拳銃サイズで重さ30ｋｇとかになってしまうで」

「いくらパワーアーマーで使うとしても、流石《さすが》に重いな」

拳銃サイズでその重さとなると、流石にパワーアーマーでも扱えないだろう。

「せやねん。だから基本的に超重圧縮素材は工業用途にしか使われれん。一部戦艦の装甲材に使われることがあるくらいやな。一撃で真っ二つにされないようにするってことなら、全部を超重圧縮素材で作らずにコーティング材として使う方法もあるけど、手間がかかる分高くなるで」

「なるほど……なぁ、俺のさっきの要求でオーダーメイド武器をデザインしてくれないか。報酬も出すぞ。とりあえず手付けとしてさっきのよくわからんガラクタを買ってやろう」

こういうのは専門家に任せるに限る。素人《しろうと》の自分が自分なりに作ったオリジナル武器、というのはロマンがあるが、やはりプロに任せたほうが色々と安心感がある。ティーナの専門は船関係なのかもしれないが、素材工学なんかにも明るいようだし、俺よりもまともな武器をデザインしてくれそうだ。

「パワーアーマー用の手持ち武器で、閉所でも取り回しが良くて、接近戦もこなせて、可能であれば貴族の剣とも切り結べる武器なぁ……盛りすぎと違うか？」

「予算はそうだな……10万までで、優先順位としては閉所での取り回し、接近戦能力、貴族の剣と切り結べる能力の順だ。接近戦能力まで満足の行く性能だったら報酬1万、貴族とも切り結べるような出来なら報酬は倍だ。予算は使い切っても構わないが、越すのはＮＧ。かける予算が少なければ少ないほど評価するってことでどうだ？」

「やらせていただきます」

ティーナが真顔で即答した。

「よし、じゃあサポートにメイをつける。メイ、ティーナに俺のパワーアーマーの情報を提供して、武器開発に協力して当たってくれ。ついでにと言っちゃなんだが、仲良くして関係改善にも努めるように」

「承知致しました」

メイが俺の命令を受けて恭しく頭を下げる。メイは素直で有能でとても良い子だ。ティーナが「げっ」とでも言いたげな表情をしていたが、これはティーナに対する課題でもある。既存のクルーと仲良くできないようであれば俺の船に乗せることはできないからな。

「じゃあ、二人はここに残って店の職人と話を詰めてくれ。決裁権はメイに渡しておく」

「はい、ご主人様。仰せのままに」

「わかった。うちはやり遂げるからな！」

そして報酬を手にするんや！　という副音声が聞こえてきそうだな。

「俺はミミ達に合流する。こっちの発注が済んだら連絡してくれ。合流するか船で落ち合うか決めよう」

「はい」

「りょーかいや」

頷《うなず》く二人をこの場に残し、俺はミミ達と合流することにした。あっちの都合が良さそうなら合流して、都合が悪そうなら一人でぶらつくとしよう。まずは連絡するかな。そう考えながら俺は端末を取り出し、メッセージアプリを起動するのだった。

☆★☆

『こっちは用事が終わった。メイとティーナには頼み事をして店に残ってもらったけど。そっちはどうだ？』

起動したメッセージアプリでグループチャットを送り、返信を待っている間に歩き出す。買い物をすると言っていたので、恐らく三人がいるのは商業区画の中でも食料や生活雑貨などを売っている方面だろう。

「どうするかねぇ」

ティーナとウィスカを受け入れるかどうか、ということについて歩きながら考える。

技術者の同行というのは非常に好ましいことである。何かしらの機械的なトラブルがあった時に対応できる人員がいると安心感が違うからな。

問題はあの二人があの手この手でクリシュナのデータを引っこ抜いてスペース・ドウェルグ社に渡してしまう可能性がある点だろうか？

実のところ、それはあまり警戒していないんだよな。クリシュナや納品される母艦の電子戦防御に関してはメイが一手に引き受けると言っている。データを引っこ抜こうとしてもメイが防ぐだろうし、二人がそのような行動を取った場合メイが咎《とが》めることになるだろう。当然、俺にも報告が上がってくることになる。

そうすればどうなるか？　いくら可愛かろうが懐に俺の血を吸う虫を入れて歩く趣味はない。叩《たた》き潰《つぶ》すか、放り捨てるかすることになるだろう。無論、その時は大元も叩かせていただく。存分に。

まぁ、そうしようとは思うが、実際にそうすることができるかは怪しいものだ。俺的にティーナの性格はさほど嫌いな類のものではないのだ。少々あざといところもあるが、それがまた気楽で良い。気安さが逆に心地《ここち》良いように思えるのだ。

ウィスカに関してはまだ一緒に過ごした時間が短いからよくわからないが、そこはかとなく幸が薄い感じがする。姉のせいで何度も貧乏くじを引かされてきたんだろうなぁということが想像に容《た》易《やす》いな。昨晩姉に付き合って俺の所に来た辺り、相当姉のことを慕っているか流されやすいのかな。

……まだ判断がつかないな。

とにかく、二人の受け入れに関してはエンジニアを船に乗せるメリットと、彼女達が船に乗ることで少なからず俺やクリシュナの情報が流出するであろうというリスクのバランスをどう見るかだな。

俺やクリシュナに関する情報なんてものは、長く傭兵《ようへい》生活を続けていればいずれ知れ渡ってしまうものである。出来得る限り流出しないに越したことはないだろうが、いち傭兵である俺がそこまで気を張って制御しなければならないものかというと、正直俺は首を傾《かし》げざるを得ない。

そもそも俺は隠れ回る気がない。これからも傭兵として活躍していくつもりだ。つまり、これからもクリシュナを使って活動していくつもりだ。そうなると、いくらクリシュナが強い船で俺がそれなりの腕を持っているとしても、クリシュナが機械である以上はメンテナンスをしなければいずれガタが来る。それを防ぐには確かな腕を持つエンジニアに整備をしてもらう他ない。

つまり、情報の流出を嫌ってクリシュナを誰《だれ》にも触らせないようにしていても、いずれ詰むのである。クリシュナの秘密を守るためにクリシュナを失ってしまうというのは本末転倒ではなかろうか。それなら多少の情報流出などは気にせず、クリシュナを完璧《かんぺき》に整備してもらって末永く使うほうがよほどお得だろう。俺はそう考える。

クリシュナが整備要らずで永遠に性能を維持し続けられるなら問題ないんだが、この世界はゲームではないので機械というものは放っておいても劣化するし、使っていればより劣化は早いのだ。これから先もクリシュナで戦い続けるのであれば、どこかで妥協はしなければならない。

「おっと」

考えながら歩いているうちに商業区画の半ばまで歩いてしまっていた。ポケットから小型情報端末を取り出してメッセージアプリをチェックする。

『今はウィスカさんとティーナさんが船に乗る際に必要になるものを案内していました。もう少しかかりそうです』

「別にまだ乗せるって決めたわけじゃないんだけどなぁ」

そう言いつつ、乗せる方向に心の天秤《てんびん》が大きく傾いているのは確かだけれども。結論としては彼女達を船に乗せるメリットがデメリットを上回っていると俺は考えているわけだ。これに関してはミミとエルマ、それにメイにも考えを披露してもらうのが良いだろう。最終的な判断を下すのは俺だが、三人の意見も聞いておきたい。

『わかった。適当に商業区画をブラブラしてるわ』

再度メッセージを送り、今度は考え事をしないで店を見て回ることにする。ドワーフの多く住むコロニーということもあってか、工芸品のようなものが多いようだ。というか、既存のハイテク製品に工芸品的価値を付与したものを売っている店が結構多い。

例えば見た目が木製の自動調理器とか、装飾されたレーザーガン用のホルスターとか、トゲの付いた肩パッドとか。いや待て、何だこの肩パッドは？　防具……？　ファッション……？　俺には身につけてヒャッハー！　とか言って遊ぶくらいしか使い途《みち》が思いつかないんだが。

「兄ちゃんお目が高いね。そいつはサーマルマントだよ」

肩パッドをスルーできずに立ち止まった俺に丁度店頭にいたドワーフの店員が声をかけてきた。髭面《ひげづら》で年齢はよくわからないが、声は思ったより若い感じである。

「サーマルマント。マント？　これがマント？」

どう見てもヒャッハー肩パッドである。マント要素が皆無だ。

「そうさ。一見マントっぽくない見た目にするのに苦労したよ。肩につけてスイッチを入れるとマイナス50度からプラス50度までの寒さ、暑さに快適に対応できるんだ」

「そりゃすごい。動力は？」

これがあれば年中Tシャツと短パンでも過ごせるってことか。それは凄《すご》い。見た目がトゲ付き肩パッドじゃなかったら買っていたかもしれない。

「エネルギーパックを一つずつ入れて使うんだ。それで二万時間は動くよ」

二万時間というとおよそ二年強である。エネルギーパック二つで二年以上も稼働するのは凄いな。

「ちなみにいくらだ？」

「うーん、改造に苦労したからなぁ。殆《ほとん》ど新開発みたいなものだし。そうだな、3000……いや、2500エネルでどうだい？」

「う、うーん……」

簡単に買える金額だが、見た目がなぁ……これを装備したら手斧《ちょうな》を持ってヒャッハー！　って言わなきゃならない義務感に駆られそうだ。髪型もモヒカンとかにするべきじゃないだろうか。いや、似合わねぇな。俺には絶望的に似合わねぇな。

今の俺は日々のトレーニングで細マッチョとでも言うべき体型になっている。このトゲ付き肩パッドはもっとこう、ガタイの良い人間が身につけるべきアイテムだ。

「俺には似合いそうもないからやめとくよ。ついでに聞きたいんだが、改造前の普通のサーマルマントはないのか？」

「あるよ。こっちは800エネルだね。エネルギーパック一個で三万時間は動くよ。やっぱり身体《からだ》をすっぽりと覆うマントのほうが効率が良いんだよね」

そう言って店員のドワーフが店内から持ってきたのは、若干光沢のある白い色のビニールのような、革のような不思議な質感の素材でできたフード付きのマントだった。

「もっと目立たないような色のはないのか？」

さすがにこれは目立つだろう。

「ああ、カメレオン機能もついてるのが良いのかい？　ならこっちだね。カメレオンサーマルマントは1200エネルだよ」

そう言って今度はザラザラとした質感の目立たない色のマントを持ってくる。そして首元部分にある留め具のようなものを店員が弄《いじ》ると、マントの柄が灰色の都市迷彩のようなパターンに変わった。ヘックス状のブロックに分かれて色が変化しているのは実にサイバーパンクっぽい仕様でかっこいいな。

「買うならそれが良いな」

「こっちのほうがデザインが良いよ？　ほら、似合う似合う」

そう言ってドワーフの店員が俺の肩に肩パッドを載せて営業スマイルを浮かべる。どうやって俺の肩にくっついているんだ、この肩パッドは。これが技術の無駄遣いというやつか。

「いや、そっちのカメレオンサーマルマントで良い。それを……そうだな、予備も含めて五着くれ」

「五着もかい⁉　勿論《もちろん》ですとも！」

店員がホクホク顔で店内へと走っていく。俺とミミとエルマ用に三枚で予備に二枚。あるいはティーナとウィスカ用ってことでいいだろう。温度調節機能と周りの風景に溶け込むカメレオン機能付きのフード付きマント……何かの役に立つこともあるかもしれない。環境の過酷な惑星に不時着してしまった時とか、生命維持装置の壊れたコロニーに調査に入る時とかに。SOL《ステラオンライン》ではそういった感じのイベントとかもあったんだよな。備えておいて悪いことはないだろう。

「お大尽の旦那《だんな》、うちにも良い品がありまっせ」

「ちょい、先にうちが目ぇつけたんや。旦那ぁ、うちの商品も見てって？　な？」

「おいおい、うちの商売が先だよ。ささ、旦那、奥へどうぞ」

いつの間にかドワーフの商人達が俺の背後に集まっていた。はっはっは、お前ら商魂《しょうこん》逞《たくま》しいな？　あと二人目の女商人、そんな風にしなを作ってもまったく心が動かないぞ。

しかしやらかしてしまったぞ、これは。どうしたものか、と考えながら俺は肩パッド売りのドワーフ商人の店へと足を踏み入れるのだった。

☆★☆

ドワーフの商人達の押し売りを断るのはなかなかの難事であった。言葉巧みにガラクタを売りつけようとしてくる。微妙に興味を惹《ひ》くものとガラクタを抱き合わせで販売してこようとしたりな。なんとなくボラれているような気がしたので、あとで地元の知り合いともう一回来るわ、と言ったら執拗《しつよう》に売りつけようとしてきやがった。

そそくさと去っていくのもいる辺り、俺を金持ちと見て搾り取ってやろうという輩《やから》もいたのだろう。ボラれるといっても俺の所持金からすれば大した金額でもないのだろうが、ガラクタを置いておけるスペースにも限りというものがある。無駄な買い物をしなくてよかった。

でもコンパクト調理キットは買った。エネルギーパックで長時間稼働する優れもので、工具箱くらいの大きさの箱にクッキングヒーターと可食判定スキャナー、それにちょっとした食器類と各種調味料が収められている一品だ。これももしかしたらどこぞの未開惑星に不時着した時に役に立つ……かもしれない。

いや、不時着したとしてクリシュナや母艦の設備が使えないほどに損傷していたら色々と詰んでると思うけどね！　その時にはこいつが役に立ったりする前に全員墜落の衝撃で挽き肉《ひにく》になってそうな気がするが、まぁこの前のリゾート惑星のような場所に行った時とか、そういう時にね？　あとクリシュナ内で俺が腕を振るうとか？

無駄遣いであったという自覚はあります。はい。ま、まぁ多少はね？　コンパクト調理キットはカメレオンサーマルマントと一緒にクリシュナに配送してもらっておいた。クリシュナというか、クリシュナを今預けている整備工場にだな。整備が終わったら運び込んでおいてくれることになっているので問題あるまい。

「意外と上手《うま》く捌《さば》いてたわね」

ドワーフの商人達を追い払ったところで声をかけてきた者がいた……というかエルマである。どうやら女子の買い物は終わったらしい。メイとティーナからは連絡が来ていないので、恐らくまだ武器のオーダーメイドに時間をかけているのであろう。仕事熱心で結構なことである。

「見てたのか……」

「ええ、途中からだけどね。もっと要らないものを買わされるんじゃないかと思ってたんだけど、予想が外れたわ」

「だから言ったじゃないですか。ヒロ様は毅然《きぜん》と断れるはずだって」

残念そうに肩を竦《すく》めるエルマの横でミミが満足そうな顔をしている。

「でもヒロって結構甘々じゃない？　ミミや私に大金をかけてホイホイ拾っちゃうくらいだし」

「そりゃそうだけど、それとこれとは別の話じゃないかなぁ」

エルマの時はともかくとして、ミミの時はもしかしたら仲良くなれるかも？　くらいの下心はあったし。まさかいきなりああなるとは予想もしていなかったが。本当にカルチャーショックだったよね。

それが今では船に乗るというデッドボールシスターズの貞操の心配をするようになったのだから、俺もこっちの世界の流儀にだいぶ染まってきたようだ。人というのは順応する生き物だよなぁ。

「そ、そういえば調理キットを買っていましたよね？　どなたか調理をされるんですか？」

微妙な空気を読んだのか、ウィスカが話題を変えてきた。

「ヒロ様が料理を作れるんです。生のお魚とか、お野菜とか、お肉を使って。凄い腕前ですよ」

「いや、全然凄くないから。雑な男料理だから」

「えー、そんなことないと思いますけど……本当にとっても美味《おい》しかったですよ？」

「そうなんですか……珍しいですね、今時ドワーフ以外で調理技能を持っている方って」

「ああ、そう言えばドワーフって料理人も多いわよね。このコロニーの食事処《どころ》でも自動調理器を使っていないお店が多いし」

「使っていないわけではないんですけどね。生鮮食品は高いですから、殆どのお店は自動調理器で作った食材を調理しているんですよ」

「それって二度手間じゃないか……？」

「なんだか自動調理器で作った料理って味気なく感じてしまいませんか？　お手軽なのも美味しいのも確かだとは思うんですけど」

「あー、なんとなくわからないでもないな」

高性能なだけあってテツジン・フィフスの作る食べ物は美味しいからそこまで気にはならないが、一番最初に積んでいた自動調理器の料理はなんとなく大味な感じだった。

「そうでしょうか？」

「私は気にならないけど」

ミミとエルマが揃《そろ》って首を傾《かし》げている。ミミは多分生まれた時から自動調理器で作った食事を食べてきたから気にならないんだろうな。エルマはそもそもジャンクフード舌だから……ピザとかステーキばっか食ってるよ、このエルフ。なのに太らない。エルフの神秘を感じるな。

「どうもこの辺りの感性はドワーフ以外の方にはあまり理解されないんですよね。お兄さんとは上手くやっていけそうな気がします」

「そいつは何よりだな。じゃあここは一つ、昼飯はドワーフならではの飯屋ってのに行ってみないか？」

「良いですよ、ご案内します。何が良いかなぁ……」

ウィスカが虚空に視線を彷徨《さまよ》わせてからポンと手を打つ。

「そうだ、アレにしましょう。安くて楽しくてお腹《なか》いっぱいになりますし」

☆★☆

メイとティーナに連絡を入れて俺達が向かった先はこぢんまりとした食堂のような店であった。

店内にはテーブル席と小上がり席があり、小上がり席のテーブル下は掘りごたつのような構造になっているらしい。そして、小上がり席のものもテーブル席のものも普通のテーブルではなかった。テーブルの中央には黒く鈍い光を放つ金属製の板――恐らく鉄板が設置されているのだ。

丁度昼飯時だったせいか店内の席は全《すべ》て埋まっており、席が空くまで少し待ちそうである。メイとティーナが到着するのももう少し先になりそうなので、かえって丁度良いかもしれない。

「ここは何のお店なんですか？　クレープ……？　とはちょっと違うようですけど」

「所謂《いわゆる》ドワーフ焼きというやつですね。様々な具材を混ぜ込んだ生地を鉄板で焼いて、熱々のうちに色々な薬味やソースをかけて食べるものです」

「ドワーフ焼き」

生地の上に具材を重ねて焼くのではなく、具材を混ぜ込んだ生地を焼いているので、どちらかというと広島風ではなく関西風のお好み焼きのように見える。俺もお好み焼きに関して造詣《ぞうけい》が深いわけじゃないから、断言はできないけれども。

「はい、ドワーフ焼きです。皆で楽しく作りながら食べられるので、外から来るドワーフ以外の種族の方にも人気なんですよ」

「なるほど！　楽しそうですね！」

ミミは既に目をきらきらと輝かせている。エルマも興味深そうに客が自ら焼いて作るドワーフ焼きを見ているようだ。俺としても興味深い。やっぱり異世界でもこういう料理っていうのはあまり変わらないものなんだな。

「お待たせー」

「お待たせしました」

ドワーフ焼きの匂《にお》いに空腹を刺激されながら待っているとティーナとメイが到着した。ティーナはなんだかニコニコしているので、恐らくは満足いくものが作れたと確信しているのだろう。メイも一緒にいたわけだし、エンジニアにありがちな趣味に走りまくって癖が強すぎる一品とかにはなっていないと思いたい。なんとなくティーナは感覚と感性で生きていそうな感じがするから、少し心配なんだよな。

「ドワーフ焼きかー、どうせならもっと高いとこ案内すればええのに。庶民的すぎるやろ？」

「お姉ちゃん……」

ティーナの言動にウィスカが呆《あき》れている。そういや昼飯奢《おご》ってやるって言ってたんだっけ。高いとこでも良いぞって言ってたのに確かにこれは庶民的かもしれないな。値段はわからんが、そんなに高いものとは思えないし。

「ま、そういうのはまた今度でも良いだろう。俺達だって高級ドワーフ料理には興味があるしな」

「そうですね、私も興味があります！」

銀河中のグルメを食べ尽くすというのを目標にしているミミとしても高級ドワーフ料理というのは気になる存在であるらしい。しかし、お詫《わ》びの高級な品として例の動く燻製《くんせい》肉が出てくるわけだからな……とびきり活《い》きの良い新鮮なびっくり料理かもしれん。油断はしないようにしておこう。

「任しとき。凄《すご》いとこ紹介するで」

「私がチェックしておきますから」

ニヤリと笑うティーナの横でウィスカがペコペコと頭を下げている。いや良いんだけどね。さすがに一食で何万エネルも飛んでいくわけでもないだろうし。ことか壁にかかってるメニューの値段を見る限り、一人前あたり5エネルから8エネルくらいだ。メイは食事を摂《と》らないから、俺とミミとエルマと姉妹の五人だと、サイドメニューやドリンク含めてどんなに食べても100エネルは越えまい。

そうして待っているうちに小上がりの大きめの席が空いたらしく、席へと案内された。俺達はともかく、メイド服姿のメイがとてつもなく浮いている感じがするな。本格的にメイド服以外の服装も考えたほうが良いかもしれない。

「注文は任せる。俺達はよくわからないしな。俺の飲み物は冷たいお茶か水が良いな」

「私もヒロ様と同じにします」

「私はお酒にしようかしら。ドワーフ焼きには何が合うの？」

「ビールが定番やけど、あたしはドワーフ酒の水割りかハイボールが好きやな」

「私はドワーフ酒のお茶割りが好きですね」

「じゃあハイボールにしようかしら。貴女達も飲むわよね？」

「そりゃ当然――」

「お　姉　ち　ゃ　ん　？」

「――お、お茶にするで。禁酒二週間やからな。うん」

サラッと禁酒二週間を忘れかけていたな、ティーナは。会社からの正式な処分だから、破ると大変なことになるんだろう。ティーナを呼んだウィスカの声の迫力が凄かった。

「女将《おかみ》さーん、ブタタマ三とイカタマ三！　あと冷たいお茶四つとハイボール一つ！」

「はいよー」

ティーナが大声でオーダーを通し、カウンターから店員ドワーフの声が返ってくる。ちなみに、女将さんも見た目は合法ロリなので、傍目《はため》から見ると少女同士の微笑《ほほえ》ましいやり取りだ。なんだか調子が狂うな。

「アナログねぇ」

「こんなんにわざわざタブレットぽちぽちすることないやろ。なんでもかんでもテクノロジーを使えば良いってもんでもないで」

「エンジニアから出てくる言葉とは思えないな」

「エンジニアだからこそや。ダイレクトに音声で正確に情報のやり取りができる環境なのに、わざわざコンソール用意してポチポチと用件を打ち込んで、それをわざわざディスプレイで目視確認するなんて無駄やん？」

「なるほど？」

わかるようなわからないような話だ。そんなやり取りをしているうちにドワーフ焼きのタネが入ったボールのような器や飲み物を女将さんが俺達の席へと持ってくる。

「はいお待たせ」

「おおきに」

全員に飲み物が行き渡ったのを確認してティーナがお茶の入ったグラスを掲げる。

「それじゃああたし達の出会いに乾杯や！」

「かんぱーい」

正直その音頭はどうなんだ？　と思わないでもなかったが、こういう場にそういったツッコミは野暮というものだろう。まずは素直にドワーフ焼きとやらを楽しもうと思う。

☆★☆

「お上手ですね」

「ヒロ様は料理ができますからね！」

「いや、これくらい誰《だれ》でもできるだろう……」

片面が焼けたお好み焼きをひっくり返したところでウィスカが感心したような声を、ミミが何故か誇らしげな声を上げる。

「それにしてもあれよね。これ、焼く前の見た目がゲ――」

「姐《あね》さん、それ以上はアカン。それ以上言うたら戦争や」

隣ではまったく焼く気なしな体勢でドワーフ酒のハイボールを飲んでいるエルマが危険な発言をしようとしてティーナに止められていた。俺もその発言はどうかと思うぞ。

ちなみに、ドワーフ焼きはお好み焼きのようで、やはり別物の食い物であった。

食感とか味は近いんだが、何か違う。キャベツっぽい食材の食感がいまいちだし、豚肉っぽい食材やイカっぽい食材も何か違う。一味足りない。でも青のりや鰹節《かつおぶし》っぽい粉末の風味とかマヨネーズやソースの味は完璧《かんぺき》だ。

総合的に見ると……まぁ、八割くらいお好み焼き。ほぼお好み焼きで良いと思う。

ちなみに、メイはものを食べることができないわけではないが、後で廃棄することになるらしいので食事には参加せず、お行儀よく座ってエルマの分のドワーフ焼きを焼いている。ティーナとウィスカの焼き方を見て学習したらしく、その手付きに危うさのようなものは一切見当たらない。

「で、できましたっ」

そうしているうちにミミも自作のドワーフ焼き第一号を作り上げることがかなったようである。ひっくり返すのに失敗して若干いびつな形になってはいるが、問題なく食べられそうである。

「ヒ、ヒロ様、よ、良かったらその……」

「一口くれ」

「はいっ」

あーんと口を開けると、ミミは金属製のヘラで一口分を切り取ってそのまま突き出してきた。さすがに火傷《やけど》はしたくないので、息を吹きかけて適度に冷ましてからミミの作ったドワーフ焼きを頂く。

口の中に広がる生地のほのかな甘さ、キャベツっぽいサムシングの確かな甘さ、ソースとマヨネーズの濃厚な旨味《うまみ》、そして鼻に突き抜ける青のりの香り……うん、美味《おい》しい。食材の関係で少し残念な部分は完璧なソースとマヨネーズ、そして青のりっぽいものや鰹節っぽいものが十分に補っている。

「ど、どうですか？」

「美味しいぞ。上手《うま》く焼けてる。練習すればちゃんと料理も作れるようになるんじゃないか？」

「そ、そうですか？　えへ、えへへ……」

ミミがくねくねしながら鉄板の上のドワーフ焼きをもの凄い勢いで一口サイズにカットしていく。凄《すさ》まじいヘラ捌《さば》きだ。もしかしたらミミにはナイフ格闘の才能があるのかもしれない。今度メイにレクチャーさせてみようかな。

「せや、旦那《だんな》。あたし達の成果見たってぇな」

そう言ってティーナが小型情報端末を取り出し、熱気を上げる鉄板の横に置いて操作するとオーダーメイド武器のホロ映像が投影されて浮かび上がってきた。

それはまるで手斧《ちょうな》か大鉈《おおなた》のようであった。だが決してそれは手斧や大鉈ではない。手斧や大鉈のグリップには普通トリガーなどはついていないし、ブレードと銃身が一体化していることもないだろう。寧《むし》ろこれは超大型の拳銃《けんじゅう》――いや、切り詰めたショットガンか、ライフルか。

これは本来両手で扱うような大きさの銃器の銃身と銃床を片手でも持てるように無理やり切り詰め、その銃身の下に凶悪さを隠そうともしないブレードを取り付けたトンデモ武器だ。

「かっこいい武器ですね！」

トンデモ武器のホロ映像を目にしたミミが目を輝かせている。ああうん。割とパンキッシュなファッションが好きなミミとしてはパッションを感じそうな見た目だね。俺としてはただでさえ悪人面というか強面《こわもて》の【ＲＩＫＩＳＨＩ　ｍｋ－Ⅲ】がこんな武器を持ったらどう見ても悪役だよなぁという感想が先に出てくるわけだが。

「旦那のパワーアーマーなら片手で扱える重さや。だから、三丁発注しておいたで。両手に一丁ずつ、もう一丁は失《な》くしたり故障したりした時用の予備やな」

ホロ映像に表示されている金額はきっちりと予算内であった。メイをつけておいたので心配はしていなかったが、良い仕事をしてくれたようだ。

「射撃スペックはスプリットレーザーガンに若干劣りますが、拡散率を絞ったので精度は上がっています。格闘武器としては刃部分にのみ超重圧縮素材を使ったことによって、強化単分子素材の刀剣とも打ち合えるスペックを持ちつつ軽量化にも成功しています。お使いのパワーアーマーの膂《りょ》力《りょく》なら同等のパワーアーマーの装甲すら打ち砕き、ダメージを与えることが可能です」

メイがスペックの説明をしてくれる。生身の人間について言及がないのは、言うまでもなく真っ二つにでもなんでもしてしまえるからであろう。

「なんというか、悪そうな武器ねぇ」

ホロ映像を見ながらエルマがニヤニヤと笑う。

「デザインの調和っちゅうんも大切やで。その上で要求スペックを満たしていれば花丸やな。名前は……せやなぁ。ハチェットガンなんてのはどうや？」

「ハチェットガンね。奇をてらうよりはシンプルで良いんじゃないか」

漢字にすると斧銃。語感が微妙だな？　やっぱハチェットガンで良いだろう。

「カタログスペック上は問題ないみたいだから、後は実際の使い勝手だな。報酬に関しては実物が届いて、使い勝手を確かめてからにさせてもらうぞ」

「妥当やな」

俺の言葉にティーナが頷《うなず》き、ウィスカが首を傾《かし》げた。

「報酬？」

「せや。旦那が要求したスペックを持つパワーアーマー用のオーダーメイド武器の設計依頼を請けたんや。最低限のスペックを満たせば1万、スペックを全《すべ》て満たしたら倍額の2万っちゅう話でな」

ティーナがニコニコと満面の笑みを浮かべながらウィスカに事情を説明すると、ウィスカが俺に切なげな視線を向けてきた。

「お姉ちゃんだけですか……？」

「あー……うん、すまん。次に何かあったらウィスカに頼むから」

「約束ですよ？」

「わかったわかった……ん？」

今の流れは今後もお付き合いするアレでは？　ウィスカに視線を向けると、彼女はなんだかニコニコしているし、ティーナはニヤニヤというか『計画通り……！』みたいな顔をしていた。ミミは幸せそうにドワーフ焼きを食べていて、エルマは苦笑いを浮かべている。なんだか順調に既成事実を積み上げられている気がするな。まぁ、何にせよまだ結論を出すつもりはないが。

「メイ、技術者としてのティーナはどんな感じだったんだ？　所感を聞かせてくれ」

「ちょっ……本人を前に批評すんのはやめてや⁉」

顔芸をしていたティーナが突然素に戻って慌て始める。しかし、メイがそんなティーナに構うわけもなく、彼女はドワーフ焼きを作る手を止めずに口を開いた。

「工学知識については問題ないかと。少なくとも、一流のエンジニアと言っても問題ないだけの知識を有していると考えられます。発想に関してはどちらかと言えば閃《ひらめ》き型ではなく、堅実な考え方をするようです。言動などに迂闊《うかつ》な点は多いようですが、仕事には情熱を持って取り掛かるようですね。ご主人様とのトラブルも、仕事への行きすぎた情熱と持ち前の迂闊さが最大限に発揮されてしまった結果でしょう」

「褒められてるのか駄目出しされてるのかようわからん評価やな」

「的確なんじゃないかな？」

微妙な顔をしながらドワーフ焼きを口にするティーナの横で、ウィスカがメイの評価を肯定する。

感性で生きてるっぽいティーナは閃き型というか天才肌なんじゃないかと勝手に思っていたんだが、技術者としてはどちらかというと堅実なタイプであるらしい。そう言われてみればハチェットガンもデザインはともかく、コンセプトや性能は尖《とが》った所もなく堅実ではあるよな。

「けったいなもんを作るのはウィスカのほうが得意やもんな」

「けったいなんて失礼な。私は中途半端なのが嫌いなだけだよ」

「それはわかるけど、ピーキーすぎるのはあかんやろ。この前試作したスラスターとか中途半端な慣性制御機構やったら中の人が血を吐くで」

「でもスラスターは出力が高くて反応が早いほうが良いでしょ？」

「それにも限度があるっちゅう話や……」

姉妹がなんだか恐ろしい話をしている。半端な慣性制御だと中の人が血を吐くって、一体どんな殺人的な加速をするっていうんだよ。恐ろしいわ。

「大人しそうに見えるけど、実はウィスカのほうが危ないのでは？」

「私はクリシュナのコックピットで挽《ひ》き肉《にく》になるのは嫌よ」

「俺だって嫌だわそんなもの」

ともあれ、今日一日行動を共にして姉妹の人柄はそれなりに知れたのではないかと思う。あとはホテルに戻ったらミミとエルマの二人からウィスカについて話を聞いて、こちらからもティーナとのことを話せばある程度の判断材料が揃《そろ》うだろう。

　第一印象はともかく、二人の人柄は嫌いではないので俺としては船に乗せるほうにだいぶ天秤《てんびん》が傾いているのだが……ミミとエルマ、それにメイの意見も大事だからな。まずは皆で話し合うことにするとしよう。

「ああ、そうだ。ちょっと気になっていることがあるんだが、聞いていいか？」

「なんや？」

「二人は双子なんだよな？」

「せやね」

「そうですね」

　ティーナとウィスカが一緒に頷く。うん、そうだな。髪の毛の色は違うけど、それ以外は瓜二つ《うりふた》と言っても良いくらいにそっくりの二人だ。どこからどう見ても双子の姉妹である。

「双子なのに話し方というか、訛《なま》り？　が違うのはなんでなんだ？」

「あー……それな。気になるよな」

　ティーナが苦笑いを浮かべる。

「踏み込まないほうが良い話題だったか？」

「んー、別に大丈夫や。うちらは家庭の事情で二年前まで別々の場所に住んでてん。それまではお互いに環境が違ったんや」

「なるほど？」

「まー、育った環境が違った言うても二人ともエンジニアの道に進んでた辺りはやっぱ姉妹だったんやなぁって感じやね」

「ふふ、そうだね」

姉妹が顔を見合わせて互いに微笑《ほほえ》む。ふむ、麗しき姉妹愛ってところかな。

「ま、そうは言うても結構大変だったんよ？　色々しがらみもあったし、危ない橋も渡ったし」

「危ない橋？　穏やかじゃないわね」

「もう終わった話やから大丈夫や。流石《さすが》にここまで手ぇ伸ばしてくるようなことはないやろうし」

「それを判断するのは貴女ではなく私達です」

今まで黙って話を聞いていたメイが呑気《のんき》なティーナの言葉をバッサリと両断する。まぁ、言ってることは間違ってないけど、それを言うと俺とかエルマも後ろ暗いところがあるんだけどな。エルマのほうは俺の推測でしかないけど、絶対に実家から飛び出してきた良いとこのお嬢様とかだと思う。

「あー……うん、その、な。ちょっと長い話になるんやけど」

そう言ってティーナが語り始めたのはドワーフ社会の話だった。ティーナ曰《いわ》く、ドワーフは大きく分けて二つの勢力に分かれているのだという。

スペース・ドウェルグ社などの巨大企業で構成されている勢力と、採掘者集団や職人集団で構成されている勢力。

「簡単に言うとお行儀が良くて金持ちの企業《コーポ》連中と、荒っぽくて貧乏な職能集団《ギルド》ってとこやね。うちはウィーと一緒に暮らすようになるまでギルドのほうで生活してて、ウィーはコーポで生活してたんや。で、まぁギルドには荒っぽい昔気質の連中もおるわけよ。所謂《いわゆる》マフィアとかギャングとかそういう連中やな」

「読めてきたぞ。ティーナはそういう連中と関わってて、足抜けするのに苦労したってことだな？」

「ま、そんなとこやね。うちは技術者《テック》やったから、直接切った張ったすることはなかったけど、生きてくためには多少は後ろ暗いこともやっとった。時にはやむなく胸糞《むなくそ》悪いことにも手を染めることもあった。楽しいこともあったけど、辛いことのほうが多かったな……で、まぁ色々あってウィーと再会することになって、そういう連中とは綺麗《きれい》サッパリ手を切って新しい生活を始めたのが二年前っちゅうこっちゃ」

「なるほどなぁ。今はもう大丈夫なのか？　そっち方面は」

「大丈夫やと思うで。元々住んでたところは何百光年も彼方《かなた》のちんけなコロニーやし、あいつらの手はそんなに長くないわ」

そうなのか？　とエルマに視線で聞いてみる。

「コロニーに根ざしてるそういう連中が影響力を持ってるのは精々同じ星系内のコロニーくらいでしょうね。宙賊と繋《つな》がってるような連中なら隣の星系くらいまでは根を伸ばしていたかもしれないけど。でも、ドワーフのマフィアやギャングの事情までは知らないわよ？」

「ドワーフのマフィアやギャングも同じようなもんや。心配いらんで」

そう言いながらティーナは金属製のヘラを使ってドワーフ焼きをひっくり返した。うん、良い感じの焼き目がついてるな。

「ま、そういうわけでな。うちはギルド、ウィーはコーポで生活してたからちょっと話し言葉が違うってわけや。意識しないとなかなか直せないいんよね、これ」

「二十年以上も慣れ親しんで染み付いた言葉だろうから、そんなもんだろうな。悪かったな、ちょっとした好奇心から過去を聞き穿《ほじ》るような真似《まね》をして」

「別に気にせんでもええよ。双子なのに片方はギルド訛りって普通に考えて変やしな」

ティーナは笑ってそう言っていたが、そんなティーナを黙って見つめるウィスカの表情が少し気になった。心配げというか、悲しげというか……なんなんだろう、この表情は。もしかしたらウィスカもギルド所属時にティーナが具体的にどんな生活をしていたのか話してもらえていないのか？

何にせよ、これ以上踏み込むことは躊躇《ためら》われたので適当に話題を変えてドワーフ焼きを楽しむことにした。ま、この先を聞くならもう少し仲良くなってからで良いだろう。俺達だって彼女達に俺達の事情を何も話していないわけだしな。

☆★☆

「ほんじゃまたなー」

「ご馳走様《ちそうさま》でした」

ティーナが笑顔で手を振り、ウィスカが深々とお辞儀をしてから踵《きびす》を返して去っていく。俺達も各々彼女達に別れの挨拶《あいさつ》をしてホテルへの帰路へとつくことにした。

「美味《おい》しかったですね、ドワーフ焼き。それに、自分で料理を仕上げるのがとっても楽しかったです」

「普段料理をしない人は余計そう思うんだろうな。コンパクトな調理キットを買ってみたし、今度テツジンに食材を作ってもらって何か作ってみるか」

「私もお手伝いしますね」

ミミはドワーフ焼きの影響か、料理というものに興味が出てきたようである。ただ焼く、茹《ゆ》でる、炒《いた》めるくらいならそう難しくもないし、今度ミミに料理でも教えてやろう。地球だと最初の料理はスクランブルエッグ辺りがお手軽だったんだが、この世界で生卵は見たことがないな。まずはテツジンでどんな食材を作れるのか調べてみるべきだろう。

「見た感じ、人柄は悪くなさそうよね。ちょっと調子に乗りすぎるところがあるというか、何かあると視野が狭まるのが難点みたいだけど。技術者としての腕は良いの？」

「そうですね。スペース・ドウェルグ社にも問い合わせをしたのですが、ティーナの技術評価はA、ウィスカの技術評価はSですね」

「ウィスカのほうが腕が上なんだ？」

意外そうな声を上げるエルマにメイが静かに首を振った。

「いえ、同程度です。スペース・ドウェルグ社の評価基準では優良な勤務内容に加えて、何らかの技術的貢献を成し遂げた場合にＳ評価がつくようですね。内容までは調べませんでしたが」

教えてもらえませんでした、調べられませんでしたではなく、調べませんでしたという辺りがメイらしい。やろうと思えばできてしまうのだろうか？　できてしまうのかなぁ……怖いから聞かないでおこう。

「優秀ってことで間違いはないわけだ。実際のところ、皆はどう思う？　俺は乗せるほうにかなり天秤が傾いているんだが」

「どう判断して乗せるほうに傾いているのかを聞いても良いかしら？」

「簡単に言えば、多少のリスクを呑《の》み込んで実利を取るってところかな。スペース・ドウェルグ社の紐付《ひもつ》きの人員を船に乗せることによって多少の情報漏洩《ろうえい》は起こるだろうが、無視できる程度だと考えた。それ以上にエンジニアを船に乗せるメリットのほうが上だな、と。メイの話から腕も一流と言って問題ないようだとわかったわけだしな」

「なるほどねぇ、ミミはどう思う？」

俺の意見を聞いたエルマがミミに話の矛先を向ける。ミミも自分なりの意見をまとめていたのか、特に言い淀《よど》むこともなく自分の考えを口に出した。

「ウィスカさんともティーナさんとも仲良くやっていけそうですし、私は良いかなと思います。でも、リスクを完全に排除するなら断るというのも手ではないでしょうか？　スペース・ドウェルグ社に所属していない、優秀なエンジニアを探してみるとか」

「難しいと思います。技術は日進月歩です。最新の技術が使われている現場で腕を振るっているエンジニアというのは、基本的にいずれかの企業に勤めていますから。企業の紐付きではない優秀なエンジニアとなると、存在しているのは技術系学府の研究室くらいではないでしょうか」

「うーん、それじゃあメイさんみたいなメイドロイドや整備用のロボットを増やすとか」

「それも一つの手ではありますが、私並みのメイドロイドを増員するとなるとコストがかなり高くつきますね。それ以前に、一人の主《あるじ》に複数の機械知性が仕えるのは難しいかと思います」

「そうなんですか？」

「我々にも事情があります。一時的なものであればまだしも、専従するとなると色々とあるのです」

そう言ってメイは口を閉ざしてしまった。機械知性の事情とやらに関してはあまり話す気がないらしい。俺が話してくれと言えば話してくれそうだが、言いたくないこと、聞かせたくないことをわざわざ聞くこともあるまい。

でも、ちょっと気になるから今度二人きりになった時にでもそれとなく聞いてみよう。うん。

「つまり、紐付きでないフリーのエンジニアを探すのは難しいというわけね。まぁ、腕が良くて問題のないエンジニアなら普通に考えてどこかの企業でそれなりの待遇で働いている筈《はず》よね」

「はい。自称腕の良いフリーのエンジニアというのは所謂詐欺師の類か、何かしらの問題があって企業から解雇された人間ではないかと」

「それを言ったらティーナ達ってまさにそれよね」

確かに。顧客相手に暴力事件を起こして解雇寸前、まさに今は首の皮一枚で繋がっているような状態だな。

「それは確かにそうだな。でも、チェンジしてもらうとして次の人達と上手《うま》くやれるかはわからないよな。髭《ひげ》もじゃの飲兵衛《のんべえ》のおっさんとか嫌だぞ、俺は」

それなら多少問題があっても可愛《かわい》い双子の姉妹のほうが良い。手を出すかどうかは別として、目の保養になるし。

「随分と庇《かば》うわね。気に入ったの？」

「……別にそういうわけじゃないけど、ここでチェンジしたらあの二人の未来が暗そうじゃないか。それってなんだか寝覚めが悪いだろ」

「ふーん……？　まぁ、ヒロがそう言うなら私はそれで構わないけどね。あの二人に関してはメイに見てもらえれば問題ないでしょうし」

「はい。船内で妙な動きをしないように二人には監視用の小型端末をつけておきます」

「小型端末？」

「はい、シエラⅢのミロが使っていた端末と同じようなものです。機能が少ない分、小型ですね」

「へぇ、そんなのもあるのか」

シエラⅢの管理ＡＩであるミロとはバレーボール大の浮遊型端末で俺達とやり取りをしていた。同じような端末を扱う能力がメイにもあるらしい。

「同時に操作できる数には限りがありますが、二つくらいであれば何の問題もありません」

「なるほどー……色々と意見はしましたけど、私もヒロ様がお二人を船に乗せるというのであればそれで良いと思います。先程も言いましたけど、仲良くやっていけそうですし」

「それじゃ、決まりね。あの二人の部屋は母船のほうに作るのよね？」

「その予定ですね。格納庫に近い場所に部屋を確保することになるかと」

「なら距離的にはかなり近いわね。お互いに上手くやっていけるようにしましょう」

「そうだな。このまま何事もなければそういう方向でいこう」

そういうわけで、ホテルへの帰路での話し合いで姉妹を船に乗せることが大筋で決定したのだった。

#5：テストパイロット

『そうですか、では彼女達を同行させてもらえるという方向でお話を進めさせていただきますね』

翌日、俺は早速サラと連絡を取って姉妹を船に乗せる方向で考えていることを伝えた。

「ああ、そういう方向で。彼女達の部屋の内装はそちらに任せるが、母船の内装に関してはちょっと仕様を変更する。決定次第データをそちらに送るから、そのつもりで頼む。基本的にはグレードを上げるつもりだ」

『承知致しました。では、データをお待ちしております』

「ああ」

サラとの通話を終えて小型情報端末の通信を切る。さぁて、今日は何をして過ごそうか……と、考えていると、後ろから何かがのしかかってきた。あんまりふにっとしない……！　これはエルマだな。

「ぐっ、おお……!?」

「なんだか不快なことを考えている気配がするんだけど？」

するりと首へと絡みついてきた腕をタップする。表情も見ていないはずなのに心を読むのはよくない。というか落ちる、落ちちゃうから許して。それにしてもこの細い腕のどこにこんな力があるんだ一体。

「はぁ……はぁ……あ、朝から熱烈だな」

「情熱的でしょ。で、今日も外に出るの？」

「そうしようかなぁと考えていたけど、どうした？」

「相変わらず忙《せわ》しないわねぇ……こんなに良いホテルに泊まってるんだから、少しはゆっくりしなさいよ」

溜息《ためいき》を吐《つ》きながらエルマが後ろから回り込んできて俺の隣に座った。そしてぐいぐいと俺を引っ張り、無理矢理俺の頭を自分の膝《ひざ》の上に乗せる。強制膝枕《ひざまくら》である。

「折角の休暇なんだから、あくせくしないでのんびりなさい。こうやってクルーとの情愛を育むのも良い船長の務めよ？」

「寡聞にして聞いたことのない務めだなぁ。でもエルマがそう言うなら従うことにしよう」

「良い子ね」

何をするでもなく、こうやってのんびり過ごすのもある種の贅沢《ぜいたく》というものなのだろう。暇があれば何かしたくなるというのは一種の貧乏性のようなものなのかもしれない。

「ミミは？」

「あんたね、私に膝枕されてるのに……まぁ良いけど。あの子は今日は部屋に籠《こ》もって情報収集をするみたい。昨日《きのう》のドワーフ焼きが随分印象に残ったみたいね。コロニー内のグルメ情報をリサーチするんだって意気込んでたわよ」

「なるほど？」

別に部屋に籠もる必要があるとは思えないが。別にこっちのリビングで一緒にワイワイしながらグルメ情報を見るのも良いと思う。

「……今日は私に譲ってくれるみたい」

「なるほど」

「……こら」

太ももにスリスリしたらペシッと軽く頭を叩《たた》かれた。しかし本気で怒っているわけでもないようで、口元が笑っている。とりあえず今日はそういうことらしいので、のんびりと過ごすことにしよう。

☆★☆

エルマとイチャついて過ごし、更に翌日にはミミと食い倒れツアーをすることになった。

「ドワーフ料理は手が込んでいるということで有名みたいですね」

「そうみたいだな。料理ってのは火の通し加減や下味のつけ方一つで驚くほど味が変わるもんだし、その辺に拘《こだわ》りを持ってるのかね」

「そういうものですか」

「そういうものなのです」

などと話しながらミミと一緒にまずは職人街近くにあるという屋台通りとやらに向かう。

「ほう……これはなかなか」

「楽しそうな場所ですね！」

屋台通りというのはまるでお祭りの縁日を彷彿《ほうふつ》とさせるような場所だった。串焼《くしや》きやたこ焼きっぽいもの、焼きそばっぽいものなどの軽食の屋台が多く立ち並んでおり、食事を摂《と》るための簡素なテーブルや椅子がそこかしこに置かれている。どうやら屋台で買った軽食を各々適当な席に持っていって自由に食べるシステムであるらしい。

「ヒロ様ヒロ様、あれ！　あれ！　食べてみましょう！」

ミミが俺の腕を引っ張りながら指差す先には肉の串焼きの看板が掲げられている屋台があった。人が並んでいる辺りを見る限り、そこそこの人気店であるらしい。

「よし、行ってみるか」

「はいっ！」

ミミと二人で色々と料理を買い込んでいく。謎肉の串焼き、たこ焼きのような何か、焼きそばのような何かなどを買って空いているテーブルに陣取る。

「それじゃあ頂くとするか。まずは肉串からだな」

「わぁい！」

リサイクル効率が良いという厚紙のような手触りの簡易パッケージを開けて謎肉の串焼きを頂くことにする。こんがりと焼けた表面には香辛料がまぶされていて、なかなかにスパイシーな感じがするな。

「これは美味《うま》いのでは?」

「美味《おい》しいですね!」

実際に食べてみると、肉質は若干硬めだ。筋張っている感じがするが、逆にそれが良い噛《か》み心地《ごこち》を発揮している。なんだかとても肉を食っている感が味わえる一品だ。俺は柔らかすぎる肉よりもこれくらい歯ごたえがあるほうが好きだな。

「うん、これは美味い。侮れんな、ドワーフ料理」

「これも美味しいですよ」

たこ焼きっぽいものの中には確かにたこっぽい何かが入っていた。本当にたこなのかどうかと言われると自信がないが、まぁたこ焼きだ。焼きそばっぽいものは四角い紙容器みたいなものに入れられていて、酸っぱくて辛い味付けだった。

「これは俺苦手だな……」

「美味しいですよ?」

「俺、どっちかというと酸っぱい食べ物って苦手なんだよ」

ケチャップ程度の酸味なら良いんだけど、酢の物とか酢を主体とした味付けって苦手なんだ。この焼きそばっぽいものはレモン系の酸味がかなり強めだな。トムヤムクン風味の焼きそばって感じだ。まぁ量はあまり多くないから残さず食べるけど。

「全部美味しかったです」

「俺は最後のヌードルが苦手な味だったけど、まぁ美味しいな。もう少し何か摘《つま》んでみるか」

「甘いものも食べたいですね」

そういうわけで俺はまた別の串焼き、ミミはクレープのようなものを買って別の席に座る。

ちなみに、食った後の容器は指定のゴミ箱に捨てるようになっている。後で聞いたが、ここのゴミ箱に入れられたゴミは床下で高速で分別、粉砕されて無駄なくリサイクルされるようになっているそうだ。技術の無駄遣い……ってわけではないんだろうな。宇宙空間じゃ物資の量も限られているのだろうし、必要に駆られて開発され、発展してきた技術なのだろう。

こうしてミミと一緒に食い倒れツアーをするのはいつものことだ。とりあえず、立ち寄ったコロニーでは何かしらこういった名物料理とか、そういうものを一緒に食べることにしているからな。

ミミの野望は銀河中のグルメというグルメを食い尽くすことなので、これも彼女の野望を果たす確かな一歩なのだ。

「ミミはちゃんと楽しめてるか？　この生活を」

「はい、とっても楽しいです。ヒロ様と一緒にこうして色々な場所で色々なものを食べて、色々なものを見て回るのはとっても楽しいです」

「そっか。なら良かった」

「あ、でもそれだけじゃないですよ。私、実はお祖母《ばあ》ちゃんを探してるんです」

「お祖母ちゃん？　ミミの？」

「はい」

ミミのお祖母《ばあ》ちゃんか。そう言えばミミの肉親に関してはあまり聞いた覚えがないな。考えてみればミミだけじゃなくエルマの家族についても聞いてない。

「探してるってどういうことだ？　ミミのお祖母さんもコロニー入植者《コロニスト》だったんじゃないのか？　確か両親が事故か何かで亡くなって、身寄りも居なくてあんなことになってたんだよな？」

ミミの両親はコロニー内の事故で亡くなり、遺《のこ》されたミミは両親が事故死した際にコロニーに与えた損害の賠償金を支払えずに正規のコロニストとしての権利を失って、半ば棄民となってしまっていた。そこに俺が通りかかってミミを助けたというのがミミと俺との出会いだったわけだ。

もしミミに頼ることのできる大人の保護者が居たらあのようなことにはなっていなかっただろう。

「はい、お祖母ちゃんはコロニストじゃなかったんですよ。私も小さい頃《ころ》に一回しか会ってないんですけど、お父さんのお母さんとは思えないほど若々しい人だったんです。お父さんもお母さんもお祖母ちゃんについてはあんまり詳しく話してくれなくて……」

「そして少なくとも両親が亡くなった時には姿を現さなかったし、連絡を取ることもできなかったってことか。それにしてもコロニストじゃない、ねぇ……行商人とかだったのかね？」

「うーん？　どうなんでしょう。今になって考えてみると、雰囲気がエルマさんに似ていた気がするんですよね」

「ということはまさか傭兵《ようへい》か？　ミミのお祖母ちゃんってことは少なくとも五十歳近いだろう？　それなのに若々しいってことは……この世界なら有り得るのか」

「はい、十分有り得ます」

この世界の技術水準はとてつもなく高い。用途に応じた人工生命体まで創造しているくらいなのだから、人間の寿命を延ばしたり若々しい外見を維持したり、肉体の状態を最盛期の状態に保つくらいのことはいくらでもしてみせるだろう。

人間と見分けがつかないレベルのアンドロイドまで存在するのだから、何なら脳味噌《のうみそ》以外全身義体化することだって可能なんじゃないだろうか。俺だって金はそれなりに持っているのだから、この先そういった技術のお世話になる可能性は十分にある。

「ということは、金は持ってるってことでもあるよな」

「そういうことになりますね。そういった類のバイオニクスやサイバネティクスって本当にとってもお金がかかるので。それで私気になって、色々調べてるんです。そうして調べた結果ですけど、お祖母ちゃんは多分傭兵だと思うんですよね。そうでなかったら貴族でもないとあんなレベルのバイオニクスを利用するのは難しいと思うんですよ」

俺も興味本位で少し調べただけだけど、確かに高度な生体工学《バイオニクス》やサイバネティクスで全身を強化したり、身体《からだ》の状態を全盛期の状態で保つのってかなり金がかかるみたいなんだよな。無論、傭兵が扱う船と比べればそこまで高いものではないけど、それでも一般人がおいそれと手を出せるような価格でもない。何せ最低でも300万エネルからって感じだからな。

「なるほど。でも、お祖母さんが貴族ならミミの両親がただのコロニストとしてターメーンプライムコロニーで生活してたのはおかしいよな。貴族並みに裕福な商人だったとしてもそれは同じだ。だから消去法で傭兵だったんじゃないかってことか」

「はい。なので、それっぽい人を探してはいるんですよね。傭兵ギルドに問い合わせたり、私の帝国人IDから戸籍を辿《たど》ったりしてるんですけど、今の所成果なしなんです」

「なるほど……俺も興味が湧《わ》いてきたな。俺の目的は急ぐものじゃないし、エルマだって何か取り急いでやることがある感じでもない。お祖母さんの情報を何か掴《つか》んだら是非会いに行ってみよう」

「良いんですか？」

「良いんです。俺も会ってみたいし。とりあえず勘違いでぶっ飛ばされないようにだけ気をつけないとな。もしかしたら俺、路頭に迷ったミミを金で買って拐《さら》ったとか思われているかもしれんし」

「あ、あはは……それは多分大丈夫だと思いますけど。た、たぶん」

ミミがとても自信なさそうなのが怖い。

本当に大丈夫なんだろうな？　もしお祖母さんが傭兵だったとしたら、顔を合わせるなりいきなりレーザーガンぶっ放されたりしそうでマジで怖いんだけど。

☆★☆

屋台通りを堪能した後もミミのお祖母さんや両親の思い出話を聞きながらブラドプライムコロニーのグルメスポットをはしごして回った。ドワーフ達のお詫《わ》びの品の中に入っていた謎生物の躍り食いができる店とか、人造肉から培養肉、それに本物の肉まで注文できる高級焼肉店とかな。ドワーフ料理ってのは存外奥が深い。

だけど今後躍り食いはやめようという共通の見解を得ることができた。絵面がね、酷《ひど》かったからね。もうなんか怪生物に寄生されつつあるんじゃないかというアレだったからね。だってビチビチ動く伊勢海老《いせえび》くらいの大きさの軟体生物のような何かを頭から躍り食いだぜ。ミミに動画を撮ってもらったが、どう見てもＳＦホラー的な絵面だった。まぁ、美味いか不味《ま》《ず》いかで言ったら美味かったんだけどさ……あまりにも絵面がなぁ。

グルメを堪能した後は船に戻って今回新しく購入する母船の内装をどうするかということも相談した。これは俺とミミだけでなく、エルマとメイも含めて全員で話し合った。

基本的に俺達はクリシュナで過ごすつもりだったから内装にあまり手を入れなくても良いかなと思っていたのだが、今後客を乗せるようなこともあるかもしれないし、今回のようにクリシュナを整備に出しているとかその他の事情でクリシュナを使えない場合にも俺達が寝泊まりできるようにしておいたほうが何かと使い勝手は良くなるだろう。

そういうわけで、母船のほうにもある程度手を入れることにしたのだ。なかなかに高くついたのだが、それに関してはこちらから改修案を提出した時にスペース・ドウェルグ社から提案があった。

「テストパイロットね」

『はい。優秀なパイロットに実際に試作機に乗ってもらってデータを取り、意見を聞くというのは我々としても希少な機会と言えますので』

傭兵ギルド経由でスペース・ドウェルグ社から依頼を受けた俺達は朝からサラと打ち合わせをしていた。場所は俺達が泊まっている高級ホテルの部屋である。この部屋はさすがに高い部屋なだけあって、通信機能のついている大型ホロディスプレイなんかも完備しているのであった。

部屋から一歩も出なくてもこうして仕事の打ち合わせができるのは便利で良いな。

「希少な機会なのはわかるんだが……テストパイロットをするだけで凡《およ》そ150万エネルってのは相場としてどうなんだ？」

「ゴールドランク傭兵の一日あたりの拘束費用が8万エネルと考えると、かなり高額よね？」

今回の契約では五日間のテストパイロットをすることで凡そ150万エネルの母艦の内装費用をチャラにしてくれるということであった。こちらとしては助かるが、話がうますぎるというのも少々考えものである。

『度重なったトラブルに関する当社の誠意と思っていただければと思います。それに、テストパイロットとして触れた当社の最新技術の情報を口外しないという口止め料も込みの報酬ですから、そこまで図抜けた金額というわけでもありません』

「なるほど。口止め料も込みということであれば納得の額ですね」

俺の隣で話を聞いていたミミがそう言って頷《うなず》く。口止め料も込みとなると、これも妥当な値段なのだろうか？　まぁ、トラブルに対する謝罪という部分も大きいのだろう。

「報酬額については納得できたよ。じゃあ、具体的な内容を教えてくれるか？」

『はい、それは――』

サラの話を簡単にまとめると、実験的な技術を導入した多数の試作機を実際に俺の手で操縦し、データを取ると同時に使い勝手について意見を聞きたいという内容であった。一応安全性が確認されている機体であるという話だが、万が一ということもあるので注意はして欲しいとのことだ。

「いきなり爆発四散とかされたら注意のしようもないんだが」

『当社の製品は安全性と信頼性が売りですから、そこは信用していただいて大丈夫です』

そう言って映像の向こう側にいるサラは自信ありげな表情をした。そう言われても、俺の船に群がったり、整備工場に赴いた俺に殺到してきたりしたドワーフの技術者をこの目で見た俺としてはあまり安心できないのだが。ウィスカもなんかピーキーなスラスターを作ったとか言ってた気がするし。

「そう祈ってるよ。それで、どんな準備をしてどこに向かえば良い？」

☆★☆

およそ一時間後、普段着慣れないぴっちりとしたパイロットスーツを身につけた俺は、試作機が何隻も並ぶハンガーで技術者達にこれから搭乗する船に関するレクチャーを受けていた。

「この船はスペース・ドウェルグ社でも高速戦闘艦を、という試みのもとに作られた船だ。うちらしい頑丈さと信頼性に加えて、軽快な機動性も併せ持つ——ように作られている」

「なんだか奥歯に物が挟まったような言い方だな」

「うちのテストパイロットではこいつの性能を引き出すことが叶《かな》わなくてな……計算上のスペックの五割も引き出せておらんのだ」

「五割」

それはなかなかに尋常ならざる数字である。本来のスペックの半分も性能が出ないとなると、よほどパイロットの腕が悪いか、機体のセッティングに問題があるか、あるいはそもそもの計算に問題があるかのどれかであろう。或《ある》いは、単に操作が難しすぎるだけなのかもしれないが。

「まぁ……まずは乗ってみてだな」

「そうしてくれ」

ＨＵＤ機能を内蔵しているというヘルメットを技術者から受け取り、本日の乗機となる試作船のタラップへと足を向けた。すると、そこには一足先に準備を終えたミミとエルマが待っていた。二人とも俺と同じようなピッチリと全身を包むパイロットスーツである。

ちなみにこのパイロットスーツ、着用者のバイタルや微細な動きのデータもトレースできるもので、要は着用者の操縦スキルをデータとして取るためのものであるらしい。

「うーん。すごい」

「凄《すご》いわよね」

「ちょ、ちょっと恥ずかしいです」

俺の言葉にエルマが頷き、ミミが顔を赤くして両手で胸元を隠した。ぴっちりとしたパイロットスーツはそれはもう盛大にミミの分厚い胸部装甲を強調する役目を果たしていたのだ。周りのドワーフの技術者達（主に男性陣）もチラチラとミミの作り出している圧倒的な光景に視線が吸い込まれてしまっているようである。俺のだからあんまり見るなよな。

「は、早く乗り込みましょう！」

「はいはい」

ミミに急《せ》かされながらタラップを使って船の中に乗り込む。流石《さすが》に試作機であるからか、内装は殺風景なものであった。生活に必要となるようなものが一切ないのだから、当たり前と言えば当たり前なのだが。

「これ、なんかの事故で遭難したら速攻で詰むな」

「一応カーゴには一週間くらいは生き延びられるように水や食料を積んでるらしいけどね。試作機だから強力なビーコンも積んでるらしいし、心配はいらないわよ」

まぁ、コロニーの近くにある試験場でテスト航行するようだから、仮に問題が起きてもすぐに救助されるのだろうけども。

「んじゃ、セットアップ開始だ。クリシュナとは違うところも多いと思うから気をつけてな」

「わかったわ」

「はいっ」

ヘルメットを被《かぶ》り、機体のセットアップを開始する。俺は主に操作系を確認し、エルマは制御系を、ミミはレーダーや通信系の設備をチェックする。

「やっぱりクリシュナに比べるとパワーが低いわね」

制御系をチェックしていたエルマが呟《つぶや》く。

「クリシュナのジェネレーターは特別だからなぁ。スペース・ドウェルグ社の技術者も解析ができないらしいぞ」

クリシュナの軽快な機動性と強固なシールド、それに四門の重レーザー砲という重巡洋艦並みの強大な火力。それらの要《かなめ》になっているのが件《くだん》の特殊な専用ジェネレーターである。小型艦に積めるサイズなのに、出力は重巡洋艦並みという規格外の代物だ。俺もSOL《ステラオンライン》で初めてクリシュナを取得した際に表示されたジェネレーター出力を見て、一桁《ひとけた》間違っているんじゃないかと三度見くらいしたもんな。

とりあえず、解析できないものに関しては無理な分解などをしないようにと強く言いつけてあるので、妙なことにはならないだろうと考えている。正直に言えば不安なのだが、プロに任せられないとなればあとはもう自分でクリシュナを整備するしか道がなくなってしまう。そんなことができるようになるとはさらさら思えないので、どうしても人に任せるしかないのだ。

行動を共にした末にティーナとウィスカを信用することができるようになれば、この心配もいくらかは軽減されるようになることだろう。

「レーダーと通信系は問題ありません」

「よし。じゃあ試作機出るぞ。ミミ、頼む」

「はいっ」

ミミが試作機ハンガーの管制に通信を入れて出港許可を取り付ける。あとは管制に従って船をコロニーの外に出すだけなのだが……。

「どう?」

「なんか鈍いな。どうも反応がワンテンポ遅れる感じがする」

「スペース・ドウェルグ社の船はフレームが重くて装甲が厚いからね。それだけ頑丈ってことでもあるけど、軽快な機動性を好む私やヒロの肌には合わないわよね」

幸いすぐに調整が利いたが、ハンガーから離れて出港する際に船をふらつかせてしまった。これは俺の言った通り、反応がどうにも鈍いせいである。

船の操作において予想よりも船が動きすぎてしまった場合はその動きに対するカウンターを当てるようにスラスターを操作するのだが、その際に適切なスラスターの出力や噴射時間を把握していない場合はこうして船をゆらゆらとふらつかせてしまうのだ。

「というか、オートバランサーかジャイロの出来が悪くないか、これ。普通はふらつかないように自動でカウンターを当てるもんだろ」

「ハードウェアじゃなくてソフトウェアの問題かもしれないわよ。こんなことならメイも連れてくるべきだったかもね」

メイは今日、メンテナンスのためにこのブラドプライムコロニーにあるオリエント・インダストリーの出張所に一人で足を運んでいる。メイはこういうソフトウェア系のトラブルには滅法強いので、彼女がいればもしかしたらこの場で不具合が判明したかもしれない。

「スペース・ドウェルグ社は今まで高機動型の戦闘艦は作ってなかったはずだからなぁ。もしかしたらソフトウェアの開発が追いついていないのかもな」

なんとなくハードウェア系の技術者が多そうなイメージだものな、ドワーフって。もしかしたらちゃんとソフトウェアが開発されてるのに、実際に積んでいるのが従来型って凡ミスだったりしてな。流石にないか。ないよな?

「ゲート開きました」

「よーし、出るぞ」

試験場へと繋《つな》がる試作機用のゲートから宇宙空間に飛び出し、まずは機動に関して慣熟しなければならない。

「んー、やっぱワンテンポ遅い」

「そう……」

ぼやく俺の横で何故かエルマが呆《あき》れたような声を上げている。

この試作機は重い機体を高出力のスラスターでバビュンバビュンと動かそうというまさに『力こそパワー!』って感じの高機動機だ。機体が重いせいか働く慣性が強く、鋭角な機動を取るのは非常に難しい。

ただ、姿勢制御用のスラスターの出力も高いので、上手《うま》く使ってやればなかなか面白い機動を取ることはできる。いくら慣性が強くかかって横滑りしやすい機体でも、船の方向転換さえ早ければそれなりの機動が取れるものだ。反応がワンテンポ遅い点に関しては、こっちがワンテンポ早く操作してやれば良いわけだしな。

あと、高出力スラスターのおかげか真《ま》っ直《す》ぐはなかなかに速い。ただし、慣性がキツいので色々と見誤るとその勢いで突っ込んでしまうだろうから、障害物の多い小惑星帯では使いづらい機体だろう。つまるところ小回りが利かないのだ、こいつは。

逆に障害物の少ない空間で戦うのであれば、高速で大きく横滑りしてターゲットを捉《とら》えながら攻撃を叩《たた》き込《こ》み続けることもできるだろう。乱戦にはあまり向かないかもしれないが、タイマンには強そうな感じがする。真っ直ぐが速いし装甲も厚いから、高火力武器を積んでヒット&アウェイなんかも面白いかもしれない。

「こうしてみると、クリシュナとはだいぶ動きが違いますね」

「重量級の高機動機は癖が強いからなぁ」

「でも、問題なく乗りこなしてますよね」

「これくらいならな。エルマの乗ってたスワンに比べれば優しいもんよ」

「……スワンだって良い機体よ」

「自爆機能付きの宇宙飛ぶ棺桶《かんおけ》はちょっと」

あの機体は見た目よりも軽くてスラスター出力が滅茶苦茶《めちゃくちゃ》高いから凄いじゃじゃ馬なんだよな。それに比べれば重くて反応がワンテンポ遅いだけのこいつはまだまだ大人しくて扱いやすい。

『こちら管制。ハンマーセブン、聞こえるか』

だいぶ船の挙動に慣れてきた辺りで管制室から連絡が入った。ハンマーセブンというのはこの試作機の名前のことである。

「はい、こちらハンマーセブン。感度良好です」

『標的試験を開始する。所定の位置について待機してくれ』

「ハンマーセブン、了解。目標のポイントをマークします。ヒロ様」

「はいはい了解」

ヘルメットに内蔵されたＨＵＤに表示される情報に従い、試作機のハンマーセブンを移動させ始める。さぁて、クリシュナ以外の船を操縦するのは久しぶりだ。せいぜい楽しませてもらうとしようかね。

☆★☆

試作機のテスト一日目に関しては問題なく終わった。いや、問題ありか？　とりあえず速やかに、成功裏に終わった。

試作七号機ことハンマーセブンの武装面について言うべきことはあまり多くない。武器を搭載できるハードポイントは全部で四箇所。まぁ小型戦闘艦としては順当な数である。配置としては前部上方、中央部上方といった形で機体上方に集められており、機体の下部側が死角になるのは減点対象と言えるが、真正面から上方と左右を広くカバーしつつ火力を集中できるようになっているのは悪くはない。

基本的に武器ハードポイントの設置箇所の良《よ》し悪《あ》しというのは火力を集中できる方向が真正面以外に存在するかどうかだと俺は考えている。

例えば、四つのハードポイントが上下左右に一個ずつみたいな機体だと、砲塔の可動範囲的に真正面以外では最大でも三つの砲塔でしか攻撃できない。真正面以外だと一つ砲塔が死ぬのだ。

それならハンマーセブンのように下部に死角があっても真正面から上方にかけて敵を捉え続ければ火力が集中できる配置のほうが良い。少なくとも俺は。

火力を集中することよりも死角をなくすことに重きを置く人もいるかもしれないから、絶対にとは言わないけどな。標的を一方向に捉え続ける腕がないと使いこなせないわけだし。


で、だ。何が問題なのかと言うと。


「やはり機体は設計通りのスペックを有していたんじゃないか！」

「ソフトウェアに問題はない！　重量と推力バランスの計算がおかしいから挙動にタイムラグが発生しているだけだ！　ここのデータがそれを証明しているだろうが！」

「計算は間違ってない！　ソフトウェアの不備をパイロットが経験で補った結果だろう！」

「ソフトウェアは完璧《かんぺき》だ！　重量と推力バランスの不均衡から出るタイムラグをパイロットが経験で補っただけだ！　データはそれを証明している！」

性能試験の結果、俺は想定通りというか想定以上のスコアを叩き出すことに成功した。まぁ、挙動がワンテンポ遅れるだけならワンテンポ早く操作すれば良いし、重くて横滑りする機体というのも慣れれば面白い機動ができるので俺にとっては問題ない。

それで性能試験が終わった後に俺は反応がワンテンポ遅れるから、それを腕で補った。原因がハード面によるものなのかソフト面によるものなのかはわからないが、これを改善できたら良いのではないか、と発言したのだ。

その結果が目の前の騒ぎである。ハードウェア系の技術者とソフトウェア系の技術者は仲が悪いのか、お互いにお互いの調整不足が原因だったんだと言い合っている。まぁ、この諍《いさか》いを調停するのは俺の仕事ではない。この依頼における俺の本分はテストパイロットを務め、操縦した所感をありのままに述べることであろう。

「とりあえず、旋回速度にはまったく不満はなかった。ワンテンポ遅れるのは同じだけど、回頭速度もロールの速度も問題なしだと思う。ただ、やっぱり機体が重いから鋭角的な機動は無理だ。トップスピードと重装甲を活《い》かしたヒット&アウェイ戦法か、俺がやっていたような『滑り』ながら相手を攻撃範囲に捉え続ける戦法を取る必要があると思う。ハードポイントの位置も上方に集中してるし、このままだと割と玄人《くろうと》向けの機体になると思うな」

言い争いに参加していないドワーフの技術者に更なる所感を伝えておく。正直付き合いきれないからな。

「なるほど……参考までに、傭兵《ようへい》にとって扱いやすい機体というものはどういうものなのかを聞いてもいいか？」

「勿論《もちろん》。と言っても、あくまでも俺の考えだが……まず、挙動が素直な機体であるということだな。つまり反応が良い機体であるほうが良い。当然だな」

「ああ。操縦のしやすさは大事だな」

「次に防御面が充実していることだが、これは装甲よりもシールドに重点を置いてもらいたい傭兵が多いんじゃないかな。装甲が厚いのはもちろん歓迎だが、機動に影響がない範囲であるほうが望ましいと思う。それに、基本的に傭兵は装甲で攻撃を受け止めたくないいんだ。修繕費用が嵩《かさ》むからな。シールドだと金がかからないだろ？　装甲はシールドを失った後の最後の砦《とりで》だが、普通の傭兵はシールドを破られそうになったら逃げに転じると思う。装甲で攻撃を受け止めながらも戦闘を続ける傭兵ってのはなかなかいないいんじゃないかな」

それに、装甲のアップグレードはシールドジェネレーターのアップグレードよりも高くつく場合が多い。金をかけないと強みが発揮できない上に、その強みを発揮すると金が飛んでいく機体ってのはまぁ敬遠されるだろう、とも伝えた。

「ううむ、なるほど」

「火力面では小型戦闘艦なら最低限クラス２の武装が二つ以上つけられないといけないと思う。クラス３の武装が一門でも積めれば人気はかなり出るんじゃないかな？　クラス１の武装は貧弱すぎるから、クラス１の武装二門よりもクラス２の武装一門のほうが傭兵には喜ばれると思う」

クラス１武装というのは所謂《いわゆる》小型砲で、クラス２、クラス３というのはそれぞれ中型砲、大型砲に相当すると考えてくれれば問題ない。

ちなみに、クリシュナの重レーザー砲四門とシャードキャノン二門は全《すべ》てクラス３扱いの武装である。小型戦闘艦にも拘《かかわ》らずクラス３の武装を六門、更に対艦魚雷まで積んでいるクリシュナの火力が重巡洋艦並みという表現になる所以《ゆえん》だ。本来は小型艦だとクラス３の武装を一門でも積むことができれば御の字なのである。

「大いに参考にさせてもらう」

俺の言葉を手持ちのタブレット端末にまとめたドワーフの技術者は小さく頭を下げてから喧騒《けんそう》の中に突っ込んでいった。どうやら諍いを収めるつもりらしい。頑張ってくれ。

「終わったの？」

技術者が俺から離れていったタイミングを見計らってエルマが声をかけてきた。あちらのレポートはとっくに終わっていたらしい。

「ああ、そっちは早かったみたいだな？」

「はい。レーダーと通信系には特に問題ありませんでしたから。エルマさんのほうも同じだったみたいです」

「流石《さすが》にそこは安心と信頼のスペース・ドウェルグ社だったわね。まぁ、船全体の評価となると私としては辛口にならざるを得ないけど。ヒロみたいな変態機動の使い手じゃないとまともに使えない船なんて論外よ、論外」

「言うほど変態機動じゃないと思うんだがなぁ……」

まぁ慣性で滑りながら三次元空間を縦横無尽に駆け回るのにはコツがいるけどもさ。そんなの練習次第だよ、練習次第。まずはオートバランサーとジャイロを切るところから始めればいい。存分に宇宙空間でくるくる回ってゲロを吐くといいさ。俺はパソコンの画面上で感覚を掴《つか》んだから、せいぜい気持ちが悪くなるくらいで済んだが、この世界でリアルにあれをやったら地獄のような光景が広がること間違いなしだな！

「で、これどうするの？」

取っ組み合いに発展する前に騒ぎは収まったようだが、技術者連中は険悪なムードである。そこに少しくたびれた表情をしたドワーフの技術者がやってきた。先程俺と話をしていた技術者だ。

「今日のところはもう機体の調整に入るから、そちらの仕事は終わりで大丈夫だ。また明日別の機体に乗ってもらうことになると思う」

「そうか。それじゃあさっさとお暇《いとま》することにするかな」

俺が視線を向けるとミミとエルマも頷《うなず》いたので、俺達はパイロットスーツから元の服装に着替えて試作機用のドックを後にした。

☆★☆

翌日、別の試作機用ドックに行くと、作業をしている技術者の中にティーナとウィスカが交じっていた。俺達の姿を見つけたティーナとウィスカが作業を中断して駆け寄ってくる。

「兄さん！　待ってたで！」

「こんにちは、お兄さん」

「ああ、うん」

ティーナとウィスカが兄さん、お兄さんと俺に親しげに声をかけてきたことに対する嫉妬《しっと》の感情のようなものがドワーフの技術者連中から押し寄せてくる。中には血涙を流さんばかりの形相になっている奴《やつ》も居るので、超怖い。なんか工具を素振りしてる奴とか居るし。

「まぁ、今日は仕事だから。君達も仕事に戻りなさい」

「はーい」

「お兄さん、また後で」

素直に離れていった二人を見送りつつ、溜息《ためいき》を吐《つ》く。技術者連中からの圧力もなくなったな。しかし予想通り二人は職場の人気者だったか。今はいいけど、あの二人が俺の船に乗るためにチームを抜けるなんて話になったらここのチーム大丈夫なのかね？　俺の知ったことじゃないけどさ。

「これは恨まれそうね」

「俺は悪くないもん」

「もんって……」

エルマは苦笑してるけど、本当に俺は悪くないからな。あえて言うなら巡り合わせというやつなんだろう。運命とかそんな陳腐な言葉を使うつもりはないけど、あの二人にはそれに近い何かを感じないでもない。

そんな益体もない話をしていると、タブレット端末を手にした女性ドワーフが歩いてきた。ティーナ達と同じような作業用のジャンプスーツを着ている。ここの制服みたいなもんなのかな。

「どうも。間もなくセッティングは終わるんで、もう少し待っててね」

「了解。この機体のコンセプトは……ハンマーセブンと同じで良いのかな。フォルムはかなりスピード重視って感じだけど」

昨日《きのう》乗ったハンマーセブンは見るからに装甲が厚そうな重量型小型戦闘艦って感じのデザインだったが、今日の試作機はかなり船のフォルムがシャープで鋭角的な感じがする。スラスターは見たことのない形だな。新開発のスラスターなのかもしれない。

「あー、まぁそうね。小型の高速戦闘艦ってコンセプトで開発が動いてるから、そうなるわ。ウチのはその中でも高速機動に特化してる船でね」

「なるほど……しかし武装がちょっと貧弱じゃないか？」

見た感じクラス２の武装一門にクラス１の武装が二門だけしか積めないようだ。

「これならクラス２の武装二門のほうが使い勝手は良さそうに思えるけどな」

「やっぱり傭兵の旦那《だんな》はそう思うんだね。ただ、こいつはちょっとジェネレーター出力に余裕がなくてね。クラス２レーザー砲一門とクラス１マルチキャノン二門でカッツカツなんだよ」

「そりゃ厳しい。それじゃあソロでも活動するような傭兵用じゃなく、団体で行動する組織向けの機体になるだろうな」

「そうね。斥候兼支援戦闘艦ってとこかしら。弾数制限はよりキツくなるけど、マルチキャノンをシーカーミサイルポッドにしたほうが使い勝手が良いかもね」

「確かに」

中途半端にマルチキャノンなんて積むよりもミサイル装備で高速ミサイル艦として運用したほうが良さそうな感じがするな。

「いっそクラス2のレーザー砲もクラス2のシーカーミサイルポッドにして、それで浮いた出力でより高度な電子戦能力を付与すると役割がはっきりするかもな」

「なるほど……やっぱり現場の意見ってのは大事だね。高速ミサイル艦としての運用っていうのも視野に入れてみるよ」

そんな話をしてから準備の整った試作機――ピッケル13に乗り込んだ。


乗り込んで試験場まで出てきたのだが――。


「そろそろこの露骨なボタンに突っ込んだほうが良い頃《ころ》だよな」

「あー……まぁ、無視が一番じゃない？」

「私はそういうのを見ると押したくなっちゃいますね！」

メインパイロットシートの操縦桿《そうじゆうかん》のすぐ近くにやたらと目立つ赤いボタンがあった。一応透明な部材でシールドされていて簡単には押せないようになっているようだが、露骨に『リミッターカット』と書いてあって押すのが実に躊躇《ため》われる。

「おい、なんだこの露骨なボタンは。最終的に爆発するとかじゃないだろうな」

『大丈夫ですよ、お兄さん。本来の性能を発揮できるようになるだけですから』

『いや、それはそうやけど……兄さん、前にそれ押したテストパイロットはゲロ通り越して血を吐きかけたから押したらアカンで』

「いや、押したらアカンじゃないわよ……取っ払っておきなさい、そんな危ないもの」

「でもヒロ様ならきっと使いこなせますよ！」

「流石の俺でも人体に害のあるレベルの超高速機動はゴメンなんだが……というか俺だけじゃなくミミとエルマもゲロ通り越して血を吐きかけることになるんだぞ」

『大丈夫です！　慣性制御装置を調整しましたから！　実際安全！』

「本当かよ……」

とりあえず時間はあるので、まずは赤いボタンのことは忘れて通常通りにテスト運用を行っていくことにする。通常機動試験、射撃試験、そして戦闘機動試験とこなしていくのだが……。

「癖がないな。反応も素直でとってもいい子だ」

「火力の低さはシーカーミサイルポッド運用で補えば良いし、悪くないわね」

「機動性能はクリシュナと同等くらいでしょうか？」

「かなり迫ってるものがあるな。軽量高速機としては及第点だと思う」

とは言え、やはり軽量高速機なので火力もシールド出力も装甲もクリシュナとは比べるべくもないのだが。これだけ軽快な機動性を発揮するなら、やっぱりシーカーミサイルポッドや反応弾頭魚雷を搭載してミサイルボート、トーピードボートとして運用するのが良いかもしれないな。

『お兄さんお兄さん、最後にリミッターカット、試してみませんか？』

「えー……あんまり気が乗らないんだけど。というか、この状態で十分な性能を持ってるんだから、それで良くないか？」

『でも、リミッターカットして短時間でも驚異的な機動性を発揮できるということになれば凄《すご》い強みになると思うんですよね。偵察して逃げるにしても、応戦するにしても』

「それはまぁ、確かにそうだけどさぁ……そういう機能がある船にはあまり良い思い出がないんだよなぁ」

そう言って俺はちらりとサブパイロットシートに座っているエルマに視線を向けた。俺の視線に気づいたエルマが憮然《ぶぜん》とした表情を向けてくる。良い思い出がないっていうのはどちらかと言うと俺じゃなくてエルマなんだよな。

『大丈夫です！　慣性制御装置も調整しましたから！　安全ですから！』

「めっちゃ推してくるじゃん」

『お兄さんの腕ならリミッターカットしてもきっと十全に性能を発揮してくれるに違いありません！　お願いします！』

そうまで言われると試してみようかなという気にもなってくる。実際のところ、興味が全くないわけでもないからな。一体どの程度機動性が向上するのだろうか。

「そこまで言うならやってみるか。ダミーターゲットの再配置を頼む」

『わかりました！　わぁい！』

通信で聞こえてくるウィスカの声はとても嬉《うれ》しそうだった。

「大丈夫なの？」

「エンジニアが安全って言ってるんだから信じるしかないだろ。ただ、かなりキツいだろうから二人とも覚悟しろよ」

「はい！」

ミミの元気な返事を聞きながら俺はリミッターカットボタンへと手を伸ばした。シールドケースを外し、ボタンを押す。

「よし、行くぞ――!?」

メインスラスターを噴かした瞬間、爆発的な推進力が発生して身体《からだ》がシートに押し付けられた。表示されている速度は先程まで出ていた最高速度の１・７倍である。つまり、リミッターカットした途端、こいつは先程までの最高速度の１・７倍のスピードに一瞬で到達したのだ。

「なんじゃこりゃぁあああぁぁぁぁぁっ!?」

「ちょ、速すぎ――!?」

「ひゃあぁぁぁぁっ!?」

これはじゃじゃ馬なんてレベルではない。推力のバランスが完全におかしい。巡洋艦とか動かすレベルの推力じゃないのかこれ。だが、この俺が船に振り回されるなんてそんなの認められるか！乗りこなしてやる！

「んなろぉぉぉぉっ！」

オートバランサーを切ってから姿勢制御スラスターを噴射し、第一標的を通り過ぎてしまったピッケル13を１８０度反転させる。姿勢制御スラスターの出力まで大幅に上がってやがる。

「――ッ！」

息を止める。その瞬間、世界がゆっくりと動き始めた。ゆっくりと動く世界の中でスラスターと武装を制御して第一標的を破壊する。次の目標は九時方向だ。右舷《うげん》のサイドスラスターを噴かして肉薄しつつ、姿勢制御スラスターで回頭して艦の正面に第二標的を捉《とら》える。射撃して破壊。ゆっくりと動く世界の中でミミの悲鳴が間延びして聞こえてくる。エルマは歯を食いしばって耐えているのだろうか。

第三、第四標的もサイドスラスターの噴射で肉薄しながら姿勢制御スラスターで艦の向きを変えて粉砕していく。標的間の距離が短いせいでメインスラスターを使って距離を詰める必要がない。

恐らく、傍《はた》から見るとこの船はサイドスラスターで跳ねるように左右に吹っ飛びながら回転して標的を破壊するという変態的な絵面になっているに違いない。サイドスラスターを噴かすたびに左右から襲いかかってくる衝撃が物凄くキツい。慣性制御装置の制御許容量を完全に超えてしまっているな、これは。むち打ちにならないようシート自体に身体を固定する機構とか付けたほうが良いんじゃないだろうか。

「ぶはぁっ！」

最後の第八標的を破壊したところで俺の息が尽きた。同時に世界の時間の流れが元の速度を取り戻し、制御を失ったピッケル13が物凄い速度で回転し始める。俺は酸欠で若干ボーッとする中、それでもなんとか冷静にオートバランサーを再度オンにした上でリミッターカットも終了させた。程なくしてオートピッケル13の回転が止まる。

「おぇっ……な、なんでアンタ平然としてるのよ……」

「いや、結構キツイけど……ミミ、大丈夫か？」

「うぅ……」

どうやらミミは機体の挙動に振り回された結果、意識が朦朧《もうろう》としてしまっているらしい。エルマよりミミのほうが危ないな、これは。

「ミミ、ミミ、大丈夫か？」

メインパイロットシートから立ち上がってミミの座っているオペレーターシートのすぐ横に移動し、声をかけながらパイロットスーツの首元にあるフィッティングスイッチを弄《いじ》って全身の締め付けを楽にしてやる。エルマは自分でフィッティングスイッチを触って調整をしながら深呼吸を繰り返していた。流石にエルマは丈夫だな。鍛え方が違う。

「き、気持ち悪いです……」

「あー、休憩スペースに連れてってやるから少し我慢しろ。エルマは大丈夫か？」

「なんとか。吐きそうになったらトイレに駆け込むくらいの元気はあるわ」

「そいつは重畳」

お姫様抱っこでミミを抱え上げ、苦労しながら狭い船内の通路を移動して艦の後部にある殺風景な休憩スペースに連れて行き、あまり上等とは言えないベンチに寝かせてやる。試作機だから居住性は劣悪もいいとこだなぁ。

『兄さん、大丈夫か？』

ヘルメットに搭載されている内部スピーカーからティーナの声が聞こえてくる。停止して動かないから心配して通信を寄越《よこ》してきたのだろう。

「俺は大丈夫だけど、ミミがかなりグロッキーだな。エルマもキツそうだ」

『こっちで医療スタッフ手配しとくわ。船も遠隔操縦で戻すで』

「了解――エルマ、遠隔操縦で帰投だ。俺はミミの傍《そば》についてる」

『了解』

ティーナとの通信を終えた後にすぐにコックピットにいるエルマに繋《つな》いで状況を説明しておく。

とりあえずは大丈夫だとは思うけど、エルマに言った通り俺は一応ミミの様子を見ておこう。意識が朦朧としたまま嘔吐《おうと》でもしたら下手《へた》すると窒息死しかねないからな。

☆★☆

「ごめんなさいっ！」

ピッケル13のドックに戻ると、ウィスカがスライディング土下座してきた。

「いや、謝る程のことじゃないと思うぞ。エルマとミミにダメージが入ったのは俺の運用方法のせいだと思うし」

「アレはね……常識的な運用をしてればあそこまで負担はかからなかったと思うわ」

ミミはドワーフの医療スタッフ達にストレッチャーに乗せられてドナドナされていった。この区画内には作業中の事故などに備えてちゃんとした医療スタッフが駐在している医務室があるそうで、そこに運ばれていったのだ。さほど重症ってこともないだろうから問題はない。しかしミミはもう少し鍛えなきゃいかんな。

「でも、私安全だって言ったのに……」

「普通に運用する分には多分安全だったと思う。俺が仕様外というか想定外の機動をしたせいだろうから気にしなくて良いから」

そう言いながら地面に這《は》いつくばっているウィスカの腕を掴《つか》んで立たせてやった。俺がムキになった結果ミミとエルマが苦しい思いをしたわけで、これはウィスカのせいと言うよりも俺のせいだろう。それでウィスカがこんな泣きそうになりながら謝るってのは流石《さすが》にちょっと寝覚めが悪い。

「まぁうん、確かに兄さんの操艦はごっつかったわな……」

ティーナがタブレット端末を操作して頷《うなず》く。そうしていると、他のスタッフも集まってきた。

「撮影した動画を何回再生しても意味がわからないな」

「なんというか船の動きじゃない。横に吹っ飛びながら回転して砲を撃ったらちゃんと当たってるとか意味がわからん」

「例えようがないよね、あれは。変態機動としか言いようがないよ」

船の性能を俺なりに最大限に活《い》かして標的を撃っただけだが？　と主張してもどうせ変態認定は免れないので黙っておくことにする。

「とりあえず今日の依頼は達成ってことで良いのよね？」

「ああ、うん。勿論《もちろん》だよ。興味深いデータも取れたしね」

「リミッターカット時のスコアは凄いんだがなぁ」

「この機動は兄さんやないとできんやろ。やっぱリミッターは必要やと思うで」

「一撃離脱用に短時間、真っ直《まっす》ぐだけで使う分には良いんじゃないかな。あとはコスト次第だろう」

船のパーツは高性能ならそれでいいって話じゃないからなぁ。この船に積んでるスラスターの性能は凄いんだろうけど、採算とかどうなってるかわからんし。ぶっちゃけ現状だと出力が過剰すぎると思う。俺でも使いこなすのは難しいよ、あれは。

「ともかく、良いデータが取れたよ。感謝する」

「はいよ」

チームの代表らしき女性ドワーフの言葉に気安くそう返し、本日の業務は終了することになった。ホテルに帰る前に医務室に寄ってミミを回収していかないとな。

☆★☆

デッドボールシスターズ——もとい、整備士姉妹のチームが作った試作機に乗ってから更に三日。合計五日間のテストパイロット業を終え、俺達は再び暇を持て余す生活に突入していた。まぁ、暇な時間はコロニー内の観光をしていたので持て余すというのは少々言いすぎかもしれない。
あの後の三日間？　別に語るような内容は多くないんだよなぁ。スペース・ドウェルグ社の次期主力商品となる高速戦闘艦の試作機をブイブイ乗り回して遊んでただけだし、ミミとエルマは特に故障も不具合もない機器をチェックしながら、慣性制御が少々弱めのコックピットで俺の操艦に振り回されて青い顔をしていただけだしな。それも後半は慣れてきたのか平気な顔をしてたし。

「なーなー、兄さん。暇なんやけど」

「お、お姉ちゃん……だめだよ」

ソファに座る俺の横に寝転び、膝《ひざ》の上に勝手に頭を乗せたティーナが俺にじゃれつき、ウィスカがそんなティーナをオロオロしながら注意している。ティーナみたいな小さい子に懐かれて悪い気はしないが、気安いなお前？

「んーんぁー」

膝の上でじゃれついてくるティーナの小さな鼻を指で摘《つま》んでやる。はっはっは、可愛《かわい》い顔が台無しだぜ。

「自然とじゃれついていますね……手強《てごわ》いです」

「なかなかやるわね」

少し離れたテーブルに着いていたミミとエルマが強敵を目の当たりにしたような雰囲気を醸し出している。そう言いつつもどこかまだ余裕があるのはティーナに対する俺の扱いがかなりぞんざいだからだろう。お淑《しと》やかなウィスカはともかく、ティーナはどちらかというと女の子というよりも犬猫などの愛玩《あいがん》動物枠である。

「それでえぇと……母船が仕上がるまでまだあと五日くらいあるのか」

「はい。予定ではおよそ１２０時間後ですね。特に作業の遅れなどもないようなので、予定通りに仕上がってくるかと思いますが」

俺の質問にソファのすぐ脇《わき》に立って控えていたメイが答えてくれる。

「クリシュナのほうはそろそろ仕上がってくるんだよな」

「はい。予定期間を少しオーバーしていますが、今日中には終わるそうです。荷物の再積み込みなどで引き渡しは明日になりそうだと連絡が来ています」

「そうか」

そうなると、このホテルでのんびりするのも今日で終わりかな。

「お前らのほうの準備は進んでいるんだろうな？」

「んぁっ、モチのロンや。もう必要なもんの発注は終わっとるし、あとは母船の内装が終わり次第諸々《もろもろ》積み込んでもらったら準備完了やで」

黙って鼻を摘まれていたティーナが自信満々の表情でそう言う。一応ウィスカにも視線を向けてみたが、彼女もコクコクと頷いているので問題はないのだろう。多分。

「さよか。うーん……そうだ、この前ティーナが言ってた高級店とやらに行くか」

俺の言葉にミミとエルマの座っているテーブルのほうからガタッと音が聞こえてきた。ＯＫＯＫ、勿論ミミも連れて行くからまだ席に座っていて良いぞ。エルマも勿論連れてくから。各地の銘酒が集められていると聞いてお前も目を爛々《らんらん》と輝かせていたのは覚えてるからな。

そしてその夜はティーナに案内された高級店――ヤキトリヤという店で美味《おい》しい焼き鳥を味わった。

うん、言いたいことはわかる。ヤキトリヤという名の高級料理店で、その実態は本当にその名の通り焼き鳥屋だったんだ。二つ隣の星系で養殖された本物の鳥の肉を扱っている店で、いつか見たコーベ＝ビーフほどではなかったが一本あたりの単価はなかなかのお値段であった。ねぎま一串《くし》15エネルとかぼったくりすぎじゃね？　無理矢理日本円換算したら一串1500円やぞ？　一体どんな高級焼き鳥だよ。

ミミは本物の鶏肉《とりにく》の味に感激していたし、エルマは銘酒の味に満足していたし、姉妹は焼き鳥の味に感動しながらも酒が飲めないことを嘆きつつ、美味《うま》そうに酒を飲むエルマに恨めしげな視線を送っていた。彼女達の禁酒期間はまだ明けていないのだ。

「ご主人様はあまり感動していませんね」

「まぁな……」

俺にしてみれば普通の焼き鳥だからな。これで黒い炭酸飲料でもあれば俺も泣いて喜んでいたんだが……残念ながらこの店に置いているのは酒以外には水とやたらと高い果汁100％ジュースだけだった。一杯100エネルとかふざけんな。一杯3エネルの水飲むわ。

こうしてホテル暮らしの最後の夜は更《ふ》けていくのだった。

#6：アウトロー

　本物の鶏肉で作られた焼き鳥を堪能したその翌日。

　クリシュナの整備と荷物等の積み込みが終わったという報《しら》せを受けた俺達はホテルをチェックアウトしてクリシュナを整備している整備工場へと向かった。

「懐かしき我が家だな。家っていうか船だけど」

「確かにクリシュナは船ですけど、殆《ほとん》どおうちみたいなものですよね」

「やたらと住み心地も良いしね」

「敢《あ》えて住み心地が悪いまま使う意義が見出《みいだ》せないしなぁ」

　エルマ的には傭兵《ようへい》の戦闘艦というのはもうちょっとこう、内装が無骨というか若干不便というか、殺風景な感じのほうがイメージと合致するらしい。俺とミミはそんなイメージなど持っていないので、居住性が高くて綺麗《きれい》で機能的な内装にがっつり入れ替えたわけだ。今でもあの出費は良い出費だったと思っている。

　ちなみに、ティーナとメイが設計、監修したパワーアーマー用の新装備、ハチェットガンも既にクリシュナに運び込まれてあるはずである。まずはクリシュナと同じくオーバーホールしてもらったパワーアーマーの試運転がてら、ハチェットガンを試用するのも良いかもしれない。パワーアーマーを使うような仕事があれば受けるのも良いな。

パワーアーマーを着込んで武器を振り回すような依頼があればの話だけど。こんなコロニーじゃそんな仕事はそうそうあるとも思えな……いや、あるかな？　あるかもしれんな。このコロニーは大きいし、歴史も古そうだ。出入りしている船も多いようだし、そうなると居る可能性が高いだろう。いや、居るだろうなぁ……うーん、依頼があったとしてもあまり請ける気にならない。

「ヒロ様、急に難しい顔をしてどうしたんですか？」

「いや、パワーアーマーもオーバーホールしたし、武器も新調しただろ？　試運転がてらパワーアーマーを使うような仕事がないかと考えてたんだが、ちょっとな」

「ああ、そういうこと。このコロニーなら仕事があってもおかしくないわね」

エルマが納得したように頷く。

「どういうことです？」

ミミは俺とエルマの反応の意味がよくわからないのか眉間《みけん》に皺《しわ》を寄せて首を傾《かし》げていた。思い当たるようなことがないらしい。

「ターメーンプライムは比較的新しいコロニーだったから、対策がされていたでしょうね。でも、このブラドプライムコロニーのように古くて大きなコロニーでは対策が後手に回って、最早《もはや》手がつけられない状態なのよ」

「……？」

ミミはエルマの言うことが今ひとつピンとこないのか、首を傾げている。

「棄民よ。不法滞在者って言ったほうがわかりやすいかしら？」

「ああ……」

はっきりとしたエルマの言葉にミミがようやく事情を理解して表情を曇らせた。棄民というのは行政府に切り捨てられた自国民を指す言葉である。つまり、俺に拾われるまでのミミも同じような立場といえばそうだったのだ。

ターメーンプライムコロニーにおいては行政府からの保護が殆ど受けられない代わりに、特定の区域内に留《とど》まってさえいれば生存が許されていた。生存が許されているというのはつまり、呼吸できる空気が与えられ、コロニー内に存在することを許されているだけではあるが。

飢えて野垂れ死のうが、棄民間の諍《いさか》いで死ぬことになろうがお構いなしである。厳しく取り締まらない代わりに、構いもしない。正規の居住者からは居ないものとして扱われる人々。それが棄民だ。

何らかの理由で身を持ち崩した元正規居住者であったり、自分の乗っていた船に置き去りにされた者であったり、寄港した船の密航者が密《ひそ》かに下船してそのまま住み着いた者であったり、その出自は様々である。このブラドプライムコロニーのように古い歴史を持つコロニーであれば、単純に棄民の子孫ということも有り得るだろう。

「でも、それが傭兵の仕事とどんな関係があるんですか？」

「傭兵の仕事の中には棄民を排除する、というような内容のものがあるのよ。それも、生死問わずで」

「えっ!?」

ミミが信じられない、という顔をする。それはそうだろう。つまりそれは、傭兵がパワーアーマーなりレーザー兵器なりなんなりを持ち出して棄民を殺して回る仕事ではないのだ、と言っているに等しいのだから。

「別にターメーンプライムの第三区画にいたような人達を排除して回るような仕事ではないわよ。傭兵に回ってくるような仕事っていうのは、もっとたちの悪い連中の排除。武装化したギャングとかマフィアとか、そういった類の連中ね」

「……どういう人達なんです？」

「色々ね。武装化してコロニーの一角を占拠し、配管を弄《いじ》って酸素や化学物質の類をちょろまかしているような連中もいれば、宙賊と繋《つな》がって情報を流すことによって利益を得ているような連中もいるし、最悪な類だとコロニーの居住者を拐《さら》って文字通り食い物にするようなのもいるわよ」

「う、うわぁ……」

ミミがドン引きしている。俺もドン引きしている。武装化したマフィアみたいな連中って認識はあったけど、肉的な意味で人を食う連中までいるとはたまげたなぁ……近寄らんとこ。

「……どこかの訓練所か何かを借りることにしよう。あまり関わり合いになりたくない」

「そうしなさい。生身で人間相手にやりあうのはヒロには合わないでしょ」

「そうするよ」

そんな感じでコロニーの闇《やみ》の事情を話しながらクリシュナを預けている工場まで行くと、ちょっとした騒ぎが起こっていた。

「なんでしょう？」

「さてな。実際に行くのが一番早いだろう」

「物騒な感じではないわね」

四人で連れ立って整備したクリシュナが停泊しているはずのドックに入ると、人だかりができていた。人だかりと言っても、部外者が居るわけではないようだ。皆同じ作業用のジャンプスーツを着ているドワーフ達だからな。ということは、何か内部で事故でも起こったのだろうか？

近づいてみると、俺達の姿を認めたドワーフの技術者達が道を空けた。人だかりの中心に居るのはティーナだった。彼女の着ているジャンプスーツはボロボロで、顔には殴られたような痕《あと》もある。どうも穏やかな感じではない。

「何事だ、これは？」

俺が聞くと、技術者達は心配そうな表情をティーナに向けた。そういえば、ウィスカが居ないな、と考えていると、ティーナが俯《うつむ》いたまま俺の目の前まで歩いてきた。そして——。

「兄さん、助けて。助けてください」

ティーナは俺の顔を見上げ、ぽろぽろと涙を零《こぼ》しながらそう懇願してきた。これは完全に厄介事だな。間違いない。つい反射的にエルマに視線を向ける。すると、彼女は何も言わずに肩を竦《すく》めてみせた。

次いで、ミミに視線を向けてみる。ミミは心底心配そうな視線をティーナに向け、それから俺の顔をじっと見つめてきた。ああうん、そうね。

メイにも視線を向けようと思ったが、彼女は俺の後ろにいるので真正面から俺を見上げてきているティーナのことを考えると後ろを向くのは憚《はばか》られる。まぁ、彼女は俺の決定に異は唱えまい。

「まずは事情を話せ、それでないと返事もできん。あと、傷の手当てが先だ」

そう言って俺はぽろぽろと涙を零し続けるティーナの背中に手を回し、背中を優しく叩《たた》いてやった。まぁ、これで話も聞かずに見捨てられるほど俺は冷血じゃないんだよな。我ながら甘々の大甘だな。本当に。

☆★☆

とりあえずティーナのことはメイに任せて簡易医療ポッドにぶち込んだ後に風呂《ふろ》に入れるように申し付けた。事情を聞くにしてもボロボロかつ怪我《けが》をしたままでは話を聞くこちらが落ち着かない。ティーナはそれよりも事情を話したかったようだが、こちらにも聞く用意というものがある。有無を言わさずメイに任せた。

「何があったんだかわからんが、まぁ厄介事だな」

「そうね。でも助けるんでしょ？」

「手に負えそうならな」

エルマにそう返しながら小型情報端末を操作し、連絡先一覧から相手を選んで呼び出す。

『はい！　サラです！』

僅《わず》かに緊張の滲《にじ》んだ若い女性の声が聞こえてきた。うん、サラだね。何にせよサラというか、スペース・ドウェルグ社に話を通さなきゃならないよね。

「あー、トラブルだ。多分かなりヤバいやつ。セキュリティ関連で高度な判断ができる人を連れてクリシュナを預けてる整備ドックに来てくれ」

『ええっと……？　一体何が……？』

「クリシュナを引き取りに来たら双子姉妹の姉のほうが何者かにボコられてて、俺に助けを求めてきた。まだ事情を聞いてないけど、妹のほうは一緒じゃない。もしかしたら拐われたか、最悪もう死んでるかもしれん」

『なっ――!?』

「どう見ても厄い案件だろ？　そういうわけで、なる早で来てくれ」

『うぐ……おぇっ……わ、わがりまじだぁ……』

通話の向こうでサラがえずいている。うん、わかるよ。あまりのストレスで吐きそうになっているんだな？　聞かなかったことにしてやるから頑張れ。

「それで、何か話は聞いてないのか？」

サラとの通信を終えた俺はティーナと一緒にクリシュナに乗ってもらった副工場長にそう聞いてみた。工場長はリーダー研修だかなんだかで不在であるらしい。

「それがだんまりでして。儂《わし》らも何も聞いておらんのです」

そう前置きして副工場長が語るところによると、ボロボロのティーナが工場に現れたのは俺達がドックに到着するほんの十分程前だったらしい。その時点で大幅な遅刻なのだが、もう見るからにボロボロだったから何らかのトラブルに巻き込まれたのは明らかだ。何があった？　ウィスカはどうした？　と聞いてはみたがティーナは何も答えない。恐らくは俺に頼るしかないと思ったか、俺に頼ったほうが早いと思ったのだろう。実際、十分ほどで俺達と接触できたのだから、判断は間違っていないと思う。

そうして事情を聞いているうちにメイとティーナが戻ってきた。ティーナは簡易医療ポッドによる治療で殴られた痕がわからなくなっているし、着ているジャンプスーツも若干ボロいままだが綺麗にはなっている。簡易医療ポッドと全自動洗濯乾燥機は今日も良い仕事をしているな。

「単刀直入に聞こう。誰《だれ》にやられた？　ウィスカはどうした」

「ハリコフや……うちの古巣の元仲間や」

「古巣の元仲間ってことは妹と一緒に住むようになる前のギャングだかマフィアだかのってこと？」

「そうや。あの顔、あの笑い声、間違いない」

「なるほど。それで、そのハリコフとかいうのがなんでティーナを襲ったんだ？　ウィスカはどうした？」

俺がそう聞くと、ティーナは食堂のテーブルの上に置いた手をぎゅっと握りしめた。

「あいつ、どっからかピッケル13の話を聞きつけたみたいで、この前兄さんが叩き出したテストデータと設計図、それにウィーの作った新型スラスターの設計図も持ってこいって言うとった」

「そんなもん一体どうすんだ？　ライバル企業にでも売り捌《さば》くのか？」

「まぁ、売れるでしょうな。特にヒロ殿が搭乗して弾《はじ》き出した演習データとセットにして売れば、実際の性能よりもかなり高性能であると見せかけて売りつけることもできるでしょうから。それに、扱いづらさに目を瞑《つぶ》ればウィスカが開発した新型スラスターの性能は非常に高いので」

「なるほど。それでウィスカとの交換を迫ってきてるって感じか。しかしやり口が杜撰《ずさん》すぎんかね？」

どこからかピッケル13の情報を嗅《か》ぎつけたのはまぁ良いとして、そのデータを奪うためにティーナをボコってウィスカを人質に取って、ウィスカとの交換を迫るってのはどうにもやり口が子供じみているというかなんというか。

「一応聞くけど、引き渡し場所は？」

「……第二メンテナンス区画や」

ティーナの返事を聞いてエルマが「なるほどね」と呟《つぶや》いて溜息《ためいき》を吐《つ》いた。俺は天井を仰いだ。なるほどね。そういうことね。こりゃ面倒だ。副工場長も顔を歪《ゆが》ませている。メイはいつも通りの無表情だが、事態は多分この中の誰よりも正確に把握しているだろう。

「あの？　どういうことですか？」

唯一事態を把握できていないミミがそう聞いてくる。そうだよな、ミミはわからんよな。

「ヒント1、ドックに着く前に話していた内容。ヒント2、若いナンバーのメンテナンス区画」

「あっ……あー……もしかして、とっても危ない場所だったり……？」

「ブラドプライムコロニーで一等危険な場所ですな。アウトローと呼ぶのさえ生ぬるいクズみたいな連中が巣食っています」

「で、でもウィスカさんはスペース・ドウェルグ社の社員ですよね？　今回みたいなことをしたらスペース・ドウェルグ社も黙っていないんじゃ……」

と、ミミが発言したところでブザーが鳴った。スペース・ドウェルグ社の皆様のご到着らしい。

☆★☆

「結論から言うと、社が今すぐに救出に動くというのは難しい」

サラに同伴してきたセキュリティ担当者は渋面を作り、絞り出すような声でそう言った。

「な、なんでですか!?　ウィスカさんを見捨てるんですか!?」

信じられないという表情でミミが叫ぶ。サラと副工場長、それとセキュリティ担当者は沈痛な面持ちだ。ティーナは歯を食いしばって俯いてしまっている。メイは無表情でそんなティーナに視線を向けており、エルマは取り乱すミミに苦笑いを向けていた。

「まぁ、そうなるとは思ったけどね。単に費用対効果の問題になっちゃうのよね」

「費用対効果って……」

「ウィスカ一人を救うためにどれだけのリスクを負うかって話ね。奴らはメンテナンス区画を押さえてる。スペース・ドウェルグ社が大っぴらに仕掛けるとなると、無差別テロとかやらかしかねないのよ。だから厄介なのよね」

古いコロニーの奥に住み着いた棄民達を簡単に——要は物理的な意味で——排除できないのにはこういう事情がある。棄民達も馬鹿ではない。自分達の身を守るためになんでもする。つまり、彼らは自分達の身を守るためにコロニーの重要区画に陣取り、コロニーそのものを人質に取って自分達の安全を確保しているのである。

新しいコロニーではそういった事態が起きないように重要区画への出入りが厳しく制限されていたり、重要な配管や施設などを一箇所押さえられても一時的にバイパスしてコロニーの機能を維持できるようになっているのだが、古いコロニーではそういったことができないので、一度コロニー奥部の重要区画に住み着いてしまった棄民を簡単に排除することができないのだ。

「つまり、ウィスカ一人を救うためにスペース・ドウェルグ社が大々的に第二メンテナンス区画に手を出すと、第二メンテナンス区画が関わるコロニーの維持システムを滅茶苦茶《めちゃくちゃ》にしてきかねないわけだ。あと、当然ながら突入するセキュリティの人達に被害が出る可能性というのもある。だけど、ウィスカを見捨てればそのへんのリスクはまるっとなくなって平穏無事で済むわけだ。データだって持ち出されさえされなければ被害はゼロだからな。天秤《てんびん》にかければウィスカ一人の命を見捨てたほうがリスクは最小限ってことだな」

と、そう言ってからセキュリティ担当者に視線を向ける。

「まぁ、スペース・ドウェルグ社は市民権すらない棄民どもの手から社員の一人も守れない腰抜け企業と大いに舐《な》められることにはなるだろうし、社員からの信頼もガタ落ちになるだろうけどな。いざという時に守ってくれない会社に良いイメージなんて持てるわけもなし。案外、その辺りのことも踏まえて仕掛けてきてるのかもな」

実行犯はハリコフとかいう三下みたいだが、本当の仕掛け人、黒幕が何者かって話だよな。スペース・ドウェルグ社の試作機に関する情報をキャッチしてハリコフを動かした奴《やつ》が居るはずだ。仕掛け人の目的がスペース・ドウェルグ社に対する攻撃ということなのであれば、今の状況はどう転んでも美味《おい》しい状況だろうな。

ティーナがデータを盗み出して仕掛け人――恐らくスペース・ドウェルグ社のライバル企業――の手に渡るならよし、スペース・ドウェルグ社がウィスカの救出に動いて棄民達と衝突し、結果的にブラドプライムコロニーに大きな被害が出ればスペース・ドウェルグ社にもダメージが入るし、コロニー運営をミスったということでスペース・ドウェルグ社のスキャンダルということにもなる。

そして、ウィスカを見捨てたということになれば仕掛け人はそれを秘密裏に喧伝《けんでん》してスペース・ドウェルグ社の評判と士気を大いに貶《おとし》めることができるわけだ。無論、効果を上げるためにウィスカは有効活用されることだろう。恐らく、途轍《とてつ》もなく胸糞《むなくそ》の悪い方向に。

だが、その仕掛け人は一つ見落としている。

「ま、そんなクソ仕掛け人の思惑なんざどうでもいいな。で、スペース・ドウェルグ社はウィスカの命と社の評判を守るためにいくら出せるんだ？」

そう言って俺は人差し指と親指で輪っかを作ってみせた。

そう、仕掛け人は一つ見落としている。

ここには俺がいる。圧倒的な暴力を背景に、殺しをひさぐ傭兵《ようへい》が。

□■□

今日は朝から騒がしかった。どうやら新入りが早速仕事をしたらしい。チラッと見ただけだが、あの作業用ジャンプスーツはスペース・ドウェルグ社のものだ。青い髪の若い女だった。白昼堂々拐ってきたらしい。新入りは仕事が雑でいかんな。

「……嫌な予感がしやがる」

「またそれか？　お前の『嫌な予感』は当たった例《ため》しがねぇじゃねぇか」

ビリーがそんなことを言いながら鼻で笑ってくる。当たった例しがねぇのはてめぇの競艇のほうだろうが。それで摩《す》って俺に何回泣きついてきたよ？

「んなこたぁない。現にこの前の酒はハズレだっただろうが——って、それどころじゃねぇんだよ。朝から本当に嫌な予感がしてたまらねぇんだ」

あの青い髪の女を見てからだ。嫌な予感がしてたまらねぇ。昔ポルノ・ホロで確かあんな髪の女を見たな。とんでもねぇマニアックな内容で見た後二日くらいは気分が悪かった覚えがある。

「どうだか——って、誰か歩い……て……」

「あん、どうし——」

ビリーの様子がおかしいからと振り返ってみると、見るからにやべぇのがいた。一人は男だ。コンバットアーマーの上に明らかに何かしらのハイテクアイテムであることが見て取れるマントを羽織り、手にはゴツいレーザーライフル。そしてその後ろに続く女は何故《なぜ》かメイド服を着たえらい別嬪《べっぴん》で、両手に凶悪な見た目――銃とゴツい刃物を融合させたような――の武器を持っていやがる。

どう控え目に見てもヤバい奴らだ。

「おい、若いドワーフの女を見なかったか？　スペース・ドウェルグ社の作業用ジャンプスーツを着た、青い髪の若い女だ」

レーザーライフルを持った男がそう聞いてくる。ああ、くそ。やっぱり嫌な予感が大当たりだ。

「へ、へへっ。知ってたとしてもタダで教えてや――」

「おい、馬鹿――ッ！」

レーザーライフルを持った男が目にも留まらぬ速さで腰のレーザーガンを抜き、ビリーに向けてぶっ放した。明らかに致死出力のレーザー光がメンテナンス区画の頑丈な壁に着弾し、激しい光で一瞬だけ通路を真っ赤《まっか》に染める。

「時間が惜しい。片方でも耳が焼け落ちれば口も軽くなるか？」

「今朝《けさ》新入りが拐ってきてました！」

「新入りってのはハリコフだな？　どこに連れて行った。話せば殺さないでやる。ちなみに情報が間違っていたらぶっ殺す。もしお前が見つからなかったらお前のせいだと喧伝しながら目についた奴を片っ端からぶっ殺す。お前の情報にお前自身の命と、この辺に住み着いている奴らの命が懸かってるぞ」

男が左手に持ったレーザーガンの銃口がビリーの眉間《みけん》に向けられる。本当にこのイカれた野郎が無差別に俺達を殺すかどうかはわからんが、もしそんなことが起こったら俺もビリーもここには居られなくなる。というか、激怒した他の連中にまとめてぶっ殺されるだろう。

「ゆるして！」

「駄目だ」

ビリーが追い詰められたネズミみたいに震え上がる。いや、お前相手を見て対応しろよな……どう考えてもまともな奴じゃねぇだろうが。お前のせいで俺まで貧乏くじだ。

俺はイカれ野郎の矛先がこちらに向かないように祈りながら空気に徹する。両手を挙げて息を潜める。俺は壁、俺は床、俺は空気……頼むからこっちに興味を向けてくれるな。

「メイ、位置をマークしろ」

「はい、ご主人様」

「派手にやるつもりだ。巻き込まれたくなかったら失《う》せるんだな」

「はいっ！」

こうして忠告をしてくる辺り、奴の根は善人なのかもしれない。だが多分こいつは舐めないほうが良い。目的のためなら俺達みたいなクズなんてゴミのように踏《ふ》み潰《つぶ》すだろう。俺の勘がそう囁《ささや》いている。

そうこうしているうちにレーザーライフルを担いだイカれ野郎はメイドを引き連れて区画の奥へ

と消えていった。

「ど、どうするよ……？」

「表で時間を潰す」

表ってのはつまり、俺達みたいな日陰者が住み着いている場所じゃなくて普通の奴らが住んでる区画のことだ。表ならここでどんな騒ぎが起きてもそうそう酷《ひど》いことにはならないだろう。

「は？　お前、ここを空けるのは……」

「どうせ今日一日は大騒ぎだろ。バレやしねぇよ」

あと、ここに居たら絶対に厄介事に巻き込まれる。俺の勘がそう言ってるんだから間違いない。何より俺は自分の身の安全が一番大事なんだ。

□■□

スペース・ドウェルグ社との交渉を終えた俺はメイを引き連れてすぐに第二メンテナンス区画へと向かった。当然、フル装備でだ。ただ、フル装備とは言ってもパワーアーマーを使うのは断念した。何故かと言うとメンテナンス区画は基本的にドワーフ以外の種族が使うことを殆《ほとん》ど考慮していないため、天井がとても低いのだ。真面目《まじめ》に天井までの高さが2メートルちょっとしかないため、パワーアーマーを装着して動くのは難しかろうという話になった。

結果、俺の装備はコンバットアーマーの上にこの前購入したカメレオンサーマルマント、ホロマップ表示機能のあるタクティカルヘッドセットとパーソナルシールド発生装置、レーザーライフル、レーザーガン、他には各種グレネードや細々とした装備といったところだ。

「混沌《こんとん》とした場所ですね」

そう言って俺のすぐ後ろをついてくるメイの両手にはハチェットガンが握られている。

素材が素材なだけに滅茶苦茶に重く、パワーアーマーでないと使いこなせない重量に仕上がっているハチェットガンだが、メイであれば何の問題もなく扱うことができる。特殊金属繊維製の人工筋肉は伊達《だて》ではないのだ。

「そうだな。まぁ、ここの人達なりに苦労して作り上げたんだろうな」

メイの言葉に答えながら目的地に向かって真っ直《ます》ぐに歩く。

棄民と言っても同じ人間には違いない。それなりの数の人間が集まれば派閥が生まれ、同じ目的のもとに共同体が形成され、自分達の生活を少しでも向上させるために様々な活動を行う。

メンテナンス区画を占拠して自分達の身の安全を確保しようとするのもそうだし、殺風景なメンテナンス区画に猥雑《わいざつ》な雰囲気の『町』を作るのもそうだ。

ばらした物資輸送用コンテナを素材として作られた壁には見覚えのない企業の名前がペイントされたままだし、照明に使われているＬＥＤのような発光体は照明の色も明るさもバラバラだ。何もかもがちぐはぐで、間に合わせの町。持たざる者達が必死に作り上げた安息の場所。

そんな場所をメイを引き連れて歩く。あちこちから視線を感じるが、その多くは息を潜めて俺達が通り過ぎるのをただ待っているようだ。

「もう少し物騒な展開になると思ったんだけどな」

「視覚的な威圧効果が十全に発揮されているということでしょう」

そう言いながら俺の後ろをついてきているメイの両手には一丁ずつハチェットガンが握られている。うん、多分俺よりもメイのほうが視覚的な威圧効果とやらを存分に振りまいているんだろうな。いかにも瀟洒《しょうしゃ》なメイドがゴツくて凶悪な武器を装備しているというのはなんとも絵になるものだ。

「しかしまぁ、ここの人らはここの人らで必死に生きてるんだろうな」

「そうですね。そのやり方の是非は別として、生きるために必死なのは確かでしょう」

「だな。まぁ、俺がここにいる人達の境遇を慮《おもんぱか》ってやる理由なんざ一欠片《かけら》もないわけだが」

棄民として生きるしかなかった人々に対する同情心はなくもない。だが、それと今回の件とは別の話だ。経緯はどうあれ、俺はウィスカを救出することに決めた。ならば障害として立《た》ち塞《ふさ》がる連中は全員ぶっ殺すまでだ。なぁに、白昼堂々何の罪もない若い女を拐うような連中だ。死んだところで世の中が綺麗《きれい》になるだけだろう。

「あそこだな」

「はい」

俺達が辿《たど》り着《つ》いたのは第二メンテナンス区画の奥にある資材倉庫だ。いや、元資材倉庫と言ったほうが正確か。第二メンテナンス区画が棄民達に占拠されて以降、この資材倉庫に資材は運び込まれなくなったそうだからな。今は第二メンテナンス区画で幅を利かせているギャング達の溜《た》まり場《ば》になっているらしい。

俺達は資材倉庫の近く置いてあった古い物資コンテナの陰に身を潜ませた。

「まずは偵察だな」

「はい、操作はお任せください」

俺は腰のポーチからパチンコ玉ほどの大きさの金属球を一掴《ひとつか》み取り出し、地面にばら撒《ま》く。ばら撒かれた金属球は少しの間自然に転がり、その後すぐに意思を持ったかのように散開して資材倉庫の中へと入っていった。

資材倉庫に元々設《しつら》えられていた大型搬入ドアなんぞはとうの昔に持ち去られ、今は廃材の壁と粗末なドアがあるばかりで、パチンコ玉の大きさほどの隙間《すきま》なんぞいくらでも存在する。金属球達は難なく資材倉庫内部への侵入に成功した。

「リンクしてくれ」

「了解」

メイが操作する資材倉庫へと侵入していったパチンコ玉――自走型小型偵察ドローンからの映像がタクティカルヘッドセット越しに俺の網膜へと投影される。

今回はウィスカが人質に取られているような状態だ。真正面から突入して人間の盾にされたり、その他の危険に晒《さら》したりするのは本意ではない。どちらにせよウィスカを拐った奴らはぶっ殺すつもりだが、最優先はウィスカの身の安全だ。

「きったねぇな。掃除しろよ」

「全くです」

中は散らかっていた。なんというか細かいゴミが多い。よくわからんパンフレットやら、何かの包み紙みたいなものやら、食い物の残骸《ざんがい》みたいなものやら、よくわからんスクラップの欠片やらが散乱している。他にはボロボロで趣味の悪いソファ、やはり散らかっているローテーブル、奥にはバーカウンターのようなものと粗末なスツールのようなものも見える。

「もっと奥だな」

ドローン達が資材倉庫の中をくまなく探索していく。金属製であれば磁力を使って壁や天井も走ることができるようになっているので、探索範囲に抜かりはない。

「いました。一番奥ですね」

暫《しばら》くしてついにドローンがウィスカの姿を捉《とら》えた。ジャンプスーツは剥《は》ぎ取られてしまったらしく、下着姿にされていた。脱走を防ぐためか、それとも他の目的か。ウィスカは監禁されている小部屋の隅に座り、身を震わせている。

「糞《くそ》が」

「ご主人様、どうか気を落ち着けてください。見たところ、服を脱がされている以外は特に何もされていないようです」

メイの冷静な声を聞いて沸騰しかけていた頭の中身をなんとかクールダウンさせる。そうだ、クールにならないとな。ウィスカの命が懸かっているんだ。失敗は許されない。

「進入路は……ないか」

「通気ダクトはありますが、私もご主人様も通るのは不可能ですね」

「じゃあ、当初の予定通りのプランだな」

「はい、お任せください。時機を見てドローンで見張りを無力化します」

偵察用ドローンは複数集めて連結すれば人一人を気絶させるだけの高圧電流を発生させることもできる。一度使えばバッテリー切れで動けなくなるが、それで見張りを無力化できるなら安いものだ。既にウィスカの位置は押さえたしな。

「行くぞ」

「はい」

物陰から飛び出し、配置につく。俺は突入口であるドアの横、メイは真正面だ。メイが無言でドアを蹴《け》り破り、すぐ横に退避する。俺はそれに合わせて腰のグレネードポーチから閃光発音筒《フラッシュバン》を投げ込んだ。

轟音《ごうおん》が鳴り響き、閃光が一瞬だけ第二メンテナンス区画を染める。隙間だらけの廃材の壁だから、閃光も轟音も漏れ放題だ。

「任せた」

「お任せください」

メイが先に突入して両手のハチェットガンをぶっ放し始め、俺はカメレオンサーマルマントを起動してその横を走り抜ける。

「――――ッ！」

息を止めると同時に周りの時間がゆっくりと流れ始めた。ふらついている人間やドワーフの横を

抜け、フラッシュバンが効かなかったらしいクラゲっぽいエイリアンにメイの放ったハチェットガンのレーザーが着弾するのを横目で見ながら奥への道をひた走る。既に目的地への経路も、途中にいるギャングの位置もマーク済みだ。ギャング一人にドローンを一つつけておけばリアルタイムで位置を追跡することができるからな。

マークしてあるルート上に早速お客さんだ。

「――はぁっ！」

息を吐くと同時にゆっくりと進んでいた世界の動きが急速に元の速さを取り戻す。

「んなっ⁉　てめぇ、誰の許可を得てこのハリコフ様の――！」

騒ぎを聞きつけて部屋から出てきたのだろう。レーザーガンを手に持ったドワーフが俺を見て驚きの声を上げた。カメレオンサーマルマントの効果で俺の姿そのものは視認し難《にく》いだろうが、マントに覆われていないレーザーライフルまで完璧《かんぺき》に隠すことは不可能だ。

何やら凄んでいるドワーフに向けて無言で引き金を引く。発射された致死レベルのレーザー光線は一瞬でギャングのドワーフに着弾し、その胸部を激しく損傷させた。

致死レベルのレーザー光線は対象の表面――服でも肉体でも――を一瞬で蒸発させて爆発を起こし、熱エネルギーによる損傷だけでなく、衝撃エネルギーによる破壊も発生させる。対レーザー防御能力を持つ特殊素材の服やコンバットアーマーなどを装備していない限り、直撃すれば即死は免れない。

『ご主人様、メインエントランスの制圧完了しました』

「こっちは――」

通路の奥からぞろぞろといかにもギャングですっていう悪そうな連中が現れる。なんかトゲトゲしたタトゥーだの、メカニカルな義腕をつけた奴《やつ》だの、薄汚れていて何やらジャラジャラとチェーンやらスパイクやらで飾られているジャケットを着た奴だの、まぁそんな感じだ。

「まぁ、歓迎会が始まったとこだな。引き続き派手にやってくれ」

『了解。このまま陽動を行います』

ギャングどもの怒号が響き、赤いレーザー光線が虚空を灼《や》き始める。俺はそのレーザーに捉えられる前に素早く物陰に身を隠した。

「いや、リアル銃撃戦は怖いわ」

呟《つぶや》きながら左手で腰のグレネードポーチを探り、目当てのものを手にして起動スイッチを押し込む。1、2、3、と心の中で数えてから投擲《とうてき》。壁に跳ね返ったグレネード――超高圧電流を半径凡《およ》そ3mほどの範囲に放出するショックグレネード――が空中で炸裂《さくれつ》し、バチバチと凄《すさ》まじい音と光を同時に発生させる。

「ぎぃあぁぁぁぁっ!?」

「ぐおぉっ!?　目がァ!?」

俺が身を隠している障害物――古い自販機か何かみたいだ――の向こうから野太い悲鳴が聞こえてきた。殺《や》るなら今だ。

「――ッ!」

再び息を止めて減速する時間の中に身を置き、レーザーライフルを構えた半身だけを障害物から出して敵を狙《ねら》う。今のショックグレネードで二人が倒れ、一人が目をやられたようだ。万全な状態なのは残り二人。俺は無事な二人の中から一番奥の奴を素早く標的と定め、レーザーライフルを発射した。無防備な顔面に一撃。即死だろうと判断し、即座にもう一人の無事な奴にも射撃を浴びせて仕留める。

複数人の敵を相手にする時のコツは相手の脅威度を素早く分析して、脅威度の高い敵から排除することだ。どうしても近いほうから倒したくなるのが人間のサガってものだが、こういう時はショックグレネードの影響を受けていない後方の敵から倒したほうが安全である。

「や、やめっ――」

「やなこった」

最後に目をやられていたギャングを仕留め、ショックグレネードで倒れていたギャングにもレーザーライフルを撃ち込んで止《とど》めを刺しておく。容赦がなさすぎる？　油断して大事なところで足を掬《すく》われるなんてのは御免だね。

ギャング達の死体を捨て置いてそのままウィスカの囚《とら》われている奥の監禁部屋へと向かう。

「がっ⁉」

監禁部屋に入ろうとすると、中から男の声が聞こえた。入ってみると、ドワーフらしき男が伸びている。周りには動かなくなった偵察用の小型自走ドローンが複数。打ち合わせ通り、俺の接近に合わせてメイが見張りを無力化してくれたようだ。

「ウィスカ」

「……っ⁉　お、お兄さん⁉」

鉄格子の向こうからウィスカの声とぺたぺたという足音が聞こえてきた。すぐにウィスカが鉄格子の向こうに姿を現す。

「下がれ、鉄格子を破壊する」

俺がレーザーライフルを鉄格子に向けると、ウィスカは素直に俺の言葉に従って鉄格子から距離を取った。粗末な鉄格子だな。これも廃材からでっち上げたんだろう。錠前のある辺りをレーザーライフルで破壊し、鉄格子を蹴り開ける。

「細かい説明をしている時間はない。助けに来た。来い」

そう言いながら倒れているドワーフの男の背中にレーザーライフルを二発撃ち込み、確実に殺しておく。悪いな、俺は臆病《おくびよう》者なんだ。

「お、お姉ちゃんは……」

「無事だ。クリシュナで待ってる」

レーザーライフルをマントの下、コンバットアーマーの背中部分にマウントし、ウィスカに手を差し伸べる。下着姿のウィスカは少し躊躇《ちゆうちよ》したようだが、おずおずと手を伸ばしてきたのでその手を取って左腕一本でマントの中に隠し抱いた。ウィスカは裸足《はだし》だから、こうしてやらないと第二メンテナンス区画の散らかった床であっという間に足の裏が傷だらけだ。

「対象の救出完了。そちらに戻る」

『抵抗が激しくなってきています。脱出路はBルートを』

「了解」

腰のグレネードポーチからグレネードを取り出す。

「え、それ――」

何か言おうとするウィスカを無視し、監禁部屋の外の廊下、左側の壁に向かってグレネードを投げて監禁部屋に退避した。直後、緑色の光が瞬き、熱風が押し寄せてくる。

「この手に限る」

「コロニーの中でプラズマグレネードを使うなんて……」

プラズマグレネードなら廃材で作られたちゃちな壁や、プラズマグレネードの超高熱を想定していない古いコロニーの壁なんぞ一瞬で蒸発させることができる。使いようによってはお手軽簡単な脱出口生成装置になるってわけだ。

ちなみに、侵入プランBは今まさに俺がやった方法で同じ場所に穴を空け、俺とメイで速やかに見張りを制圧してウィスカを奪取し、ダッシュで逃げるというプランである。このプランはウィスカの救出はできるが、ウィスカを拐った連中を潰《つぶ》すことができない案なので、よほどのことがない限りは取らない予定であった。

ちなみに、綺麗《きれい》に穴を空けるコツはさっきのショックグレネードと同じく空中で炸裂させることである。地面に落ちた状態で炸裂すると床まで一瞬で溶解して通るのが面倒になるからな。

「行くぞ。ちゃんと掴《つか》まってろよ」

「は、はいっ！」

プラズマグレネードで空けた穴を通って脱出し、資材倉庫の外側を回って正面入り口方向へと走る。穴を空けた向こう側は誰かの寝床だったようだが、知ったこっちゃないな！

「もうじき正面に戻る」

『承知致しました。では殲滅《せんめつ》します』

直後、資材倉庫の隙間《すきま》だらけの壁から赤い閃光が何度も漏れ、悲鳴のようなものが聞こえ始めた。メイが陽動のために緩めていた攻撃を再開し、引きつけていたギャングどもを本気でぶっ殺し始めたのだろう。あのメインエントランスは今頃《いまごろ》血の海になっているに違いない。

俺は入り口を無視してそのまま第二メンテナンス区画を駆け抜け、クリシュナへと向かう。

「あ、あの、メイさんは」

「今に追いついてくる」

と言ったその直後にメイが追いついてきた。手に持った二丁のハチェットガンに血の跡は見当たらない。拭《ふ》いたのか、それとも近接武器としては使わなかったのか、あるいは近接武器として使っても血が付かないような速度で振るったのか――いや流石《さすが》にそれはないか。ないよな？　メイならそういう離れ業もやってのけそうで怖いんだよな。

「お待たせしました」

「よくやった。怪我《けが》は？」

「ございません。ご主人様より賜ったこの身体《からだ》を傷つけるわけにはいきませんので」

「流石だな」

メイのメイド服は至って普通の品で、対レーザー防御性能などは備えていない。まぁ、メイ本体のスキンは対レーザー防御能力のある品の上、本体は特殊金属繊維製の人工筋肉で覆われているから、防御力は滅茶苦茶高いんだけども。

と、考えたところで突然ウィスカが俺の腕の中でもぞもぞと動き出した。

「おい、大人しくしてろ。抱えづらいだろうが」

「はぅっ……ご、ごめんなさい」

注意するとウィスカはぎゅっと身を縮こまらせてしまった。まぁ、羞恥心《しゅうちしん》が出てきたってことは多少は落ち着いてきたってことでもあるか。悪いことばかりじゃないな。

「ご主人様、区画を出ます」

「迎えは？」

「来ています」

メイが先導して走り始めたので、その後を追う。第二メンテナンス区画を抜けて少し走ると、目立たない場所に小型のバンのようなものが停《と》まっていた。コロニー内走行用の車両で、ドワーフサイズなので俺達が乗るには少し小さいものだ。

近寄って二回、三回、二回と窓を叩《たた》くと、後部座席のドアがスライドして開いた。そこにウィスカを乗せ、カメレオンサーマルマントを脱いで羽織らせてやる。ついでに邪魔なのでレーザーライフルも一緒に放り込む。メイも二丁のハチェットガンをトランクに収納したようだ。

「一足先にクリシュナに行ってろ。出してくれ」

「あ、あのっ！　お兄さ――」

ウィスカが何かを言いかけたが、今はウィスカの身の安全を早急に確保するのが先決だ。ちょっと乱暴に頭を撫《な》でて言葉を中断させ、ドアを閉めて窓をバンバンと叩いて発進を促してやる。

「行きましたね」

「だな。ま、俺達はゆっくり戻ろうか」

本当は俺達も一緒に乗れるような車両も用意できたのだが、そうすると目立つからな。ドワーフ用の車両ならコロニー内にはいくらでもあるし、調達も容易だ。スペース・ドウェルグ社が協力してくれるなら尚更《なおさら》にな。何にせよウィスカさえ助け出してクリシュナに運んでしまえばもう向こうも手を出すことはできなくなるので、確実性を重視したわけだ。

「お疲れ様でした、ご主人様」

「メイもな。ま、これで優秀なメカニックが手に入ったと思えば安いものだろ」

そう言ってメイに向かって笑顔を作ってみせた。口の端を上げた、いかにも悪そうな笑顔だ。

「ご主人様は偽悪的な振る舞いを好まれますね」

「偽悪じゃねーし。俺はホンモノのワルだし」

やめろメイ。その微笑《ほほえ》ましげな雰囲気を醸し出しながら俺を見るのはやめるんだ。その視線は俺に効く。

というかウィスカを助けるために俺の手で何人も殺してるし、メイに命令してそれ以上の人数を殺させている。自分の目的のために簡単に他人の命を踏《ふ》み躙《にじ》る悪党って意味では俺もギャング達と大差はないだろうな。

「ご主人様はお優しいですね」

「たまにメイは論理が飛躍するよな」

メイは俺の思考を読んだ上で独特の解釈をして発言していることがあるように思えてならない。

「論理の飛躍や閃《ひらめ》きは我々機械知性が獲得した誇るべき特性ですから」

微妙にドヤ顔しているように見えるけど違うそうじゃない。褒めてないからね？

まぁうん。何はともあれウィスカを救出できてよかったよ。

#7：ティーナとウィスカ

特にトラブルもなく――コンバットアーマーを着込んだ傭兵《ようへい》に絡むバカなどそうは居ない――メイと一緒にクリシュナに戻ると、そこでは既にウィスカがティーナと感動の再会を果たしているシーンが展開されていた。

「うあああぁぁぁん！　お姉ぢゃ――――ん！」

「ウィ――――！　良かっだぁ――――！」

美しきは姉妹愛……いや、二人とも涙だけじゃなく鼻水とかで酷《ひど》いことになっているな。見なかったことにしておいてやろう。

「お疲れ様。大事ないようね？」

「概《おおむ》ねメイがやってくれたからな。楽勝だ」

「ふーん？」

エルマは明らかに疑っていますという目で俺を見てくる。人を殺して若干テンションが下がっているとかそういうところは態度には出してないはずだが、何か感づかれたか？

ミミは抱き合って泣いている整備士姉妹の傍《そば》でハンカチを持って涙ぐみながら二人を見守っている。あっちは任せておいて問題ないだろう。と、なると話をつけるべきは――。

「お疲れ様でした」

声をかけてきたのはスペース・ドウェルグ社の保安担当者――それも最初に話をした時に来た人よりも地位の高い人である。どうやら俺とメイがウィスカを助けに行っている間にクリシュナに来たらしい。

「ま、俺達にかかればこんなもんだ」

「流石はゴールドランクの傭兵ですね」

「本当は船が専門で、白兵戦はあんまりしたくないんだけどな」

元々FPSにドハマリしてはいたけど、実際に銃を撃った経験なんて皆無だ。とは言え、SOL《ステラオンライン》にも白兵戦モードがあって、昔取った杵柄《きねづか》ってことでブイブイ言わせちゃいたけどな。ただ、それは所詮《しょせん》ゲームの話だ。現実でもある今の状況でも同じように上手《うま》くやれてる理由は謎なんだよな。だから、あまり白兵戦はやりたくない。息を止めたら周りの時間が遅くなる――というか俺の主観時間が加速する謎の能力も仕組みが全くわからんしな。

「掃除屋《スイーパー》としても十分やっていけそうですがね」

「かもな。だけど、こっちの仕事は儲《もう》からないしな」

今回の依頼報酬は5万エネル。端金《はしたがね》という程でもないが、大金でもない。依頼内容はウィスカの救出と誘拐犯の殲滅だ。まぁ、妥当なところだろう。危険な割には儲からないってのがこういう生身でのドンパチなんだよな。SOLだと失敗しても白兵戦用の装備をロストするだけで特にペナルティがないという仕様だったけど、この世界だと普通に命の危険があるから割に合わん。

まぁ、船に比べると初期投資が遥《はる》かに安く済むというメリットは有るか。白兵戦用の装備なんて最新、最強のものを一通り揃《そろ》えても初期船のザブトン一隻をフルチューンするよりずっと安く済む。

「儲からないですか」

「儲からないな。命を危険に晒《さら》して5万じゃ割に合わんよ。宙賊がそれなりにいる星系で船を出せば一日で10万は稼げる」

「船で戦うのも命懸けだと思いますが……」

スペース・ドウェルグ社のセキュリティ担当者（上司）の人が苦笑いを浮かべる。そうは言うけどな、俺は船での戦闘で宙賊相手に負ける気は一切しないんだ。俺にしてみれば船での戦いのほうが百倍安全だな。

「どうかな。ともあれ、これで依頼は完了ってことでいいな？」

「はい、戦闘ログも今頂きました。完璧《かんぺき》ですね。後は上の承認が下り次第ということになりますが、何も問題はないでしょう」

上司さんがデータタブレットを操作して頷《うなず》く。あっさりとしたものだが、これで今回の件は終わりだ。コロニーの不法居住者が星間企業の社員を拐《さら》い、直接手を下せない星間企業の依頼を受けた傭兵がそれを救出し、誘拐者グループを殲滅した。宇宙のどこででも見られる、ちっぽけな事件だな。

拐われた社員は暴行などもされずに救出され、傭兵は対価として妥当な値段の報酬を得た。そして凶悪で不法なコロニー居住者のグループが消えて少しだけコロニーの治安が向上したと。

「あの二人の処遇については提案しておいた通りで良いか？」

「はい。今日付けでそちらに出向という形で処理されることになります」

「問題は今夜の寝床か。まぁなんとでもなる」

元々クリシュナは五人乗りの機体だからな。無理すりゃもっと乗れる。今でもメイはカーゴルームを居室にしてるし。購入したスキーズブラズニルの用意が終わるまでは俺の部屋とベッドを姉妹に使わせて、俺はコックピットのパイロットシートで寝ればいい。なんならミミやエルマの部屋に転がり込むなんてのもアリだし、俺だけ外に部屋を取ってもいい。なんとでもなるな。

☆★☆

「今日からお世話になります」

「誠心誠意お仕えします」

サラやセキュリティ担当者達が去って行き、俺も報酬の受領を確認して少し経《た》った頃《ころ》、やっと落ち着いた整備士姉妹——ティーナとウィスカが改めてそう挨拶《あいさつ》して頭を下げてきた。いや、お世話になりますはともかく誠心誠意お仕えしますは重い。重いよウィスカ。

「おう、まぁ気楽にな」

なんというか目がマジすぎる。確かに成り行きで二人を助けることになったけど、別にそれを盾に優位に立ってやろうとか、こき使ってやろうとか、あまつさえその上で二人をどうにかしようなんて思っていなかったからちょっと引く。

「二人ともヒロに対して恩を感じるのは当然なのかもしれないけど、あんまり気負わないようにしなさいよ。逆にヒロが疲れるから」

「そうだぞ。うちの船のクルーになる予定の二人にどこの馬の骨ともわからん三下がちょっかいかけたのが気に入らなかったから、ぶっ飛ばしたついでに助けただけだぞ。俺が勝手にやったんだから恩に着るのはほどほどでいいぞ」

「そうはいかんて。兄さんはウィーの命を救ってくれた。お陰でウィーは傷一つ負わずに帰ってこられた。ウィーはうちの命よりも大事な妹や。この恩は返さなあかん」

そう言ってティーナがジッと俺の顔を見上げてくる。

「お兄さんが助けに来てくれなかったら、私はきっと想像もできないほど酷い目に遭ってから死んでいたと思います。そんな私を命懸けで助けてくれたお兄さんに、私も恩返しがしたいです」

そう言ってウィスカもジッと俺の顔を見上げてくる。

「ウィーの命に匹敵するようなものなんてうちは持ってない。代わりに差し出せるものなんて自分自身しかないんや」

「私の命もお兄さんが助けてくれなかったらなかったと思います。だから、私もお姉ちゃんと同じように……」

二人ともガチである。この場で冗談でもそれじゃあ今から二人とも俺のお相手をしてもらおうか、なんて言ったら迷わず承諾しそうな雰囲気だ。というか、ティーナの言い方はどう考えてもそういうことだし、ウィスカもそれに完全に追従してるってことはつまりそういうことだろう。姉妹揃って重いな、君達。

「じゃあクルーとして頑張って働いてもらうということで」

俺は日和《ひよ》った。ああ、日和ったとも。だってこの二人の視線の熱っぽさが本気なんだもの。俺は据《す》え膳《ぜん》は構わず食う主義だが、ちょっとこの二人をこのタイミングでってのはなぁ。

「……まぁ、押し付けるものやないやろうけど、そんなに嫌か？　うち、本気やで？」

「誤解のないように言っておくが、嫌ではない。当然嬉《うれ》しい。でも、今の二人は絶対に冷静ではない。とりあえず気を落ち着かせろ。数日静かに過ごせ。それでもその気持ちのままなら俺も考える」

ミミには後がなかった。だから俺も覚悟を決めたし、受け止めた。まぁ、俺もあの時は冷静とは言い難かったな。

エルマの場合はエルマの勘違いをそのままに受け入れた。まぁアレは打算だな。俺はエルマの知識と経験を含めてエルマという存在を欲していた。まぁ、エルマに関しては実はあの時点で俺自身がエルマに惚《ほ》れ込んでいたのかもしれんな、今思うと。

ただ、この二人に関してはまだ俺は覚悟を決めきれていない。何せ受け入れるとなれば姉妹揃って二人分だ。俺は手を出す以上はそれなりの責任を負うべきだと思っているから、軽々に手を出すのは憚《はばか》られる。あとはまぁ、単純な話なんだが。

「言葉を選ばずに言えば、二人に手を出すのが怖い。新たな扉を開きそうだし、一度手を出すと溺《おぼ》れそうというか、箍《たが》が外れそう」

二人の年齢は俺とほぼ同年齢《タメ》で、ドワーフとしてもちゃんと成人と認められている大人の女であるということだが、人間の俺からすれば外見はどう見てもティーンエイジャー……というか、下手《へた》をするとローティーンの子供である。本人達がその気でも、絵面がヤバい。俺だってそりゃ日本に居た頃はそういう系統のウ＝ス異本にお世話になったこともあるが、実際に手を出すとなると話は別だ。

「というわけで、俺にも心の準備をする時間をくれ。俺にとって二人は色々な意味で危険すぎる」

「それはどうリアクションしたらええんや……」

「お兄さんはそれだけ真面目《まじめ》に私達のことを考えてくれてるってことだよ、お姉ちゃん」

ウィスカの解釈は俺に対してとても好意的である。敢《あ》えて自分で自分のことを扱《こ》き下ろすようなことを言うと、要は俺はビビっているのだ。だって俺と二人の体格差とか凄《すご》いぞ。二人とも俺の胸くらいまでしか身長ないいんだぜ？　事に及んだ時に二人の身体《からだ》にかかる負担を考えると不安にもなるわ。

「あと、俺の一存だけでどうこうするのもな。ミミとエルマとメイとも話し合って色々と情報を収集してから決断してくれ。女同士なら色々とぶっちゃけて話もできるだろう。そして俺を安心させてくれ」

俺だって男だから仲良くできる女の子が増えるのは当然嬉しい。でも、そもそも俺にはミミとエルマが居る。二人だけでも十分というか、俺の身には過ぎた状態なのに、その上で二人も追加とかちょっと出来すぎというか罰が当たりそうだし、それで二人の機嫌を損ねたり、今上手く回っている三人――メイも入れれば四人の関係を崩すのも嫌だ。

「私はヒロ様の思う通りにするのが一番良いと思います」

「この二人なら良いんじゃない？　例の少佐やクリスと違って柵《しがらみ》らしい柵もなさそうだし」

「決断が早い」

「この二人となら仲良くできそうだしね。酒飲み仲間ができるのも嬉しいし」

そう言ってエルマは肩を竦《すく》める。俺は下戸だし、ミミも酒はあんまり強くないからな。メイはメイドロイドだし。ミミのほうは特に我慢しているような感じもなく、微笑《ほほえ》んでいる。

「これで私も先輩ですね！」

そして両手で拳《こぶし》を握ってふんすふんすしている。なるほど、後輩ができるのが嬉しいのね。船に乗ったのはエルマよりミミが先だけど、エルマは元から傭兵として一人で活動してたから後輩って感じじゃないし、メイに至ってはスペックが高すぎてむしろミミの先生みたいなものだからな。

「あー……まぁ、うん。仲良くしてくれ。俺は疲れた。風呂《ふろ》入って休む」

こうして俺の船のクルーが増えることになった。母艦の引き渡しまでは少し窮屈な生活になりそうだが……まぁ、互いによく知るには良い機会か。

☆★☆

「待っとったで」

「お待ちしていました」

「お、おう」

整備工場にクリシュナを引き取りに行くと、何故かティーナとウィスカが待ち構えていた。工場長の姿は見えない。そういえば研修がどうのこうのとか前に言っていた気がする。きっと今はその研修中なんだろう。

「二人ともどうしたの？」

「折角の引き渡しやし、これから先うちとウィスカがクリシュナに乗ることもあるんじゃないかと思ってん。せやから、お試しで乗せてもらえたりしないかなぁと思ってな」

そう言ってティーナが期待を込めた視線を俺に向けてくる。まぁ、別に、良いですけれども。

「港のハンガーに移動させるだけだぞ？」

「ええんや。クリシュナがどんな感じで飛ぶのか、この身体で実感したいだけやから。許してくれるか？」

「別に良いけど」

そう言うと、ティーナは嬉しそうに笑みを浮かべてみせた。ウィスカもホッとしたような顔をしている。別に何も面白いことはないと思うけどな。

「とりあえず船を出すか。手続きはどうすれば良い？」

副工場長と引き渡しの手続きを終えて姉妹を含めた全員で船に乗り込み、船内をチェックする。

「メイ、変なものが仕掛けられていないか厳重にチェックしておいてくれ」

「はい、お任せください」

船に乗り込でハッチを閉めるなり俺がそう言うと、メイはスタスタとカーゴスペースのほうへと歩き去っていった。それを見たティーナが苦笑いを浮かべる。

「用心深いなぁ……」

「足を掬《すく》われるのは御免だからな」

「信用されるように頑張ります」

「……そうしてくれ」

そうは言うものの、スペース・ドウェルグ社の社員である以上は完全に信用するのは難しいけどね。個人的には二人とも嫌いじゃないが、彼女達の立場からすれば自分の命の次に優先するべきなのはスペース・ドウェルグ社の利益である筈《はず》だからな。

「まぁ、宇宙に出てしまえば会社もクソもないよな」

「上司がいるわけじゃないですしね」

「酒も飲み放題やな」

「嬉しいね」

「……」

本当に大丈夫か、スペース・ドウェルグ社。本当に俺に同行させるのはこの二人で良いのか？

まぁ、難しいというのはわかる。何が難しいって、それは傭兵《ようへい》の船に乗り込んでスパイ行為をするということそのものについての話だ。

そもそも、なんとかメイの目を掻《か》い潜《くぐ》ってクリシュナや俺達に関する情報を集めたとしても、その情報を送る術《すべ》が殆《ほとん》どない。一つや二つ隣程度の星系で活動しているのであればともかく、俺達のような傭兵というのは場合によっては仕事を求めて十数星系から数十星系ほどもの距離を移動する。そんな遠方から情報を送るというのはなかなかに手間がかかるのだ。

スペース・ドウェルグ社は一応帝国内にいくつものコロニーを所有する企業なので、別にブラド支社に情報を届ける必要はないのであろうが、それでもまぁ難しいのは間違いないだろう。

下手をすれば宇宙空間を航行中にスパイ行為が発覚し、そのまま生身で宇宙船の外に放り出される……なんてことも有り得るのだから。スパイ行為というものが姉妹にとってどれだけリスキーな行動なのか、ということに関しては議論の余地もない。そのような指示をスペース・ドウェルグ社が出すかということに関しても微妙なところである。

それよりも、スペース・ドウェルグ社の最新ロットの母船を有した俺が大活躍するほうがスペース・ドウェルグ社にとっては利益があるかもしれない。そう考えればわざわざ俺の不興を買うようなことはしないだろうとも考えられる。実際のところはどうだかわからんが。

「少なくともあたし達は会社から妙な指示はなんも受けとらんよ。兄さんに信用されるように身を謹んで、真摯《しんし》な態度で接するように言われただけや」

「お姉ちゃんの言うとおりです。というか、そんなことを指示されても怖くて無理です。特にメイさんが」

「無理よな」

「無理だよね」
姉妹がお互いに頷《うなず》きあっている。うん、それは俺もわかる。メイが監視しているのがわかってい
るのにメイの主《あるじ》である俺に不利益な行動を取るのは相当怖いだろう。俺が彼女達の立場でも絶対に
そんなことはしない。会社に強く言われても絶対にＮＯだ。死にとうない。
「はいはい、ギスギスした話はおしまい。これから同じ船に乗る仲間同士、仲良くしましょう」
「そうですね。まずは本艦のメインシェフにお茶でも淹《い》れてもらいましょう」
「お、テツジンシリーズの最新製品積んでるんやったな。興味あるわ」
「えっと……」
ウィスカが上目遣いで俺の様子を窺《うかが》ってくる。はいはい、俺が悪ぅございました。
「……デザートも美味《おい》しいぞ。オススメはプリンだ」
「楽しみです」
ウィスカがホッとしたような笑みを浮かべる。気にはなるが、まぁ今は良いか。姉妹の歓待はミ
ミに任せて俺は船のチェックをするとしよう。積荷も若干増えているはずだから、その配置も考え
ないとな。

☆★☆

昨日《きのう》はあの後整備ドックから港湾区画へとクリシュナを移し、ゆっくりと休んだ。俺はもちろん

のこと、ティーナとウィスカも精神的にも肉体的にも疲れていたしな。

そしてその翌日のことである。

「ほ、ほんとうにいくんか？」

「おう、行くぞ」

「だ、だだだ、だいじょうぶですよね？」

「大丈夫ですよー。ヒロ様にかかれば宙賊なんてちょちょいのちょいですから」

試運転がてら宙賊を狩りに行くことにした。昨日の今日ということで休んでいても良いんだが、ただ船の中でじっとしているのは退屈だし、オーバーホールを終えたクリシュナの試運転もしなければならない。

そういうわけで、今日のところは四つ隣の星系まで遠出をして軽く宙賊を狩ることにしたのだ。え？　なんでわざわざ四つも隣の星系に行くのかって？　そりゃブラド星系に宙賊なんて居ないからだよ。宙賊なんぞがブラド星系に侵入しようものなら、実践データを欲しがっているドワーフどもが嬉々《きき》として試作機を繰り出して刈り取ってしまうそうだからな。

『遠慮なく連れて行ってください』

クリシュナの試運転のために少し遠征して宙賊を狩りに行くことと合わせて、預かっている姉妹も一緒に連れて行くことを伝えると、画面の向こうのサラはそれはもう輝くような笑顔でそう言った。散々迷惑をかけてくれたティーナとウィスカの二人が顔を真っ青にして震えているのを見て多少は溜飲《りゅういん》が下がったようである。

なかなか趣味が悪いとも言えるが、この二人のおかげで折角取った大口の契約が危うく立ち消えになるところだった上に、上司を巻き込んだ謝罪騒動にまで発展させられた彼女としては二人に思うところの一つや二つや三つどころではなく色々とあってもおかしくはない。極めつけに昨日の騒動だ。輝く笑顔の裏に黒いものが見え隠れしているのは見なかったことにしよう。

二人をコックピットの壁から引き出したサブシートに座らせ、しっかりとベルトで身体《からだ》を固定してから俺達は出港準備を始める。

二人をベルトに固定する前に女性陣が一度席を外していたのは、恐らく二人にアレを穿《は》かせにいったのだろうなぁ。アレってなんだって？　そりゃお前、アレだよ。漏らしても大丈夫なように穿くアレだよ。最近はミミも卒業できたみたいだから日の目を見ることがなかったらしいが、棄《す》てずに在庫を取っておいて良かったんだろうな。うん。

「ジェネレーター正常、出力安定。各部への動力伝達も順調よ」

「オーバーホールして変わった感じはあるか？」

「ないわね。まぁある程度バラしてから組み直しても変わったところなくいつも通りに使えるってのがプロの技なんじゃない？」

「それもそうか。ミミは？」

「こっちも問題ないですね。出港申請も通りました」

「OK、それじゃ出ようか」

操縦桿《そうじゅうかん》を操り、港湾区画からクリシュナを出港させる。

「調子はどう？」

「悪くない。やっぱりクリシュナはしっくりくるな」

この前乗った試作機の数々とは反応速度が違う。打てば響く操作感は爽快《そうかい》ですらあるな。やっぱ戦闘艦というのはこうでないといけない。

「おぉー、動きが滑らかやなぁ」

「慣性制御装置も凄《すご》く良いのを使ってるよね。全然揺れないし、殆ど加減速の反動が感じられないよ」

「スペック通りの性能を発揮したら、この慣性制御装置でも追っつかないやろなぁ。その辺どうなん？」

「そうですねー……やっぱり戦闘機動を取り始めると結構キツい慣性がかかったりしますね」

「うっかり満腹のまま戦闘機動に入ったら悲惨なことになるだろうな」

「やめてよね。吐瀉《としゃ》物塗《まみ》れで戦闘とか嫌よ」

隣のサブパイロットシートに座るエルマが眉間《みけん》に皺《しわ》を寄せてものすごく嫌そうな顔をする。確かにゲロ塗れで戦うのは俺も嫌だ。

「あ、あはは……だ、大丈夫や。さっきお茶は飲んだけど一杯だけやから」

「そ、そうだね。うん」

戦闘機動の話をしてこれからの宙賊狩りに対する恐怖心を思い出したのか、姉妹の表情が再び青くなる。技術的な話をしている間は恐怖を忘れられるようなので、超光速ドライブに入る前にコロニー周辺で慣らし運転でもするかね。

「あれ？　超光速ドライブに入らないんですか？」

「その前に慣らし運転をな」

「少し前にクリシュナとはまったく操作感の違う船に乗ったしね。感覚を取り戻すのは大事よ」

「なるほど」

ミミとエルマのそんな会話を聞きながらスロットルを徐々に上げ、クリシュナを加速させていく。

うん、スロットルとスラスターの反応も悪くない。流石《さすが》はドワーフ。仕事は完璧《かんぺき》というところかな？

「お、おおぉ……速いな」

「小型艦だから足が速いのはわかりきっていたことだけど、やっぱり速いね」

トップスピードに入ったところでフライトアシストを切ってマニュアル操作に入り、戦闘機動に入る。

「う、お、おぉぉぉぉっ!?」

「ひゃあぁぁぁぁ!?」

加減速やアフターバーナーを用いた鋭角的な動きや、慣性を利用した横滑り機動、逆転攻撃、バレルロールなどを一通り試す。

「問題ナシ。じゃあ行くかー」

「はい、超光速ドライブ起動します」

「チャージ開始。5、4、3、2、1……起動」

ドォン！　という轟音《ごうおん》と共にクリシュナが超光速ドライブ状態に移行する。姉妹は目を回しているようだが、まぁそのうち慣れるだろう。

「い、いっつもこんな感じなん？」

「そうですねー……だいたいこんな感じですよ」

「ミミさんが見た目に反して肝が据わっている理由がわかった気がします」

ミミの肝が据わってるって？　そんなイメージは……いや、そう言えば最近はあたふたすることも少なくなって落ち着いていることが多いような気がするな。もしや俺と行動を共にすることによってミミには何事にも動じない肝の太さが備わりつつあるのだろうか。

「さて、んじゃまずは隣の星系に移動するか。二人はハイパーレーン航行の経験は？」

「うちは何回かやね」

「私は結構経験してます。でも、小型艦のコックピットでは初めてですね」

「そうか。なら楽しんでくれ。ハイパーレーンの光景ってのはなかなかに迫力があるぞ」

ミミが設定したナビに従ってハイパーレーンへの入り口へと航路を向ける。まずはとっとと狩場へと向かうとしよう。それまでは安全だから、クリシュナにも整備士姉妹にも丁度良い慣らし運転になるだろう。

なぁに、特に事前情報も集めずに適当に向かうことになるから、空振りの可能性のほうが高い。恐らくはただの小惑星帯観光ツアーになるだろう。

☆★☆

「あぁーっ！　撃たれてる！　撃たれてるってぇっ⁉」

「だだだ、大丈夫だよお姉ちゃん！　この船のシールド出力ならあれくらいのレーザーは――」

「ミサイル！　シーカーミサイル来てるー！　ミサイルはアカンやろ⁉」

「ミ、ミサイルはだめだねっ⁉」

「賑《にぎ》やかだなぁ」

「こういうのは煩《うるさ》いって言うのよ」

「あはは……私もこんな感じだったんですかね」

騒ぐ姉妹を見ながらミミが苦笑いを浮かべた。


時は数分ほど遡《さかのぼ》る。


目的の星系の小惑星帯に着くと、すぐに俺達は別の船を捕捉《ほそく》した。採掘船かな？　と思いつつスキャンしてみたらこれが大当たりで、見事に宙賊艦であったのだ。それも中型船を含めた十三隻の宙賊船団である。

「これは運が良いな」

「いやいやいや、運が悪いやろ。いきなり宙賊に出くわすとかどう考えても運が悪いやろ」

ティーナが何か騒いでいるが、無視してスキャンを続けさせる。

「あ、相手は十三隻もいますよ？　しかもあの中型艦は火力特化艦のように見えます。流石にあれに手を出すのは危ないんじゃ……」

「大丈夫ですよ。ヒロ様なら問題ありません」

「いや無理やろ。いくらこの船が高性能って言っても、火力特化艦のミサイルを山程ぶちこまれたらヤバいで」

「当たらなければどうということはない」

某赤い彗星《すいせい》の人みたいな台詞《せりふ》を吐きながら武装を展開する。これで四門の重レーザー砲と二門の大型散弾砲がいつでも発射可能な状態になった。臨戦態勢である。

「すぐに戦闘になるわけじゃないって言ったのにぃ！」

「か、覚悟がまだ……ひあぁぁぁぁぁっ⁉」


というわけで今に至る。


武装を展開したクリシュナは敵船団の後方から一気に襲いかかり、まず最後尾に位置していた小型宙賊艦二隻を四門の重レーザー砲の連射で仕留めた。

『な、なんだっ⁉』

『襲撃だ！　散開しろ！』

「間に合うものか」

宙賊達が慌てて散開し始めるが、その頃《ころ》には既にクリシュナが船団に肉薄していた。二門の大型散弾砲が連続で火を噴き、発射された無数の弾丸が散開するために横っ腹を晒《さら》した三隻の宙賊艦をまとめて穴だらけにする。

『い、嫌だ……死にたく――』

散弾砲の弾丸が重要区画を破壊したのか、穴だらけになった宙賊艦のうちの一隻が爆発四散した。その爆発に巻き込まれて残り二隻も爆発する。

しかし、宙賊達もただやられてばかりではいない。散開した宙賊達が反転し、こちらに向かってレーザー砲やマルチキャノンで反撃してくる。無論、宙賊の装備している武器などというものはクリシュナからすればショボい威力の豆鉄砲なので多少の被弾は気にするまでもないのだが、その様子はＨＵＤ上に表示されている船のホログラフィモデルに反映されて一目瞭然《いちもくりょうぜん》だ。

俺やミミ、それにエルマはそんなものはなんでもないとわかっているのだが、ティーナとウィスカにとってはそうもいかない。

「あぁーっ！　撃たれてる！　撃たれてるってぇっ⁉」

「だだだ、大丈夫だよお姉ちゃん！　この船のシールド出力ならあれくらいのレーザーは――」

涙目で騒いでいるティーナと比べてウィスカは幾分冷静なようだ。声は震えているようだけど……などと考えていると、コックピットにアラート音が鳴り響いた。

「ミサイル！　シーカーミサイル来てるー！　ミサイルはアカンやろ⁉」

「ミ、ミサイルはだめだねっ⁉」

「賑やかだなぁ」

「こういうのは煩いって言うのよ」

「あはは……私もこんな感じだったんですかね」

ティーナの慌てようも面白いが、冷静にミサイルはだめだねとか言っちゃうウィスカも楽しいな。

とりあえず後ろから迫るシーカーミサイルを振り切るためにフレアをばら撒《ま》きながらスラスターを噴かし、直角に近い角度で回避運動を行う。

「ふぎゃっ⁉」

「ひゃあっ⁉」

慣性制御装置で殺しきれなかった反動が姉妹に襲いかかり、それぞれ個性的な悲鳴を上げる。

「まずは中型艦を潰《つぶ》す？」

「そうすると小型艦が逃げるだろ。先に小型艦を潰して回るさ」

中型艦の火力は脅威と言えば脅威だが、どうやら奴《やつ》はミサイル艦であるようなのでシーカーミサイルにだけ注意すれば問題ない。フレアはまだまだ残弾があるし、やろうと思えば専用の回避機動で振り切れないこともないからな。

「ヒャッハー！　宇宙のゴミは消毒だー！」

『クソォ！　こいつなんなんだよ⁉　撃て、撃てェ！』

はっはっは、俺を仕留めたいなら船のグレードを少なくとも正規軍レベルまで上げてくるんだな。それでもヘボの宙賊野郎に負ける気はしないが。

☆★☆

「……酷《ひど》い目に遭ったわ」

「……うぅ」

戦闘終了後、途中から静かになっていた姉妹が我を取り戻したのか再び声を上げ始めた。ティーナはひたすらげんなりしているようだが、ウィスカは顔を赤くして居心地《いごこち》が悪そうにモジモジしている。あれは間違いなく漏らしたな。よかったな、穿かせておいてもらって正解だったじゃないか。

「積荷がなかなか良い感じですね……仕事の後だったみたいです」

「精製済みの金属が多いわね。賞金もなかなかの額よ」

「いくらになったん？」

「賞金だけで11万と2000エネルですね。中型艦にかけられていた賞金が多かったです」

「11万2000エネル!?　え、マジか……？」

「すごいね……それに戦利品の売却益も入るんですよね？」

「そうね。実際に売り払ってみないとわからないけど、精製済みの金属はけっこうな高値で売れるから……まぁ2万エネルは堅いんじゃない？」

「ということは13万２０００エネルか……これは普通に働くのは馬鹿らしくなるやろなぁ」

「私達の給料の何年分かかな……？」

彼女達の給料がいくらかは知らないが、まぁ一流のエンジニアならそれなりの給料を貰《もら》っているのだろう。

「えっと……うちらの給料が月に大体３７００エネルやろ……？　大体35ヶ月分ちょい？」

「およそ三年分だね……」

姉妹がなんだか暗い声でぼそぼそと話し合っている。言っておくけどこっちは命懸けなんだからな。そりゃエンジニアだって事故の可能性がある職なんだろうけど、命の危険度合いが違うんだから一概には比べられないと思うぞ。傭兵《ようへい》が高収入なのは確かだと思うけどな。

「スペース・ドウェルグ社を辞めて本格的にうちのクルーになるか？　待遇は応相談だぞ」

「うっ……ひ、惹《ひ》かれるなぁ」

「そう簡単にはいかないよ、お姉ちゃん。会社から自由移動権を買い取るだけで20万エネルくらいかかるんだから……私達の貯金じゃ一人分も出せないよ」

「むー……それはそうやけど」

妹の冷静なツッコミに姉が唇を尖《とが》らせる。そうこうしている間に戦利品の回収が終わった。今回も装甲や船体への被弾はゼロ。全《すべ》てシールドで受け止めて宙賊船団を全滅。完全勝利である。

「よーし、戦果は十分だな。凱旋《がいせん》だ」

「はい！　帰路を設定しますね」

「今日は戦勝祝いね。美味《おい》しいお酒が飲めるところが良いわ」

艦首をブラド星系へと繋《つな》がっているハイパーレーンの方向に向け、加速を開始する。とりあえず仕上がりは上々、といったところだな。コロニーに着いたらサラにも連絡をしておくとしよう。

☆★☆

戦闘終了後、即座にお手洗いに行って戻ってきたウィスカだったが、不幸にもその一部始終を姉に目撃されてしまった。

いやまぁ、不幸にもも何も、あまりに迅速な行動だったためにティーナがウィスカのことを不審に思ってしまった結果なのだが。

「あっはっは！」

「もうっ、笑わないでよ！」

盛大に笑うティーナにウィスカが顔を真っ赤にして憤慨する。流石《さすが》の俺も笑うのはどうかと思うぞ？

「いやー、まさかウィスカがお漏らしをしてるとはなぁ……くっくっく」

「お姉ちゃん‼」

ティーナの口を塞《ふさ》ごうとウィスカが顔を真っ赤にしたままティーナに飛びかかる。しかし全く同じ体格同士ということもあってか、その目論見《もくろみ》はなかなか上手《うま》くは行かないようだ。

「あれだけギャーギャー騒いでたティーナのほうはなんともないのな」

「騒いで外に発散してた分、恐怖感が和らいでいたんじゃない？」

「ティーナは上から、ウィスカは下から垂れ流してたってことか」

「お兄さんっ‼」

ウィスカがティーナと取っ組み合いをしながらこちらに向かって鋭い声を投げかけてくる。別に気にすることはないと思うけどな。ミミだってしばらくウィスカと同じようになってたわけだし。

チラリとミミに視線を向けると、目と目が合う。ミミは頬《ほお》を少し赤くしながら気まずげな表情をして目を逸《そ》らしてしまった。自分が一度通った道とはいえ、改めてそれを指摘されるのは恥ずかしいらしい。

「ヒロ……」

俺？　俺はゲームの頃《ころ》のイメージが強いせいか、全然そんな風にならなかったんだよな。もしかしたら未《いま》だに現実感がないだけなのかもしれないけど。

「こいつは失礼。男子たるもの常に紳士たれ、だな」

「あんたに紳士はちょっと無理じゃない？」

「酷い」

俺も紳士らしく振る舞うのは無理だと思ってるけどな。そういうのは俺に合わない。肩が凝りそうだし。

#8：ブラックロータス

久々の宙賊退治をしてから更に三日。その後は特に宙賊退治に出ることもなく、ゆっくりと過ごしていた。

え？　働かなくて良いのかって？　今すぐ働かなきゃ立ち行かなくなるほど金に余裕がないわけでもなし、母船が仕上がってきたらまた試験運用がてら宙賊どもを狩り出すことになるので、今すぐクリシュナ単機であくせくと働いても仕方がないだろうと思い直したのだ。クリシュナの試運転に関しては先日の宙賊退治で十分だったしな。

それに、ゆっくりと過ごしたと言っても別にずっと引きこもっていたわけではない。ミミと一緒に買い物に行ったり、エルマと二人でドワーフの居酒屋巡りをしたり、メイと一緒に帝国軍の詰め所まで先日の宙賊にかかっていた賞金を受け取りに行ったりした。

先日の宙賊からの賞金と、奴らからの略奪品の売却益は合わせて13万5000エネルとなった。賞金額総計11万2000エネルに略奪品の売却益2万3000エネルが加わった形だな。

ミミの取り分は0・5％から1％に上がったので1350エネル。エルマは変わらず3％なので4050エネル。それらを差し引いた12万9600エネルが俺の取り分だ。

改めて見ると俺の報酬が暴利に見えるな。

でもこの船は１００％俺のものだし、メインパイロットとして実際に戦っているのは俺だ。ついでに言えば二人の衣食住に関しては全て俺が提供することになっているし、福利厚生に関しても無論俺の責任で、そちらに関しても最大限配慮はしているつもりである。その辺を鑑みると、やはりこの辺りの報酬で妥当ということらしい。傭兵ギルドからのお墨付きもあるので、これで間違いないのだろう。

船が共同出資で購入されたものだとまた結構違ってくるみたいなんだけどな。報酬の分け前に関しては船やその運用にどれだけ金を出しているのか、という点が重要であるらしい。

「ついに納品ですね！」

納品される母船が係留されているドックへと向かう道すがら、ミミが興奮した様子で声を上げる。

「そうね、結構長く感じたわね。ところで、船の名前は決めてあるの？」

「船の名前……ああ、そういや決めなきゃいけないんだったっけ」

どうしたもんかな。俺はあんまり船の名前とかには拘《こだわ》りを持たないほうだから、適当に船にデフォルトでつけられている名前をそのまま使ったりしていたんだが。

「スキーズブラズニルじゃだめかな」

「ダメじゃないけど……もっとこう、捻《ひね》りましょうよ」

捻りましょうと言われてもなぁ。でも確かにスキーズブラズニルはちょっと長いしな。それに確かスキーズブラズニルは北欧神話に出てくる船の名前で、クリシュナはインド神話に出てくる英雄の名前だったっけ。

確かヴィシュヌの化身の一つとかだったな。この二つを調和させるような名前はなかなかに難しいと思うのだが。何せ全く別の神話の存在だ。そして俺は北欧神話の知識はある程度あるのだが、インド神話の知識はほぼ皆無である。クリシュナのことだって船を手に入れてからネットで検索して知ったくらいなのだ。

その朧気《おぼろげ》な知識を引っ張り出してみる。ええと、そうだな。

「じゃあ、ガルーダというのはどうだ」

「ガルーダ？」

「神様が乗る神鳥の名前だ。そもそもクリシュナというのがヴィシュヌって神様の化身の一つなんだが、ガルーダはそのヴィシュヌが乗る炎のように光り輝く鳥の名前だよ」

確かクリシュナがガルーダに乗るような描写は俺が調べた範囲ではなかったが、まぁ別に良かろう。

「鳥、鳥ねぇ……鳥って外観ではないわよね、あれは」

「……それは確かに」

スキーズブラズニルはかなりゴツめで、鳥から連想されるような優美さというか軽やかさとはまったく無縁の外観である。確かにちょっとばかりアンマッチかもしれない。

「じゃあ、ロータスなんてのはどうだろう」

「ロータス、植物の名前ですよね。蓮《はす》、でしたっけ？」

一緒について来ていたウィスカが横から俺を見上げながら聞いてくる。コロニーでは植物なんて殆《ほとん》ど見る機会がないのに、なかなか博識だな。

「そうだな。俺の故郷だと神様とかは蓮の花の上に座っている姿で描かれることも多いんだ」

所謂蓮華座《いわゆるれんげ》というやつだ。仏教で神仏がその上で胡座《あぐら》をかいていたり、立っていたりするやつだな。神の座す場所としては割と適当なのではなかろうか？　インド神話と仏教には密接な関係もあることだし。

「神様ねぇ……ヒロってそういうの信じてるの？」

「いや全然。物語の一つとして認識しているってレベルだな。意外と面白いもんだぞ。神秘的なのは嫌いじゃないしな」

「へー……なら今度兄さんの知ってる神話っちゅうのを聞かせてもらお」

「うろ覚えの部分も多いけど、それでも良いならな……って話が逸《そ》れたな。ロータスってのはどうかって話だよ」

俺が話の流れを半ば無理矢理元の方向に修正すると、エルマが鋭い指摘を投げかけてきた。

「でも、蓮の花は白から淡いピンクって感じじゃない？　新しい母船はクリシュナに合わせて濃紺から黒って感じのカラーリングよ？」

「じゃあブラックロータスだな。強くて高そうな名前だ」

「強くて高そう……？」

「気にするな」

俺の発言に首を傾《かし》げるミミにそう言っておく。いきなり魔力が三点湧《わ》いてきそうな名前だよな。

「ガルーダよりはブラックロータスのほうがしっくり来るわね」

「そうですね。花の名前ってなんだか可愛《かわい》いですし」

「じゃあそれで。メイもそれでいいか？」

「はい」

俺の少し後ろをしずしずとついてきていたメイも静かに頷《うなず》く。メイの髪の毛の色も瞳《ひとみ》の色も黒。メイド服も概《おおむ》ね白黒。彼女の操る船としても『黒い蓮』という名前は割と適当だったかもしれないな。

☆★☆

「お待ちしておりました」

引き渡し場所である大型ドックに着くと、そこにはサラが待っていた。他にも人がいるが、俺に判別できるのはサラだけである。サラの近くにいる男性ドワーフには見覚えがあるような気がするので、いつだったかホテルに謝罪に訪れた彼女の上司なのかもしれない。正直、ドワーフの男性は髭《ひげ》がモサモサで見分けがつきにくいんだよな。

「どうも。ようやくだな」

そう言って俺はこれから引き渡される最新ロットのスキーズブラズニル――ブラックロータスを見上げた。クリシュナの何倍もデカい。クリシュナも小型艦という割にはデカいのだが、そのクリシュナを二隻並べて収容できるような船なので、とてもデカい。

フォルムとしてはかなり平面装甲が目立つ。いや、実際には完全な平面という場所は殆ど存在せず、微妙に曲面を描いているようだ。強度の関係だろうか？

真横から見るとレーザーライフルのような形をしているようにも見えるな。前面に大きく張り出した艦首は図太い四角柱型で、角は丸い。艦隊各部にある装甲の膨らみにはコンシールド加工された各種砲が内蔵されており、武装展開時には各装甲がスライドして砲塔が出てくる形になっている。大型ＥＭＬは機体前方上部に搭載されており、こちらも通常時は装甲に覆われて隠れている。展開時には他のコンシールド砲塔と同じく装甲がスライドして砲が姿を現すわけだな。

「うん。良い。かっこいいな」

なんというかこう、新しい機体というか宇宙船というものには男心を擽《くすぐ》られて仕方がないな。メイの希望により多数の火器を搭載したブラックロータスは瞬間火力で言えばクリシュナよりも上だ。特に大型ＥＭＬは当てにくいものの、威力だけで言えば戦艦の主砲クラスの威力である。直撃すればクリシュナですら一撃で大破してしまうことだろう。宙賊艦であればまず間違いなく木っ端微《み》塵《じん》である。

スペック的には帝国航宙軍正規部隊の巡洋艦クラスであろう。もっとも、たった一隻では正規軍相手には抗しようもないだろうが。宇宙帝国の正規軍というのは、このブラックロータスのような高性能艦を数百隻、数千隻と揃《そろ》えているものなのだから、同じ土俵で戦えば一瞬で蜂の巣である。

かつてクリシュナがベレベレム連邦の正規艦隊に大打撃を与えられたのは奇策を弄《ろう》した上に超近

接戦闘に持ち込んだからだ。あんな艦隊に何の策も使わずに真正面から殴り込んだら接敵する間に蒸発させられるのがオチである。

このブラックロータス相手ならどう攻略するかな？　近づきさえすれば下方が死角になってるみたいだから、そこからチクチクと攻撃を重ねれば撃破できそうだが。真正面からだと流石に危ないな。

「ヒロ様の目がものすごくイキイキとしてますね」

「男っていうのは新造の艦を前にすると無邪気な子供みたいになっちゃうものらしいから」

「……可愛らしいですね」

メイの言葉に思わずギョッとして視線を向ける。ミミとエルマも目を丸くしてメイに視線を向けていた。

「何か？」

「い、いや、なんでもない」

あまりにも意外な発言に驚いただけである。まさかメイから可愛らしい、などと言われるとは思わなかった。なんだか急に恥ずかしくなってきたぞ。

「気に入っていただけたようで何よりです」

サラもまた食い入るように船を見ていた俺に微笑《ほほえ》ましいものを感じていたのか、穏やかな笑顔であった。くっ、不覚。

「では艦内をご案内しますね」

「ああ」

サラに導かれて既に降ろされていたタラップを登り、船の中へと足を踏み入れる。各生活スペースの内装はクリシュナに準拠して居住性の高いものに換えてあるが、今歩いている通路などは標準のままだ。とはいえ、これまでの経験が活《い》かされているのか、通路は比較的広く、無用の出っ張りなども見当たらない。非常にスッキリとした作りで、不慮の事故などで壁に叩《たた》きつけられたりした際にも大事には至らなそうである。

「壁面には衝撃吸収素材を張ってるのね」

エルマが白い壁面を触りながらそう言うので、俺も壁を触ってみる。なんとも不思議な手触りだ。光沢は殆どなく、肌触りとしては硬質のプラスチックのようにも思える。それなのに、押すと僅《わず》かに沈み込むのだ。流動体めいた硬質プラスチックとでも言うべきだろうか？　俺の知る限りではこのような特性を持つ素材に心当たりはない。この世界独特のハイテク素材なのだろう。

「はい。壁に叩きつけられた際に怪我《けが》をしにくくする効果があり、断熱性も高いことから全体のエネルギー効率も上昇します」

「なるほど。断熱性が高ければ空調に回すエネルギーも少なくて済むもんな」

「はい」

一通り壁の不思議な材質の手触りを楽しんだ後はカーゴスペースを兼ねたハンガーへと向かう。

「おー、ここがうちらの新しい仕事場やな」

「広いし、設備が最新のものばかりだね」

ハンガーに着くなり整備士姉妹が早速設備の検分を始める。俺には何が何やらさっぱりわからないが、二人にとっては驚くべき内容のものであるらしい。

「凄《すご》いよお姉ちゃん、メンテナンスポットがこんなに」

「おー、これなら二人でもこの広さの作業場回せそうやね」

作業上の一角には何種類かのロボットのようなものが鎮座していた。見るからにパワフルっぽいのとか、身軽そうなのとか色々いる。なるほど、実際のところ二人だけで船の整備をするのは難しいんじゃないかと思っていたんだが、人手に関してはああいう方法で補うのか。

「ここは二人の城とも言える場所になるからな、管理は任せたぞ。消耗品の補充、設備の拡充なんかが必要な場合は遠慮せずに言ってくれ。クリシュナの整備に必要なら金に糸目をつけるつもりはないからな」

「一通り揃ってるから大丈夫やと思うけど、そん時は相談させてもらうわ」

「あとは——そうだな、一応脱出艇の位置や避難経路なんかはよく把握しておけよ」

この船は宙賊に対する疑似餌として使う予定があるので、それなりに危険に晒《さら》される可能性がある。シールドも装甲も強力なものを装備しているから、そうそう撃破されるなんてことも移乗戦闘を仕掛けられるなんてこともないとは思うが、念には念を入れておいたほうが良い。

「なんか気になる間があったな？　本当に大丈夫なんか？」

「ダイジョーブダイジョーブ、モンダイナイヨ」

訝《いぶか》しげな表情をするティーナをスルーしてハンガースペース兼カーゴスペースも見て回る。クリシュナとは比べ物にならないくらい広いな。これなら運び屋としての仕事や交易めいたことも十分に可能だろう。金稼ぎの選択肢が大きく広がるな。

「次はコックピットに向かいましょうか。途中で休憩室や食堂にも寄りましょう」

「わかった。二人はどうする？　まだここを見てるか？」

「いや、ついてくわ。仕事場はあとでゆっくり確認すればええやろ」

「そうだね」

整備士姉妹と一緒にサラの後について歩き始める。流石《さすが》に広いなぁ、母艦ともなると。

☆★☆

引き続き母艦の散策である。

ところでスキーズブラズニル級母艦ブラックロータスはかなり大きな船だが、運行に必要な船員数は実のところそう多くはない。というか、やろうと思えば一人でも運用できるように設計されている。これは勿論《もちろん》高度なオートメーション化の賜物《たまもの》であるわけだが、この極端な省力化がこの世界の歴史の中でどのようにして発展してきたのかは俺にはわからない。

俺の見解で言えばＳＯＬ《ステラオンライン》というゲームは一人のプレイヤーが一つか、あるいはそれ以上の数の船を操って遊ぶことができるゲームであったのでどんな大きな船でも一人で動かせるのは当たり前という感覚であったのだ。

しかし、実際にSOLと限りなく似たこの世界に来てからは少しだけ違和感を感じている。これだけ高度なオートメーション化をするよりも、人を多く雇ったほうがコストは安くなるんじゃないだろうか？　人一人あたりの雇用費なんてたかが知れているだろうし。ティーナとウィスカならその辺の事情に詳しそうだし、今度時間があったら聞いてみるとするかな。

「ここが休憩室です」

サラが自信に満ちた顔で俺達を振り返る。

休憩室の広さはかなりものであった。俺の感覚で言うと、旅館の宴会場くらいの大きさといったところだろうか。子供なら走り回れるくらいの広さがあるな。

「うわぁ、広いですね」

「確かに。クリシュナの食堂も落ち着くけど、こっちの休憩室もなかなかリラックスできそうね。あら、あっちにはテラリウムがあるわ」

そう言ってエルマは休憩室の一角にある植物の生えているスペースへと歩いていった。どうやら壁面の一部がガラス張りになっていて、その向こうに自然環境を模した小さなスペースが作られているようだ。ああ、これはあれだな。なんかトカゲとかイグアナとかを飼ってるようなやつだ。

しかし、じっくりと見てみても植物以外のものは見当たらない。単に生育している植物を見て楽しむ類の施設であるようだ。なにか生き物が居れば面白かったのにな。そう思って俺はすぐに興味を失ってしまったのだが、ミミとエルマはそんなこともないらしく興味深そうにテラリウムとやらをしばらく眺めていた。

コロニー育ちのミミは単純に植物をあまり見た覚えがないそうだし、エルマもエルフ的な感性で植物に何か感じるものがあるのかもしれない。わからんけど。

休憩室には他に寛《くつろ》げそうなソファやテーブルセット、それにドリンクサーバーやマッサージチェアのようなものも設置されており、確かに休憩室の名に恥じぬ装いであるようであった。

「食堂やトレーニングルーム、それにシャワールームなどもこの近くに配置されています。未使用の乗員室や客室、それに医務室などもですね。さしずめこの辺りはブラックロータスの居住区画といったところです」

サラの案内で居住区画の施設を見て回る。食堂はクリシュナのものよりも広く、配置されている自動調理器もクリシュナと同じテツジン・フィフスにしてあるようだ。三人で使う分にはクリシュナの食堂でも余裕があるが、ティーナとウィスカも含めて五人で食事をするならこっちのほうが広くて良いかもしれないな。

あと、トレーニングルームはやっぱりこっちのほうが広いから充実してるな。クリシュナにはないトレーニング機器があるし、広いから三人以上でも同時にトレーニングできる。クリシュナのトレーニングルームはあまり広くないから、同時に三人でトレーニングするのにはちょっと手狭だったんだよ。

朝起きたらこっちのトレーニングルームでトレーニングをしてシャワーを浴びて、こっちの食堂で飯を食うのが良いかもしれない。休憩室もこっちのほうが広くてリラックスできそうだしな。それにミミとエルマがテラリウムを大層気に入ったようだし。あのテラリウムの世話はどうなってるのかね？　やっぱいつか見た食料加工場みたいに自動化されているんだろうか？　自動化されているんだろうな。そうじゃなかったら早々に枯れ果てるぞ。

「では、コックピットに向かいましょう」

居住区画を一通り見た俺達は最後にコックピットへと向かう。

「へぇ、やっぱり母艦ともなるとなかなか広いな」

こちらも休憩室ほどではないが、かなりの広さであった。十人くらいまでなら余裕を持って過ごせる空間だ。ブラックロータスのコックピットはクリシュナと違って艦の外縁部ではなく、艦の中央付近に存在する。なので、実際にはコックピットというよりは戦闘指揮所とでも言ったほうが良いのかもしれない。

「運行時は基本的に私がこちらのシートに着き、艦の全制御を行うことになります」

そう言ってメイが指し示した場所にあったのは何やらゴテゴテと装飾――ではないが、オプションパーツのようなものがつけられたシートであった。何かよくわからない端子などが多数存在しており、明らかに普通のシートではない。

「なんか随分と仰々しい感じのシートだな」

「はい。私のような電子頭脳の持つ処理能力を最大限に反映させるためのカスタムシートです。この専用シートから艦の機動、火器管制、出力調節、艦内の生命維持、その他この母艦に関する全《すべ》ての制御を行うことができます」

「なるほどなぁ。システムの掌握は問題なさそうなのか？」

「はい、問題ありません」

「そうか。こっちの制御は任せたぞ」

「はい、この私にお任せください」

そう言ってメイはコクリと頷《うなず》く。こっちのことはメイに任せておけば心配はいらないだろう。

「こちらに関しては私が案内するべき箇所はなさそうですね。こちらで船の案内は完了という形になりますが、何か気になった点などはございませんか？」

「俺は特には。皆は？」

「私も特にはないです」

「私もないわね」

「問題ありません」

「大丈夫や」

「大丈夫です」

全員特にないようだ。

「では、こちらに受領のサインをいただけますか？　はい、結構です」

サラの差し出したタブレットに受領のサインをして小型情報端末で認証を行い、これでブラックロータスは正式に俺の船になった。この手続きと同時にブラックロータスの代金の残りがスペース・ドヴェルグ社へと振り込まれることになる。取引完了だな。それを確認したサラがホッと胸を撫《な》で下《お》ろした。彼女にとって今回の取引はそれはもう大変な苦労の連続であったことであろう。主にそこの姉妹のせいで。

俺？　俺はー……別に俺から事を荒立てたつもりはあまりないんだけどな。トラブル体質の俺と関わったのがサラにとっての災難と言えば災難であった可能性は否めないけど、それは俺だって意識してやっていることじゃないからな。どうしようもない。俺は悪くねぇ。

「サラには世話になったな」

「いいえ、私なんて何も……いえ、まぁ、頑張りはしましたね」

何もしていない、と言いかけて色々なことが脳裏を過《よぎ》ったのか、サラは最終的に遠い目をして虚空に視線を向けていた。相当苦労したらしい。サラは苦労人ポジションだな。

「今回の商談は私にとって良い経験になりました。ヒロ様、改めてありがとうございました」

「いや、こちらこそだ。全部が全部俺のせいだったとは思わないが、苦労をかけたな」

「いえ、本当にヒロ様に過失は一切ありませんので……ふふふ」

サラが笑いながら昏《くら》い目を整備士姉妹に向ける。おい、こら。二人とも俺の陰に隠れるんじゃない。サラの不気味な笑いが俺に向けられて怖いだろうが。あと、サラもその黒いオーラは引っ込めていただきたい。鎮まれ。鎮まり給え。どうしてそのように荒ぶるのか。

いや、荒ぶっても仕方ねぇな。仕方ねぇわ。

「まぁこの二人も禁酒はかなり応《こた》えたようだし、これからはそれなりに危険な傭兵《ようへい》生活だから」

「そうですね、水に流すことにします」

俺の発言が功を奏したのかどうかはわからないが、とりあえずサラが黒いオーラは引っ込めてくれたようで何よりである。正直かなり怖かった。

「とりあえずしばらくの間はこのコロニーに留《とど》まってこの船――ブラックロータスの慣らし運転をする予定だ。もしかしたら実際に運用を始めてから気になる点が出てくるかもしれない。その時は連絡させてもらうよ」

「はい、その時はすぐにご連絡ください。今後もスペース・ドウェルグ社をよろしくお願いします」

そう言ってサラはその幼気《いたいけ》な顔に満面の笑みを浮かべた。

☆★☆

「はーい、そういうわけで早速出港するぞー」

「あいあいさー！」

「はいはい。メイ、そっちの準備は問題ないかしら？」

『はい、問題ありません。いつでも出港可能です』

サラと別れて凡《およ》そ三十分。俺とミミ、それにエルマはクリシュナのコックピットで出港準備を進めていた。早速ブラックロータスへの着艦、そしてブラックロータスからの発艦訓練をしようというわけである。その他にも母艦を運用するとなれば連携の訓練を事前にしておくに越したことはない。メイならどのように運用したとしてもぶっつけ本番でなんとかしてしまいそうな気がするが、それはそれ、これはこれである。

「では出港後、コロニーから離れた地点で合流して慣熟訓練を行う。座標をマークしてくれ」

「はい、目的の座標をマークしました」

『こちらもマークしました。では出港申請を行います』

「こちらも出港申請を出しますね」

ミミが手早くブラドプライムコロニーの港湾管理局に出港を申請し、申請が速やかに受理されて出港許可が下りる。今日もブラドプライムコロニーは盛況だな。他の船に接触しないように注意しながら船を進め、その途中でブラックロータスの横を通過する。

「うーん、良いね。ワクワクしてくる」

「こうしてみると大きいですねー……宙賊の大型艦と同じくらいでしょうか？」

「そうね。ギリギリ大型艦の範疇《はんちゅう》に収まるってところかしら」

間近で見るとブラックロータスの威容はその優雅な名前とは正反対である。平面や角などは極力排しているのにも拘《かかわ》らず、その姿はどう見ても『ゴツい』としか表現のしようがない。あちこちにある砲塔を覆い隠しているコンシールド装甲が余計にそのような印象を増大させているのだろう。その威容を別ものに例えるならば、鞘《さや》に収まった剛剣といったところだろうか。

いやごめん、ちょっと無理してカッコよく言った。

俺の本当の第一印象は胸元に不自然な膨らみのあるゴツい黒服のお兄さんといった感じである。何かあったらすぐにスッと胸元に手を伸ばしそうなヤベー奴《やつ》感がすごい。実際、コンシールド装甲に覆い隠された砲塔が全て顔を出すと軍の巡洋艦並みの火力があるので、あながち間違いでもない。

「……ゴツいな。一応コンシールド装甲で隠してるけど、大丈夫かこれ」

「遠目からのパッと見じゃわかんないわよ。問題ないと思うけど」

「そうかなぁ」

まぁ宙賊は基本バカ揃《ぞろ》いだし、問題ないか。獲物だと思って襲いかかった船からクリシュナが飛び出してくる上に、非武装だと思っていたその船も実は重武装という宙賊にとってはあまりにも酷《ひど》いデストラップである。

『ブラックロータスも出港完了です』

「了解。じゃあ指定ポイントへと向かうとするか」

「はい、ブラックロータスとの同期を開始します」

ミミがクリシュナとブラックロータスの超光速ドライブの同期作業を開始する。ブラックロータスのほうが質量が大きいので、今回はブラックロータスの超光速ドライブにクリシュナが乗っかっていく形になるな。

『では、指定ポイントへと向けて超光速ドライブを開始します。超光速ドライブ、チャージ開始。カウントダウン』

通信越しにメイがカウントダウンする声が聞こえてくる。

『5、4、3、2、1……超光速ドライブ起動』

ドォン！　という轟音《ごうおん》が鳴り響き、ブラックロータスとクリシュナは超光速ドライブ状態に突入した。

☆★☆

『目標ポイントに到達、超光速ドライブを解除します』

ディスプレイ越しにメイの声が聞こえ、その次の瞬間再び轟音が鳴り響いてクリシュナとブラックロータスは通常空間へと帰還した。ごく短時間の超光速航行だったが、それでもあれだけ巨大で存在感のあったブラドプライムコロニーが影も形も見えない程度には離れたようだ。

「今のところは問題なさそうだな」

『はい、そのようです。では、格納庫のハッチを開放します』

「了解」

メイの行動には隙《すき》も無駄もない。超光速ドライブのテストが終わったら、今度は早速発着艦機能のテストを行う。

ブラックロータスの後方下部にある格納庫のハッチへと船を向けると、すぐにハッチからガイドビームが発射されてきた。母艦のガイドビームは一種のトラクタービームで、照射を受けることによって自動的に格納庫へと引き寄せられるようになっている。つまり、ガイドビームの照射圏内に入ったら、着艦する側はもうやることはないというわけだ。

無論やろうと思えばマニュアルでの発着艦も可能だが、艦内に速度超過で突っ込みでもしたらブラックロータスに大ダメージを与えかねないので、まずやらない。

と、そんなことを考えているうちにガイドビームによって引き寄せられたクリシュナは気密シールドを抜け、何の問題もなくブラックロータスのハンガーに着艦することができた。後方で格納庫のハッチが閉じていく。

「問題なさそうだな」

『はい。姉妹にハンガー設備のチェックをするように申し付けてありますので、そのまましばらくお待ちください』

「了解」

クリシュナが着艦したランディングパッドが回転し、クリシュナの向きが180度変わる。つまり、ハッチ側に艦首が向いた形になる。発艦時にはこのランディングパッドがそのままカタパルトとなってクリシュナを艦外に射出する形になるわけだな。

今後はこの格納庫内がクリシュナの定位置になるだろう。基本、クリシュナはこのハンガー内に格納されていて、有事の際に文字通り外に飛び出すという形になる。

艦の外部に設置されている光学センサーで慌ただしく動いている姉妹の姿を観察する。

「二人とも一生懸命だな」

「そうですね。ドワーフの女性はちっちゃくて可愛《かわい》いですよね」

そう言って二人の姿を見つめるミミの表情は、なんだか妹が頑張っている様を見守る姉のようであった。いや、二人ともミミよりも歳上《としうえ》だけどね？　まぁ、見た目が幼女というか少女にしか見えないドワーフの姉妹がメンテナンスボットと一緒にハンガーを走り回っている姿はなんだか微笑《ほほえ》ましいけれども。

「メンテナンスポットも色々種類が居て面白いな」

「そうですね。どれがどんな機能をもっているのかさっぱりわかりませんけど」

「二人でこの作業場を回すのにはあれだけのメンテナンスポットが必要なんでしょうね。いくらクリシュナが小型艦とは言っても、たった二人で整備するのは無理でしょうし」

「だろうな」

小型艦とは言っても、クリシュナは五人がある程度の余裕を持って過ごすことができる広さの生活スペースを内包している。その上カーゴスペースやら機関部やら色々とあるわけで、その大きさは凡そ大型航空機並みと言っても良い。いや、もう少しデカいかもしれない。

そして、ブラックロータスはそんなクリシュナを二隻格納できるだけのハンガースペースと、それよりも更に大きいカーゴスペース、それに最大三十人ほどが生活できる居住区画なども内包している。全長は300mほどだったはずだ。俺の感覚からすると超デカい。

そんなデカい船を二人だけで整備するというのは確かに無理だろう。メンテナンスポットを運用するのも当然だな。

そうしているうちに設備のチェックが終わったのか、ティーナとウィスカがクリシュナから離れていく。

『ご主人様、設備のチェックが完了したようです。続いて発艦テストを行います』

「了解。こっちはいつでも良いぞ」

『はい。ハッチ開放、カタパルト射出します。3、2、1、射出』

グンッ、というシートに向かって身体《からだ》が押さえつけられるような感覚とともに一気に加速したクリシュナが宇宙空間に向かって射出される。カタパルトで射出されるってのはこんな感覚なのか。ちょっとした絶叫マシンみたいだな。

「慣性制御が利いている割にはなかなかの加速感だったな」

「そうですね、ちょっとびっくりしました」

まぁ、気を失うほどのGがかかったわけでもない。別に気にすることはないだろう。利きが甘い理由はちょっと気になるけど。外部からの力で加速したから反応が遅れたのかね？

『このままハッチを開放しているので、次はオートドッキングを。その次はマニュアルドッキングを行ってください』

「マニュアルもかぁ……了解」

マニュアルドッキングをすることはないと思うけどなぁ、と考えつつも、絶対にないとも言い切れないので練習はしておくに越したことはないか、とも思う。マニュアルドッキングをするなんてよっぽど切羽詰まった状況に違いないので、ぶっつけ本番でやるよりは何度かでも事前に練習はしておいたほうが良いかもしれない。

そうして何度か発着艦の慣熟訓練を行った後は武装のチェックである。メイの宣言と同時に武装を隠していたコンシールド装甲が稼動し、武装が展開される。

「流石《さすが》に派手だなぁ」

「すごいですね。あれがレーザー砲の砲火だと思うとちょっと怖いですけど、綺麗《きれい》です」

「確かに、見てるだけなら綺麗よね。あの中に突っ込むのは絶対に御免被りたいけど」

「確かにそれは嫌ですね」

十二門のレーザー砲が一斉に発射される光景はなかなかの見ものである。

ブラックロータスに搭載されている武装はクラス2のレーザー砲が八門、クラス3のレーザー砲が四門の合計十二門。それと今は撃っていないが、シーカーミサイルポッドが十門、更に大型EMLが一門。火力だけで言えば余裕でクリシュナを上回っている。

『武装のチェックも完了致しました。続いて機動性能のチェックを行います』

「ああ、続けてくれ」

ブラックロータスがアフターバーナーを噴かして加速を始める。流石に質量が質量だからか、加速が遅いな。しかしスラスター出力が高いからか、トップスピードは思ったよりも速い。宙賊などの襲撃から逃げる際に重要なのは奴らを振り切るためのトップスピードなので、そういう意味での速さは十分と言える。

「おー……いや、思ったより動くな？」

「思ったより動くわね？」

「そうなんですか？」

俺とエルマはブラックロータスの予想以上の機動性に首を傾《かし》げ、ミミはそんな俺達を見て首を傾げる。いや、本当に思ったよりもよく動く。それはつまり、思ったよりも回頭性能が高いということだ。ああいった母艦は基本的に真《ま》っ直《す》ぐ進むのは速いが、回頭性能には難があるものだ。だからこそ小型艦に張り付かれると非常に弱い。死角に居座られて延々と攻撃されてしまうからな。

しかし、ブラックロータスはその回頭性能が思ったよりも速い。というか、あれは回頭用のスラスターだけでなく姿勢制御用のスラスターも使ってかなり無理矢理動いてるな。俺の戦闘機動を参考にしているのだろうか。

「どう思う？」

「思ったよりは速いけど、まぁなんでもないと言えばなんでもないわね。機体と腕がヘボな宙賊相手なら通用するかも？」

「まぁそうだな」

思ったよりは速いが、俺やエルマからすれば微々たるものだ。ワンチャン宙賊相手なら通用するかな？　というレベルである。やはりブラックロータスに機動戦はあまり期待できないだろう。そもそも全体の構成が重火力砲艦といった感じなのでさもありなんといったところだが。

縦横無尽に宇宙空間を動き回るブラックロータスを眺めていると、突然轟音と共に複数の艦がワープアウトしてきた。見た感じ、帝国航宙軍の艦船に見えるが……？

『こちら帝国航宙軍、ブラド星系第三分隊だ。応答せよ』

すぐさま向こうから通信が入ってくる。これは戦闘でも起こっていると勘違いされたかな？

「こちら傭兵《ようへい》ギルド所属のクリシュナ、そのキャプテンのヒロだ。あっちのデカいのはうちの母艦のブラックロータス。今日受領したばかりの新品でな、この宙域でならし運転中だ。どうぞ」

『なるほど。少し待て』

「アイアイサー」

航宙軍の艦船からスキャンされているというアラートが鳴り響く。別に後ろ暗いところは一切ないので、そのまま素直にスキャンを受ける。恐らく、ブラックロータスにも同様の処置がされているところだろう。

『ご主人様。帝国航宙軍が臨検をすると言ってきていますが』

「別に違法なものは一切積んでないんだし、好きにさせてやれ。痛くもない腹を探られるのは良い気分じゃないけどな」

『承知致しました』

「あと、臨検に同行するためにクリシュナをそちらに着艦させる。準備をしてくれ」

『はい』

メイとの通信を終え、ミミに言って今度は帝国航宙軍に回線を繋《つな》いでもらう。

「こちらキャプテン・ヒロ。ブラックロータスに着艦し、臨検に同行する。ブラックロータスには小型艦のランディングパッドが二つある。臨検を行う人員を乗せた小型艇は二番パッドに入れてくれ」

『了解した。協力に感謝する』

向こうからの応答を確認してブラックロータスへとクリシュナを向かわせる。

あわよくばこのまま小惑星帯まで行って機動試験をしようと思っていたんだが、どうにも上手《うま》く行かないな。これから先荷物を満載した状態でこういった臨検を受けることもあるだろうし、今回はその予行練習だと思って大人しく向こうの指示に従うとしよう。

☆★☆

俺達がブラックロータスの格納庫にクリシュナを着陸させてほんの数分で帝国航宙軍ブラド星系第三分隊――つまりブラド星系の星系軍の降下艇がもう一つのハンガーに入ってきた。

降下艇は母船を離れて単独で惑星やコロニー、あるいは宇宙空間に存在する艦艇に突入することができる能力を持つ小型艇の総称である。宇宙空間に存在する船に対しては今回のように格納庫がある場合はこうして普通に着艦することもあるし、そうでない場合は接舷《せつげん》して装甲を破って突入することもある。要は、白兵戦に持ち込む能力を備えている船なのだ。

上陸用舟艇の発展型、宇宙バージョンみたいなものだろうか。小型の車両や大量の人員を運べる上に対人用のレーザー兵器とかも備えているので、敵艦に突入した際には降下艇がそのまま前線基地みたいな感じになるんだよな。

などとSOLで何度か経験した軍の突入隊員ミッションの内容を思い返していると、着艦した降下艇からどやどやとレーザーライフルやパワーアーマーで武装した帝国軍の兵士達が降りてきた。三十人以上いるみたいだな。パワーアーマー装備の兵士は両手の指で足りる程度の数だが、それでもこの数を俺とメイ、それにエルマの三人で相手にするのは無謀である。

「どうも。キャプテン兼シップオーナーのヒロです」

降りてきた兵士に片手を挙げながら挨拶《あいさつ》すると、兵士のうちの一人が歩み出て来た。

「帝国航宙軍ブラド星系第三分隊降下兵団第六小隊隊長のポール・ドライ少尉です。帝国航宙法三章七条に従い、貴艦の臨検を実施します」

ポール少尉はいかにもな新品少尉、とでもいった感じの若々しい士官であった。金髪碧眼《へきがん》に短く刈り揃《そろ》えた髪の毛、程よく鍛えた細マッチョのイケメンって雰囲気だ。

「はい、どうぞ。引き渡されたばかりでカーゴスペースもガラガラだけど」

「……そのようですね」

俺の指差した先を見たポール少尉が苦笑いを浮かべる。カーゴスペースはハンガースペースから丸見えだからな。

カーゴスペースにある荷物はもともとクリシュナに積んでいた食料品や生活雑貨などである。クリシュナには本当に最小限度の物資だけ積むようにして、それ以外をこっちに移しておいたというわけだな。まだ他の星系に移動するつもりはなかったからそんなに物資も買い込んでいなかったし、他の星系に届ける荷物なんかも一切積んでないから、カーゴスペースはスッカスカである。

「えーと、では我々は貨物のチェックと艦内の調査をしますので」

「どうぞ。一応同行しても良いかな？」

「そうしていただけるとこちらとしても助かります。貨物などについて質問することもあるかもしれませんので。それと、そちらの小型戦闘艦にも立ち入らせていただきますが」

「了解。そっちはエルマとミミに任せていいか？」

「わかったわ」

「わかりました」

帝国航宙軍は軍規に厳しいとの評判だから、滅多なことにはならないだろう。

「ベティー軍曹、君たちの分隊であちらの小型戦闘艦の臨検を実施しろ」

「アイアイサー」

女性下士官に率いられた数人がクリシュナに向かっていき、その後ろをエルマとミミがついていく。女性下士官の率いる分隊を選んでくれた辺りはポール少尉の配慮なのかもしれない。

ポール少尉の部下達が数少ない貨物をチェックしている間にポール少尉からいくつか質問され、それに答える。内容としては今回の出港理由、この宙域に留まっていた理由、貨物の入手先など当たり障りのないものばかりだ。

「それにしても新造艦ですか……良いですね、どこもかしこもピカピカで。こんな規模の船を個人で所有するなんて少し信じられない気持ちですが」

「かなりまけてもらって２０００万エネルくらいでしたね」

「にせんまんえねる」

ポール少尉が目を点にしていた。

「確か一等准尉が月に４０００エネルでしたっけ。一等准尉の給料だと凡そ４１６年か４１７年分ですね。そう考えるとすげぇな」

「ええ……って何故《なぜ》一等准尉の給料を知っているんですか？」

「前にちょっと一等准尉待遇で軍に入らないか誘われたことがあったんで。給料安いから断ったけど」

「……それはそうでしょうね」

ポール少尉が遠い目をしている。一等准尉よりも少尉のほうが給料は上だろうけど、セレナ少佐ですら傭兵の収入を聞いて驚いていた節があったものな……まぁ、給料についてはあまり触れないでおこう。

「貨物のチェックが終わったようです。引き続き艦内を調査させてもらいますが」

「同行しますよ。まぁ、引き渡してもらったばっかりなんで、あんまり案内にもならんと思いますが」

ポール少尉に同行して艦内の案内を始める。手始めにカーゴ兼ハンガースペースを出て居住区画に向かったわけだが。

「これが傭兵の船……だと？」

「なんだこのオシャレ空間」

「めっちゃ広い……贅沢《ぜいたく》な空間の使い方だな」

「ここに住みたい」

ポール少尉とその部下達が広々として綺麗な休憩室や食堂、トレーニングルームを見て精神的に死にかけている。

「あっ……ぐおぉぉ……！」

パワーアーマーを装着している兵士が食堂に視線を向けて止まった。そしてそのままレーザーライフルを取り落してがっくりと膝《ひざ》を突く。

「なんだ⁉　どうした⁉」

隣に立っていた同じくパワーアーマーを装着した兵士が驚いてその横に屈《かが》み込む。いや、ほんとどうしたんだ？　そんなにショッキングなものが――？

「……食堂の自動調理器」

「何……？」

「あれ、テツジン・フィフスだ……」

「なん……だと……ッ⁉」

ポール少尉を含めた兵士達全員の視線が食堂の奥にある自動調理器に集中する。ええまぁ、確かにテツジン・フィフスですけども。

「テツジン……？　それはなんだ？」

「食べ物のような何かを作り出すうちのクソシェフと違って、同じフードカートリッジを使って高級料理みたいな食い物を作り出す超高級自動調理器です……」

ポール少尉の質問に床に膝を突いて項垂《うなだ》れているパワーアーマー兵士が答える。ああ、航宙軍の船に積んでる自動調理器の性能が低いのね……士気の面から考えると軍隊のメシが不味《まず》いのはマズイいと思うんだけどな。

「……お茶は美味《おい》しいだろう」

「お茶とお茶菓子以外ダメじゃないですか……」

「艦長の意向だ……諦《あきら》めろ」

部下の悲痛な言葉にポール少尉が視線を明後日《あさって》の方向に向ける。なるほど、どうやら彼らの所属する船の自動調理器はお茶関連だけが充実しているちょっと尖《とが》った性能の自動調理器であるようだ。英国面に堕《お》ちた調理器なのかな？

「お、兵隊さんや。お疲れ様でーす」

「お疲れ様です」

テンションが下がりに下がっているポール少尉達の横を作業用ジャンプスーツに身を包んだティーナとウィスカがにこやかに挨拶をしながら通過していく。

「……いまのは？」

「スペース・ドウェルグ社から出向してきているエンジニアです。見ての通り双子の姉妹で、ドワーフです。一応立派な淑女らしいんで、子供扱いはしないほうが良いですよ」

「エンジニア……ではこの船の操艦は？」

「俺の高性能アンドロイドに操艦を任せてます」

敢《あ》えてメイドロイドと言う必要はないだろう。しかし、ここで兵士の一人が気づいてはいけないことに気付く。

「……貴方《あなた》以外女性なんですか？」

「……ええ、まぁ」

「「「……」」」

おいやめろ。これみよがしにレーザーライフルの動作確認をするんじゃない。ギチギチと音を鳴らして拳《こぶし》を作るのをやめろ。パワーアーマーでぶん殴られたら死ぬわ。

ちなみに、ここに居るのは多分全員男性である。三名居るパワーアーマーの中身はわからないが、多分反応と声からして男性だ。

「クソッ……クソクソクソッ……！　俺にも出会いさえ、出会いさえあれば……ッ！」

「あってもダメだろ。一回船に乗ったら数ヶ月から下手《へた》したら一年くらい連絡取れなくなるし」

「ははっ、帰ったら他の男とくっついてるんだよな……」

「やめろ。その話は俺に効く……せめてコロニー勤務ならなぁ」

一気に士気がダダ下がりした帝国航宙軍兵士達を引き連れて残りの場所を案内して回る。その途中でコックピットにも寄った。

「お勤めご苦労さまです」

「彼女が操艦しているアンドロイド……？」

「ええ、まぁ」

「……メイドロイドじゃん」

「そうですが、何か？」

兵士の言葉にメイが無表情のまま首を傾《かし》げる。

「いや、確かにメイドロイドだが……物凄《ものすご》い高性能機だぞ」

「はい、ご主人様の意向で護衛も兼ねておりますので」

パワーアーマーを装着した兵士の発言にメイが頷《うなず》く。この場にいるパワーアーマー兵は三人だが、この狭い空間でこの距離ならメイが勝つかもしれないな。メイの近接戦闘能力は尋常じゃないレベルだから。

「これで一通り案内は終わりですが、まだ見て回ります？」

「ええ、一応機関部なども点検させてもらうことになります。そういった場所に密輸品を隠す輩《やから》もいるので、一応」

「密輸品ねぇ……そんなに多いんですか？　この辺はそういうのが」

「ええ。宙賊と結託した一部の悪徳業者などがこういった何もなく、目立ちにくい宇宙空間で秘密裏に略奪品や禁制品をやり取りしてブラドプライムコロニーに持ち込んだり、星系外に荷を持ち出したりする犯罪が後を絶ちません。ブラドプライムコロニーのアウトローどもも暗躍しているようで……」

そう言ってポール少尉が溜息《ためいき》を吐《つ》く。外には宙賊、内には悪徳業者と棄民《アウトロー》か。ブラド星系の治安維持は大変そうだな。これをどうにかするには徹底的に犯罪集団と化している棄民を一掃するしかないだろうけど、まぁ難しいだろうな。特に凶悪な犯罪集団を結成している連中はそれなりに重要なインフラ設備のある場所に陣取って大規模な掃討作戦ができないようにしているらしいし。

躍起になって奪い返さなきゃならないほどじゃないけど、そこそこに重要な場所というものすごく絶妙な塩梅《あんばい》の場所に陣取っていて手が出しにくいらしい。多少の損害には目を瞑《つぶ》ってどうにかすべきだと思うんだが、まぁ色々と大人の事情があるのだろうな。

そんな話も交えてブラド星系に稀《まれ》に出没する宙賊の情報なども聞いたりしている間に調査が終了したらしく、ポール少尉達は来た時と同じように降下艇に乗り込んで自分達の船へと戻っていった。

無論、臨検の結果は問題なしである。当たり前だが。

今までは小型戦闘艦一隻のみでの移動ということもあって特にこういった臨検などを受けることもなかったが、今後はブラックロータスのお陰で船の積載量が大幅に増えたので、こうして臨検を受けることも増えるだろう。その予行演習という意味では今回の臨検は丁度良かったかもしれないな。

「時間も微妙だし、このままブラドプライムコロニーに帰港しよう。本格的な運用は明日から始めるぞ」

小型情報端末を使ってミミ達全員にそう告げ、メイにブラックロータスの進路をブラドプライムコロニーに向けさせる。さぁ、明日からは本格的に宙賊狩りの再開だ。

#9：新戦力

　昨日《きのう》は慣熟訓練中に帝国航宙軍の臨検を受けるというハプニングがあったが、なにはともあれ一通りの動作確認はできたので今日からは本業である宙賊退治に戻ることになる。先日のクリシュナ試運転の際には突発的な遭遇戦をしたが、最初から宙賊を狩るつもりで出撃するのは久しぶりのことだ。

　スペース・ドウェルグ社からの出向者であるティーナとウィスカの整備士姉妹は不参加だったが、昨夜のうちに今日の宙賊狩りに関する打ち合わせは終わっている。クリシュナを格納庫に搭載したブラックロータスは滞りなくブラドプライムコロニーを出港した。

「じゃあ、昨日決めたプラン通りに運行してくれ」

『承知致しました』

　格納庫に搭載されているクリシュナに搭乗しているのは俺とミミ、それにエルマの三人だけである。メイはブラックロータスのコックピットで操艦をしており、ティーナとウィスカは格納庫近くの自室で待機中だ。流石《さすが》に部外者だからと情報を完全に遮断するのは不安も大きいだろうから、彼女達の自室でもブラックロータスやクリシュナの様子をある程度モニターできるようにしてある。

「ティーナ、ウィスカ。まず心配はないと思うが、今日は実戦だ。一応気を引き締めておけよ」

『了解や』

『わかりました』

二人の緊張した声が通信越しに聞こえてくる。

「万一に備えてちゃんとおむつもしっかり穿《は》いておけよ」

『あはは、ウィーやないんやから大丈夫やで』

『お姉ちゃん！　お兄さんも！』

俺とティーナの軽口にウィスカが顔を真っ赤にして憤慨する。結果的に緊張が解《ほぐ》れたようで何よりだ。ミミもなんだか俺にチラチラと視線を向けてきている。

「ミミはもうおむつは取れてるだろ？」

「そ、それは勿論《もちろん》ですよ。もう私もそれなりに慣れてきましたから」

少し顔を赤くしながらもなんだかミミは嬉《うれ》しそうに口元をによによとさせている。構ってもらえたのが嬉しかったのだろうか。別にミミを蔑《ないがし》ろにしているつもりは一切ないが、最近は母船の購入やクリシュナの整備、それに整備士姉妹への対処で少しミミと接する時間が少なくなっていたかもしれない。

今日の宙賊狩りが終わったら存分にミミを甘やかすとしよう。無論、その次はエルマもな。ああ、メイもだな。メイには今回結構振り回されたが、ご主人様としてはちゃんと労《いたわ》ってやるのも大切なことだろう。

『出港申請完了。出港します』

「了解。出港したら予定のポイントへ向かってくれ」

『はい、お任せください』

クリシュナのメインスクリーンにはブラックロータスの各部センサーが捉《とら》えた映像や情報が表示されている。映像上では既に出港して動いているようだが、慣性制御が働いているのかクリシュナに乗っている俺達には特に船が動いているという感覚は伝わってこない。流石にカタパルトで射出でもされない限りはクリシュナの慣性制御装置は完璧《かんぺき》に働いてくれるようだ。

程なくしてブラックロータスは超光速ドライブを起動し、超光速航行に移行した。向かう先はブラド星系の二つ隣の星系だ。

昨日このブラックロータスを臨検したブラド星系に駐屯している帝国航宙軍少尉に聞いたのだが、二つ隣——先日クリシュナの試運転で訪れたのとはまた別の星系——で最近宙賊の活動が活発化しているそうだ。そこで、ブラックロータスを使って囮《おとり》作戦を行おうというわけである。

具体的には荷物を満載した採掘船並みの速度で超光速航行を行い、宙賊がインターディクトしてくるのを待ち受けようというわけである。

「まぁ一種の釣りだよな」

「星系規模の宙賊フィッシングね」

「ヒロ様はやることのスケールが大きいですよね」

別に傭兵《ようへい》としては普通だと思うけどな。まぁ、確かにインターディクトなんて好んで受けるようなものでもない。嬉々《きき》として受けるようなのは俺達みたいな宙賊釣りを嗜《たしな》む傭兵だけだろう。

☆★☆

『ご主人様、亜空間レーダーに反応あり。こちらの後方に陣取ろうとしている集団がいます』

都合三時間ほどで二つ隣の星系への移動を終え、作戦通りに遅めの速度での超光速航行を始めて十数分。メイから期待通りの報告が上がってきた。

「早速か。よし、後ろに付かれるのを嫌がるように少し逃げろ。鈍重な輸送艦を装って回頭の速度は抑えてな。進路は最寄りの交易コロニー方向に向けるんだ」

『承知致しました。インターディクトを受けた場合も同じようにできるだけ抵抗しているように見せかけます』

「そうしてくれ。よし、俺達はスタンバイするぞ」

「はいっ」

「了解。メイもハッチオープンとカタパルトの準備をお願いね」

『お任せください』

臨戦状態に入ると同時に僅《わず》かな揺れを感じる。どうやら順調にインターディクトされたようだ。

その瞬間待機しているティーナから通信が入ってきた。

『ちょ、い、インターディクトされとるやん⁉　大丈夫なんか⁉』

「ああ、大丈夫大丈夫。計画通りだから。宙賊が餌に食らいついただけだ」

『え、えさ……？　ま、まさかこのブラックロータスを餌に宙賊を釣ったんですか⁉』

「その通り。ブラックロータスのシールドと装甲は分厚いから、二人は心配要らないぞ。ちょっと撃たれるだろうけど」

『いやいやいやいや！　撃たれるんかい⁉　それはアカんやろ⁉』

「大丈夫だ！　ブラックロータスを作った君達のスペース・ドウェルグ社を信じろ！」

グッ、と親指を立ててティーナ達からの通信を切る。まだ何か言い足りない感じだったが、いつまでも構っているわけにもいかない。これが日常的な出来事になるので、早めに慣れてもらうしかないしな。

『インターディクトを成立させて通常空間に遷移します。スキャンをして相手が宙賊だと判明次第射出しますので、そのつもりで』

「了解」

返事をしてから数秒を置いて微細であった震動が一際大きくなり、すぐに完全に震動が止まる。どうやら通常空間に戻ったようだ。

『スキャン完了、相手は宙賊です。数は小型八隻。ハッチ開放、射出します』

「了解。二人とも、飛び出したらすぐに始めるぞ。メイは宙賊の注意がクリシュナに逸《そ》れたのを確認次第攻撃を開始してくれ」

『「了解《はい》」』

三人の返事を聞きながら操縦桿《そうじゅうかん》の感触を確かめつつメインスクリーンの表示をブラックロータ

スのものからクリシュナのものへと切り替える。そうすると、丁度今にも開こうとしている格納庫のハッチが見えた。

『クリシュナ、射出します』

ハッチの光景が一瞬で後ろへと流れ、強力なGが俺の身体《からだ》をパイロットシートへと押し付ける。電磁カタパルトへと強大な電荷によって流し込まれ、超音速でクリシュナがハッチ外へと射出されたのだ。クリシュナの艦体は一瞬でハッチに展開されていた気密シールドを突き抜け、その巨体を星の海へと躍らせた。

『船から小型艦が出てきたぞ』

『護衛の船か？　一緒に飛ばないのは珍しいな』

『所詮《しょせん》一機だ。囲んで叩《たた》くぞ』

宙賊達の威勢の良いやり取りが聞こえてくる。ははは、元気な奴《やつ》らだな。お前らは宇宙の藻屑《もくず》と成り果てて俺に賞金を献上するが良い。

え？　命を奪うことに対する忌避感？　別にないわけじゃないが、こいつら宙賊に関して言えばそういったものを抱く余地がないな。略奪した船の船員を皆殺しにするのは当たり前で、悪ければ慰み者にした後に臓器を抜いて売り払うとか、それ以上に酷《ひど》いことも平然と行うような連中だ。生かしておいても百害あって一利なし。奴らにかける慈悲はない。

ブラックロータスから飛び出した俺は即座にウェポンシステムを立ち上げて四門の重レーザー砲と二門の大型散弾砲を展開する。どうやら宙賊どもは護衛機と思《おぼ》しきクリシュナに五隻の小型船を差し向け、残り三隻でブラックロータスの足止めを行うつもりらしい。

フォーメーションも何もないでたらめな機動で五隻の宙賊艦がこちらへと殺到してくる。

「突っ込むぞ」

「了解、チャフ展開するわ」

エルマがサブシステムを制御し、チャフを展開する。チャフは完璧に敵の攻撃を撹乱《かくらん》するというわけではないが、敵のレーダー照準システムに欺瞞《ぎまん》情報を与えてその精度を低下させる効果がある。

宇宙空間でチャフ？　と思わなくもないが、実際にそのように作動するのだ。別に金属箔《はく》をバラ撒《ま》いているわけではないようなので、何か未知の粒子をバラ撒いているか、或《ある》いは何かしらの電子的な防御手段を行使しているのかもしれない。まぁ、仕組みにはさして興味はない。敵の攻撃精度が低下するなら俺にとっては仕組みがどうだって構わないのだ。

『突っ込んできやがる⁉』

『ブレイク！　ブレイク！　正面衝突したら助からんぞ！』

自分達のシールドと装甲の薄さは自覚しているのか、宙賊達は突っ込んでくるクリシュナを避《よ》けようと慌てて機動を変えようとする。基本、ブラックロータスのような輸送船の護衛についている船というのはシールドも装甲もしっかりしている船が多いので、戦闘速度で正面衝突なんてした場合は宙賊側の船が木っ端微塵《みじん》になるのだ。それを彼ら自身もよく自覚しているというわけだな。

当然のことながら、そうやって隙《すき》を晒《さら》させようというのが俺の狙《ねら》いであるわけだが。

『うわ――』

四門の重レーザー砲から一斉に発射された緑色の光条がクリシュナとの正面衝突を避けようと腹を晒した宙賊艦のシールドを一撃で突き破り、その装甲と船体すらも粉砕して行動不能に陥らせる。運良く動力系統か操縦系統だけを破壊したのか、爆発四散していないな。珍しい。

沈黙した宙賊艦の横を擦り抜けた俺はフライトコントロールシステムを切りながら姿勢制御スラスターを噴かしてクリシュナを急速旋回させ、更にメインスラスターを噴かして無理矢理宙賊どもの背後を取る。慣性制御装置が働いているにも拘《かかわ》らず凄《すさ》まじいGが襲いかかってくるが、もう慣れた。

日々のトレーニングが功を奏しているのか、こういった無茶な機動を取っても身体に掛かる負担はさほどでもなくなっている。

「ぐっ……！」

「うぅっ」

エルマとミミから苦しそうな声が漏れ聞こえてくるが、それで追撃の手を緩めるわけにはいかない。折角ケツに食らいついたのだから、遠慮なく宙賊艦のケツに重レーザー砲の砲撃を叩き込んでいく。

『何だよあの動きは⁉　化け物か⁉』

『クソが！　いいようにやらせるか！』

更に一隻を撃沈したところで横合いから二隻の宙賊艦がレーザー砲を撃ってくる。しかし、そのレーザー砲撃はクリシュナの強固なシールドに阻まれてあえなく消え去った。シールドの状態を確

認する限り、この調子だとあと二〇〇発ほど喰《く》らわないとシールドは飽和しないな。もっとも、その前にエルマがシールドセルを使うだろうから実際にはもっと大量に撃ち込む必要があるだろうけど。

『うわぁぁ！　こっち来んなぁ⁉』

クリシュナを旋回させ、砲撃してきた宙賊艦との間合いを一気に詰める。宙賊艦も逃げようとするが、クリシュナのほうが圧倒的に速い。

『や、やめっ――』

艦首に二門装備されている大型散弾砲が火を噴き、無数の散弾が宙賊艦のシールドを貫通してその装甲と船体を穴だらけにする。近くにいたもう一隻も同様に穴だらけにしてやる。慈悲はない。

『こ、こんなところで――！』

逃げようとした最後の一隻も重レーザー砲の斉射で片付け、三隻の宙賊艦に足止めされているブラックロータスの援護を――。

『い、嫌だ！　死にたくねぇ！　死にたく――！』

逃げようとする最後の一隻の後方には艦首の大型ＥＭＬを展開したブラックロータスの姿があった。他の二隻はブラックロータスの各部に搭載されているレーザー砲で既に爆発四散した後らしい。

「あ、最後の一隻が超光速ドライブを起動しま――」

ブラックロータスの大型ＥＭＬの砲口が激しい光を放ち、その次の瞬間には逃げようとしていた宙賊艦最後の一隻が粉々になった。これは酷い。

「――起動できませんでしたね」

「そのようだな。戦闘終了だ。根こそぎサルベージするぞ」

今まではその場に打ち捨てていくしかなかった宙賊艦の装備や、損傷の少ない宙賊艦もブラックロータスのお陰で持ち帰ることができる。それはつまり、略奪品の売却益が今までよりも格段に跳ね上がるということである。特に、損傷が比較的少ない宙賊艦を一隻だけなら持ち帰ることができるのが美味《おい》しい。

拿捕《だほ》した宙賊艦というのは戦闘力が必要な傭兵には殆《ほとん》ど価値のないものだが、駆け出しの星間行商人や採掘者、それにスカベンジャーにとっては安価に手に入れられる貴重な小型輸送船になり得るのだ。持ち帰ることさえできるのであれば、戦利品としてはかなり美味しい部類と言えるのである。

「へっへっへ、これからはちょっと気をつけて小型の宙賊艦を爆発四散させないようにしなきゃなぁ」

「……ヒロ様が悪い顔をしています」

「放っておきなさい。メイ、大きいのはそっちに任せるわ。ほら、ヒロ！　とっとと戦利品を回収するわよ！」

『承知致しました』

「了解」

物資コンテナをスキャンしながらクリシュナを宙賊艦の残骸《ざんがい》の下へと移動させる。いやぁ、これは稼ぎの総額を見るのが楽しみだな！

☆★☆

『兄さん、あっちの船の超光速ドライブは回収しないんか？』

戦利品を回収していると、ティーナからそんな通信が入った。

「外部に取り付けられている兵装くらいならともかく、回収ドローンじゃ流石《さすが》に内部機構までは引っこ抜けないぞ」

『そらそうやけど、ハンガーに放り込んでくれれば目ぼしいものはうちらで引っこ抜くで？』

「時間がかかるんじゃないか？」

『大丈夫ですよ。メンテナンスポットも沢山いますし、船体がどうなってもいいならそんなに時間はかかりませんから』

「ふむ……」

どう思う？　とエルマに視線を向けてみる。

「やらせてみたら良いいんじゃない？　そうすればどの程度の手間と利益が出るかわかるだろうし」

「それもそうか。じゃあ、やってみてくれ。メイ、トラクタービームを使って残骸を誘導してくれ」

『承知致しました』

「ティーナ、ウィスカ。成果からボーナスは出すから、頑張れよ。売却額の何％くらいが妥当かはちょっと傭兵《ようへい》ギルドで聞いてみるまでわからんが」

『任しといてや！』

『がんばります！』

通信越しに姉妹の気合の入った返事が聞こえてくる。それと同時にまだそれなりに原形を保っている宙賊艦に向かってブラックロータスから緑色の光線が発射された。光線の照射を受けた宙賊艦がゆっくりとブラックロータスへと引き寄せられていく。

ちなみに、あの緑色の光線はただのガイドレーザーで、トラクタービームそのものは目に見えないものであるらしい。ついでに言うとみょんみょんみょんみたいな変な音は聞こえない。様式美だと思うんだがなぁ。

「ああ、残骸に宙賊の生き残りがいないかどうかだけは注意しろよ」

『はい。見つけた場合は如何《いかが》致しましょうか？』

「適切に処分しろ。捕虜は要らん」

『承知致しました』

通信越しに無感情なメイの声が聞こえてくる。きっと彼女のことだからこれ以上なく『適切に』処理してくれることだろう。

え？　抵抗もロクにできない人間相手にやりすぎだって？　知らんがな。宙賊などというのは今までに何人もぶっ殺してきた極悪人に決まっているし、そもそもこっちの命と積荷を狙《ねら》って襲撃を仕掛けてきたのは向こうなんだからな。慈悲をかける理由が一切ない。そんなことよりも戦利品回収だ！

「やっぱり食料品とかお酒が多いですね」

「宙賊の酒は質より量の大味なお酒ばっかりだから、今ひとつなのよねぇ」

「それでも塵《ちり》も積もればばってな。お、精製済みの金属があるぞ」

巨大なカーゴスペースを持つ母艦を手に入れた今、価値の高い戦利品だけを取捨選択して大半の戦利品をその場に放置していく――というようなことをしなくても良いというのは精神衛生的に非常によろしい。

特にミミはいつも戦利品回収時に寄港したコロニーでの取引価格を記録したタブレットを見ながら眉間《みけん》に皺《しわ》を寄せていたので、今回のようにニコニコしながら戦利品をひたすら回収するのは初めてのことなんじゃないだろうか。ミミがドローンでの戦利品回収を手伝い始めた頃《ころ》はドローンの操作に必死だったし、慣れてきた頃にはもう取引価格のデータとにらめっこしてたからな。

宙賊が船に積んでいる品はおおよそ自分達が消費する食料品や酒だが、その他にも略奪した戦利品を積んでいることもある。仕事をした直後だと大量にそういった品を積んでいることがあるが、そういう宙賊は戦利品を売り払うために行動するので、普通は向こうから襲ってこない。そういう手合いと遭遇するのは稀《まれ》である。

しかし、たまに襲撃直後でもないのにそれなりに美味しい戦利品を積んでいることがある。換金効率がとても良いレアメタルだとか、精製済み金属だとか、そういった品だ。いわゆるヘソクリというか、貯金だな。そういったものがたまに見つかるので、宙賊撃破後の残骸漁《あさ》りは決して疎《おろそ》かにしてはならないのだ。

「よし、カーゴが一杯になったから一回ブラックロータスに運ぶぞ」

「わかりました！」

ミミがツヤツヤとした良い笑顔を見せる。うん、わかる。楽しいよな、戦利品回収。

☆★☆

何度かに分けてブラックロータスに積荷を載せ替え、全《すべ》ての戦利品を回収し終えた俺達はブラックロータスに着艦して一休みすることにした。無駄にハイテクな空中固定式ドリンクホルダーから水分補給をしながらクリシュナの外部センサーで作業をしている整備士姉妹の様子を眺める。

「メンテナンスボットを上手《うま》く使ってるなぁ」

「そりゃ整備士だからね。あの様子だと少し勉強させれば戦闘ボットの指揮もできるんじゃない？」

「そういうものなのか……？」

「整備士は優秀なドローンオペレーターでもあるからね。あの二人がスペース・ドウェルグ社から出て私達と行動を共にするなら、整備士兼ドローンオペレーターとして雇えば良いと思うわよ」

大きな宇宙船を整備する整備士というのは自分達の手でも勿論《もちろん》船の整備をするが、人力でできることには当然ながら限界というものがある。人の手で宇宙船の装甲板を持ち上げるのは低重力下でも難しいし、何より危険だ。なので、整備士はメンテナンスボットを使って仕事をこなす。

一人の整備士が大体二体から三体のメンテナンスボットを操って整備作業を行うのだそうだ。ちなみに、今ブラックロータスのハンガーで動いているメンテナンスボットは十体である。どうやらあの姉妹は一人五体ずつのメンテナンスボットを使って作業を行っているらしい。

「二人で十体はちょっと凄《すご》くないか？」

「さほど精密性を要求されない作業だからだろうけど、凄いわね」

ティーナとウィスカの二名は空中に投影されているホロディスプレイのコンソールを慣れた手付きですいすいと操作している。二人で何事か喋《しゃべ》りながら操作をしているようだが、十体のメンテナンスボットは特にお互いの動きを邪魔するようなこともなく効率的に作業をしているように見える。

うーむ、整備士としての腕は優秀だとメイが言っていたが、こうして実際に目の当たりにすると本当に感心してしまうな。俺の中で二人の評価がグンと上がったぞ。

二人に操作されたメンテナンスボットはハンガーに運び込んだボロボロの宙賊艦をレーザートーチでぶった切ってパーツを取り出しているようだ。あのレーザートーチ格好良いな。フォースに目覚めそうだ。フォースに覚醒《かくせい》してない俺が使ったら自分の足をぶった切りそうだけど。

でも光線剣は男のロマンだよな……前にダレインワルド伯爵から貰《もら》った剣も格好良いから嫌いじゃないんだけど、基本的に腰に剣を差して歩くのは貴族様だからなぁ。間違えられても困るから、使う機会がないんだよね。

『ご主人様』

ミミやエルマと一緒に整備士姉妹の操るメンテナンスポットの作業風景を見ていると、メイから通信が入った。

「ああ、どうした？」

『おかわりが来たようです』

コックピットのホロディスプレイにブラックロータスの亜空間センサーが拾った情報が表示される。ああ、おかわりね。入れ食いだなぁ。

「了解。二人とも、もうひと仕事するぞ」

「はい！」

「アイアイサー」

敵がワープアウトして来る前に出撃しておくとしよう。

☆★☆

「流石に疲れたわ」

「ハードワークだったね、お姉ちゃん」

あの後更におかわりが入り、最終的に三度の敵襲を撃退した俺達は戦利品を回収してブラドプライムコロニーに帰還していた。丁度ブラドプライムコロニーの入出港ラッシュの時間帯にぶつかってしまったため、今は入港の順番待ちである。

最終的に今回撃破した宙賊艦の総数は小型艦が二十七隻、中型艦二隻の合計二十九隻となった。賞金総額は21万7500エネルだ。賞金だけでもかなりの額なのだが、状態の良い小型宙賊艦一隻をハンガー内に格納して持ち帰り、更に中型宙賊艦一隻をブラックロータスで曳航《えいこう》してきた。

これは撃破した中型宙賊艦をニコイチで修理してハイパードライブと超光速ドライブを使えるようにして引っ張ってきたのだ。ハンガーに格納している小型宙賊艦も状態がマシな船体フレームに他の小型宙賊艦から剥《は》ぎ取ったパーツをくっつけてそれなりの形にでっち上げたキメラ艦である。

その他にも撃破した宙賊艦から略奪した品や、宙賊艦から剥ぎ取ったパーツでブラックロータスのカーゴスペースはいっぱいである。全てを売却したら一体いくらになるのだろうか？　SOL《ステラオンライン》で培った俺の感覚的には小型艦が3万エネル、中型艦が7万エネルといったところではないかと思う。

その他の戦利品は雑多すぎて予想が立てづらい。恐らく8万エネルを下回ることはないと思うが。

「今日はパーッと打ち上げでもするか。外食でもいいし、うちのシェフに腕を振るわせても良いけど、どっちが良い？」

流石にコロニー周辺で危険なことが起こることはないので、ブラドプライムコロニー周辺にワープアウトした時点でクリシュナから降りた俺達は整備士姉妹と合流して休憩室でのんびりと入港を待っていた。

ちなみに、うちのシェフというのは言うまでもなく高性能自動調理器のテツジン・フィフスのことである。普通のフードカトリッジではなく、高級カートリッジを使うと下手《へた》な高級食事処《どころ》なんかよりもよっぽど美味《うま》い食い物を作ってくれるんだよな。何より、外食と違って好きに飲み食いして騒げるのが良い。

外食だと結局は帰りのことを考えなきゃならないので、完全に羽目は外せないからな。酒を飲まない俺はどっちでも良いんだが、酒を飲んで俺以外の四人がベロベロになってしまうと俺一人では流石に面倒見きれない。二人までならなんとかなるが、四人は無理だ。

「船でやったほうが良いんじゃない？　なんなら私の秘蔵のお酒を出すわよ」

「酒！」

「お酒……そういえばもう飲んでも良いんだよね、お姉ちゃん」

「せやな！　兄さん！」

ティーナが期待でキラキラと煌《きら》めく瞳《ひとみ》を俺に向けてくる。

「ミミ、二人の意見を聞いてドワーフ好みの酒を注文しておいてくれ」

「わかりました」

俺の言葉に姉妹が飛び跳ねて喜ぶ。見た目的にローティーンにしか見えない整備士姉妹がお酒に目を輝かせて無邪気に喜ぶのはなんとも微妙な気分になるな。

「ドワーフのお酒かぁ……強いばっかりで私はあんまり得意じゃないのよねぇ」

「ドワーフ酒は強いだけやのうてキレのある味が売りやで。例えばキラク酒造のグランドリングなんかはリーズナブルなのに味がしっかりしててオススメや」

ティーナの言葉にウィスカがコクコクと相槌《あいづち》を打っている。やはり姉妹は姉妹でお酒には一家言あるらしい。

『ご主人様、入港許可が下りました』

「わかった、入港してくれ。気をつけてな」

『はい、お任せください』

休憩室のスピーカー越しに声をかけてきたメイに返事を返し、ミミのタブレットを囲んで楽しげに打ち上げの準備を進めるエルマ達を眺めていると、自然と笑みが浮かんでくる。どうやら姉妹とは上手くやっていけそうだ。

高い酒を大人買いしようとしているエルマとティーナ、それを慌てて止めようとしているミミとウィスカを見ながら俺は内心胸を撫《な》で下《お》ろ——おい待て。その大人買いの原資は俺の金じゃないか？　よーしよし、ちょっとお話ししようか。この飲兵衛《のんべえ》どもめ。

☆★☆

「整備士へのボーナスですか」

ブラックロータスの広い食堂でどんちゃん騒ぎをしたその翌日。俺はミミを伴ってブラドプライムコロニーの傭兵《ようへい》ギルドへと来ていた。朝まで飲んでいたエルマはまだ寝ており、メイは物見遊山のティーナとウィスカを連れて帝国航宙軍の事務所へと賞金の受け取りに行っている。

「一応慣例的な報酬比率はありますね。今回のケースですと……なるほど、整備士の二人は企業からの出向者なのですね。そして船の資本は船長のヒロ様が１００％、と」

傭兵ギルドの受付嬢――ではなくイケメン職員がタブレット型の端末で俺の船と乗組員のデータを確認しながらホロディスプレイのコンソールで何か作業をしている。二つの画面を見ながら片手ずつで違う画面を操作するとかすげぇな。

「企業からの出向者というのは少々珍しいのでデータが少ないのですが、基本的に出向者への給料は企業から出ていることが多いようで、普通の乗組員のように報酬総額の何%という形でキャプテン側が報酬を払うことはあまりないようですね」

「なるほど」

「ただ、同じ船に乗って命を危険に晒《さら》して働いているのに会社からの給料だけでは割に合わないと考える整備士が多いようで、出向を命じられてから三ヶ月以内における整備士の出向元からの離職率はかなり高いようですね」

「それでも100%じゃないのか」

普通に考えれば月に3700エネル+危険手当で傭兵の船に乗るなんてお断りじゃないかと思うが。少なくとも、俺ならそう考える。

「ええ。離職する前に戦闘で死亡するケースが何件かありまして」

「世知辛い」

「稀なケースのようですけどね。企業も出向させる船には気をつけますので……はい、確認できました。成果に拘《かかわ》らず一定の額をボーナスとして渡すか、或《ある》いは整備士達が関わった船や略奪品の売却益の10~20%ほどを渡すということが多いようですね」

「……計算がめんどくせぇな」

どれとどれとどれが整備士姉妹の関わった品で、その売却益がいくらで、その20％が……みたいな計算を毎回しなきゃならんのか。いや、まぁ面倒って言ってもたかが知れてるけどさ。でも面倒なことには変わりねぇな。

「そのように感じる方が多いのか、毎回一定額を渡すというやり方をしている方も多いようです」

「なるほど」

とりあえず評価額を見てからだな。

「とりあえず、そっちについてはわかった。仲間ともよく相談してみるよ。それで、もう一つ用件があるんだ」

「はい、承ります」

「船のデータを確認してもらったからわかると思うが、新しく母艦を買ったんでな。運び屋の真似《まね》事《ごと》もしようと思ってるんだ。確か傭兵ギルドから商人ギルドにそういう傭兵の斡旋《あっせん》ができたはずだよな？」

「勿論可能です」

傭兵ギルドと商人ギルドは非常に仲が良い。何故《なぜ》なら、宙賊や宇宙怪獣の跋扈《ばっこ》する宇宙での物流は常に危険を伴う。そんな危険から身を守るため、商人は傭兵を雇うのだ。また、傭兵からしても商人というのは良いお客様である。俺は主に宙賊討伐で金を稼いでいるが、商人の護衛で飯を食っている傭兵というのも実に多い。

俺は戦闘スタイルがどうしてもこう、スタンドプレーじみた感じだからね。単騎駆けしてバンバン攻めるのは得意だが、特定の対象を守るような戦い方は苦手なのだ。できないとは言わないけど。

「スキーズブラズニル級の母艦ですか……これはなかなかの積載量ですね」

「積載量は余裕を見て180tくらいかな。俺達の必需品もある程度積む必要があるからな」

ブラックロータスの輸送量は商人が使うような大型輸送船とは比べるべくもないが、それでも180tというのはなかなかの容量である。三人から五人程度の人員で移動の片手間に運んで得られる利益としては悪くない稼ぎが得られることだろう。

「スペック的に商人ギルドの大型輸送船よりも遥《はる》かに快速ですし、今日のようなペースで宙賊を狩り続けていけば安全度も高く評価されるでしょう。もしかしたら急ぎで高価な物資を確実に届けたい、というような需要があるかもしれませんね。それに、内装が随分立派なのでは？」

「それなりに金はかけてるな」

「これなら商品と一緒に移動したい商人も安全に運べるでしょうね。客室の用意もあるようですし、そちらも併せてアピールすれば良い依頼をご紹介できるかと思います」

「あまり横柄な奴《やつ》だとつい手が滑ってしまうかもしれないから気をつけてくれよ。俺の船には女性が多いからな。事故は起こしたくない」

「そうですね、その辺りには最大限配慮致します」

イケメン職員が実に良い笑顔でそう答えるが、一瞬だけ物凄《ものすご》い嫉妬《しっと》オーラが漏れ出したのを俺は見逃さなかった。俺の隣に座っているミミは言うまでもなく美少女だし、きっと彼の手元にあるタブレット型情報端末にはクルーであるエルマや整備士姉妹のプロフィールも表示されているのであろう。

　でもあんたも顔は良いし、傭兵ギルドの職員なら給料も良さそうだしモテるんじゃないのか？と思わなくもないのだが、わざわざ口に出して言うことでもないので黙っておいた。彼にも色々とあるのだろう。

「もう一週間ほどはブラド星系を拠点として慣熟訓練を兼ねた宙賊狩りをするつもりだけど、今回の戦利品さえ売れた後なら出発が早くなっても俺達は一向に構わない。商人ギルドのほうには話を回しておいてくれ」

「承知致しました。何か進捗《しんちょく》があればすぐにご連絡致します」

「よろしく頼む」

　イケメン職員に礼を言って傭兵ギルドを後にする。傭兵ギルドを出たところで今回は黙って横に座って話を聞いていたミミが口を開いた。

「ついに宙賊狩り以外のお仕事も始まりますね」

　胸元で拳《こぶし》を作り、ふんすと気合を入れている。結構前からミミは訪れたコロニーの特産品や、品薄の物資なんかのことを気にしていたからな。宙賊からの戦利品を売る傍ら、そういったことに注意を向けて色々と調べていたらしい。

「そういうのはミミに任せようかな？　エルマはそっち関係には興味がなさそうだし、メイはブラックロータスとティーナ達の面倒を見る仕事があるからな」

「メイさんならそつなくこなしそうですけど……」

「だからって全部メイにおんぶにだっこになるのはよくないだろう。何よりそんなのつまらないじゃないか」

実際のところ、メイがそのスペックをフルに活用すれば俺やミミ、エルマも含めたブラックロータスやクリシュナに関する全《すべ》てを管理することは可能なんじゃないかと思う。俺達は何も考えず、ただメイの導きに従っていけば良いというような感じにだ。

「そうですね。メイさんにはちょっと悪い気がしますけど、私もそう思います」

「そうだろ。というか、それが行きすぎて一回この帝国は滅びかけてるわけだしな」

俺もこの世界に来てそれなりに経《た》っているので、この世界の歴史というやつをほどほどに理解してきている。このグラッカン帝国という銀河帝国は、結構昔に機械知性との戦いで一度滅びかけているのだ。

俺はその全容をまだ詳しく把握しているわけではないのだが、簡単に言うとその戦争が始まる前のグラッカン帝国というのは機械知性全盛期とも言える時代で、かなり機械知性に頼った社会を築いていたらしい。

そしてSFのお約束のように軍用の機械知性が叛乱《はんらん》を起こし、大規模な内戦に突入。紆余曲折《うよきょくせつ》あって機械知性と和解し、それ以来機械知性に頼り切るのはよろしくないという風潮が長く続いているのだという。

とはいえ、今のグラッカン帝国の実態を見る限りは本当に機械知性に頼り切りの社会構造から脱却できているのかは怪しいと俺は考えている。表向きは機械知性と和解して人間が主体となり、機械知性が陰から支えるという社会になっているように見えるのだが、実際には機械知性に支配されているんじゃないかと思えるんだよな。ちょっと確信はないんだが、単に機械知性側が一歩引いて影になりきっているような感じがする。

ただ、機械知性側には全く悪意が見えないと言うかなんというか、陰から操られているというよりは陰から強力に見守られている感が……いやきっと俺の杞憂《きゆう》だろう。もしそうだとしても俺には一切害がないからどうでもいい。

「機械知性との戦争ですね。ところで機械知性との戦争が終結に向かったきっかけについては都市伝説めいたものも含めて諸説あるんですよ。知ってましたか？」

「そうなのか？　例えばどんなのがあるんだ？」

歴史についてのよもやま話をしながらミミと一緒にブラックロータスが係留されているドックへと戻る。ミミの話す都市伝説めいた歴史の転換点の話はなかなか面白かった。でも流石《さすが》に撃破した戦艦の機械知性をセクサロイドにぶち込んだ一兵卒と、その一兵卒にいいようにされた結果愛と性に目覚めた戦艦の機械知性が戦争終結のきっかけになったとかは話を盛りすぎというか、あまりに下世話というか、下ネタにポイント振りすぎだと思うよ。

☆★☆

「おかえり」

「ただいま」

「ただいまです」

ブラックロータスに戻ると休憩室でエルマが休んでいた。俺とミミ、そしてメイがお仕事で出かけていたというのになんとも優雅なことである。

「で、どうだった？」

「売却価格が出てからじゃないとなんともだな。二人のお陰で上がった売却益の10～20％くらいが妥当じゃないかって話だ」

「なるほどね。船と引っこ抜いたパーツは……うん、買い手がついたわよ」

「お、マジで？」

「早かったですね」

「うん。ほら」

タブレット端末を差し出してきたエルマから端末を受け取り、隣に座る。ミミも俺の隣に座ってタブレットの画面を覗《のぞ》き込んできた。

「……思ったより高いな？」

「そうね。私もびっくりしちゃった」

タブレットに表示されている船の売却価格は思ったよりも高値がついていた。装備を継《つ》ぎ接《は》ぎして作った小型キメラ艦が5万5000エネル。超光速ドライブ他、船の運行に必要な装置を完璧《かんぺき》に整備した中型艦が9万エネルで売れたのだ。その他、宙賊艦から引っこ抜いた各種武器、パーツ等も全て合わせると凡《およ》そ13万エネルになっている。

「ええと、合わせて大体27万5000エネル？　賞金額より多いじゃないか」

「凄《すご》いですね」

「そうね、侮れないわ。だってこれ、撃破した宙賊の賞金がヘボでも今回くらいの数を倒せばコンスタントにこれだけは稼げるってことだもの」

「つよい」

「あと、その他物資の売却益だけど、そっちも大体買い手がついたわ。合わせて凡そ15万エネルね」

「こっちも思ったよりも多い」

「精製された金属やレアメタルが結構多かったですからね」

賞金総額が21万7500エネル、売り払った宙賊艦とその装備が27万5000エネル、戦利品の売却益が15万エネル。合わせて64万2500エネルか。今までは賞金と厳選した戦利品の売却益を合わせても恐らくは半分くらいの稼ぎに留《とど》まっていた筈《はず》なので、単純に実入りが倍になったと考えるとなかなかのものではないだろうか？

「二人への報酬はどうするの？」

「二人が働いた分の10％で良いんじゃないかと思うが。どう思う？」

「定額で1万エネルでも良いと思うけどね。でも1万エネルだと命をかけた対価としてはちょっと安くも感じるし、私はヒロの言う通りでも構わないわよ」

「わ、私もそれでいいと思います」

「じゃあ船と引っこ抜いた装備類を合わせた売却益の10％な。2万7500エネルか。そうすると残りが61万5000エネル、ミミが6150エネル、エルマが1万8450エネルか。先任のミミよりもあの二人の取り分が多いのはどうなんだ？」

俺の心情的にはなんとなく納得し難いものがあるんだが。

「そりゃあの二人は専門の高度なスキルを持ってるんだからそうなるのも当たり前よ。ミミはオペレーターとしては十分に働けるようになってきたけど、まだ一人でコロニーに降ろすのも不安だし。次のステップに上がるには最低限自分の身を自分で守れるくらいにはならないとね。オペレーターとしてまともな仕事ができて、護衛なしでも私達が安心してコロニーに送り出せるくらいにならないと一人前とは認められないわ」

「が、がんばります……」

エルマは仕事に厳しいな。そう言うエルマ自身はどうなのかと言うと、サブパイロットとしての仕事は完璧にこなしているし、エルマなら一人でコロニーに降りてどんな用事でも済ませて来ることができる。それにやろうと思えばミミ以上にオペレーターとしての仕事もこなせるだろうし、戦利品の売却なども当然こなせるだろう。彼女は一人で船長をやっていたのだから当然だ。言うだけの実力はあるのである。

「二人合わせて2万7500エネルだから、一人頭は1万3750エネルか」

ちなみに俺の取り分は59万400エネルである。暴利？　いや、この船もクリシュナも100％

俺の船で、俺は船長兼オーナーだからこれで良いらしい。その分皆の生活費とかは全部俺持ちだけど。

「辛うじて私の報酬のほうが上ね。私に気を遣ってくれるなら私の報酬を上げてくれてもいいのよ？」

そう言ってエルマが俺にしなだれかかってくる。

「借金を1エネルでも返してから言ってくれ」

「あら、いいの？」

「……そんなに急いではないかな」

「そうでしょう」

エルマがにまにまとした笑みを浮かべる。くそう。でも給料は上げてやらないからな。などと考えていると、反対側からミミが俺の腕に抱きついてきた。こころなしか、抱きついてきたミミの頬《ほお》が膨らんでいる気がする。

「ミミさん？」

「なんでもありません」

トレーニングを欠かさないミミさんの筋力は地味に増加を続けており、今となっては一般的な成人女性よりも若干高めの筋力にまで成長している。俺の緻密《ちみつ》な工作によりその上がり幅はかなり抑えられているのだが、それでも地味に力は強くなっている。何が言いたいかというと、地味に腕が痛い。でも押し付けられる柔らかさはそれを補って余りあるものだ。おお、神よ。

「ミミー、それは卑怯《ひきょう》よ」

「こうでもしないとエルマさんには勝てません」

俺を挟んでミミとエルマが何か言い合っているが、俺は左右から与えられる感触に全神経を集中しているので内容はよくわからない。理解しようとしていないと言っても良い。

「あー！　兄さんがイチャついとる！」

「お姉ちゃん……」

騒々しい声が聞こえてくる。どうやら整備士姉妹とメイが帰ってきたようだ。声のほうに視線を向けると、こちらに向けてテテテッと走ってくるティーナと、それを追いかけてくるウィスカの姿、そして俺に頭を下げるメイの姿が見える。そしてティーナの声のせいか、左右からのサービスタイムが終わってしまった……悲しい。なんとなくこちらへと走ってくるティーナを迎え入れるように両手を広げてみる。

「……！」

目を輝かせたティーナが走ってきたその勢いのまま俺の胴体に抱きついてきた。なかなかの勢いだったが、こちらに来てから身体《からだ》を鍛えている俺を痛めつけるほどの威力ではなかったな。

「あーよしよし」

なんとなく流れでティーナの頭を撫《な》でてやる。

「ごろにゃーん」

猫か。というかこの世界ではペットらしき存在を今まで見たことがないのだが、居るのだろうか？　猫。少なくともコロニーでは見たことがないな。でもティーナの発言を聞く限りは猫か、それに類する生物が愛玩《あいがん》動物として認識されているという事実は推測できる。

「「……」」

「はぁう……」

姉を止めようと微妙な距離で手をわななかせていたウィスカの顔色がどんどんと悪くなって涙目になっている。俺は無心でティーナの頭を撫でている。左右から突き刺さる視線はスルーだ。断固としてスルーする。ウィスカが失禁でもしそうなくらい怖がっているが、俺は何にも気づいていない。当然ウィスカの後ろでこちらにジッと視線を向けてきているメイの視線にも気づいていない。気づいていないったら気づいていないんだ。

「はい終わり。終了！　解散！」

「別に解散はしませんけど」

「そうね」

微妙にミミとエルマの声に険がある気がする。そんなに目くじらを立てることじゃないじゃないか。こうして素直に甘えてくるティーナが可愛《かわい》いのは仕方がない。

「そうそう、二人が手を入れた船と、宙賊の船から引っこ抜いた装備が売れたぞ。合わせて27万5000エネルだった」

「思ったより高く売れたなー」

「俺たちもびっくりだ。それで、傭兵《ようへい》ギルドにも問い合わせた結果、二人への報酬は二人が手を入れて売れるようにした船と、引っこ抜いた装備の売却益の10％とすることにした」

「10％」

「そう、10％。つまり今回の二人のボーナスは合わせて2万7500エネル。均等に分けるなら一人頭は1万3750エネルだ」

「いちまんさんぜんななひゃくごじゅうえねる……？」

ティーナが首を傾《かし》げてわけがわからないという顔をしている。頭の上に浮かぶ複数の疑問符が幻視できそうなくらい不思議そうな顔をしている。ウィスカにも視線を向けてみると、姉と同じような表情をしていた。

「実入りは毎回違うだろうけど、毎回船と装備品を売り払えば同じ割合でボーナスを出すからな」

「？？？」

どうやらティーナの思考回路はショートしてしまったようである。胸元から俺の顔を見上げながら首を傾げたまま固まってしまった。ショートというよりハングアップかな？

「これは夢やな」

一体彼女の中でどんな思考が為《な》されたのかは不明だが、ティーナはそう言うと清々《すがすが》しい顔で俺の胸元に顔を埋《うず》めて身体の力を抜いた。完全に寝る姿勢である。

「夢じゃねぇから、現実だから。別に現実逃避するような辛《つら》い話じゃないだろう？」

「兄さん。たった一日、それも船を二つでっち上げて他のゴミからパーツ引っこ抜いただけで、真面目《じめ》に一ヶ月働いた給料の四倍近くもボーナス貰《もら》えるという事実は結構辛いで」

「そう言われるとそうかもしれん」

「今まで真面目にコツコツ働いてきたのはなんだったんや……」

ティーナが俺に身体を預けたままブツブツと文句を言っている。体勢的にティーナの身体が俺に密着しているんだが、悲しくなるほどに平坦《へいたん》だなぁという印象しかない。それでもティーナが俺に真正面から抱きついているのが少々気に入らない、というか羨《うらや》ましいのかミミとエルマがなんだかそわそわとしているようである。

固まっていたウィスカはメイに手を引かれて近くの別のソファに寝かしつけられたようである。そんなにショックだったのか。

☆★☆

エルマとミミが俺にくっついたままのティーナを引き剥《は》がし、何故《なぜ》か二人にもハグを求められ、ソファでうなされているウィスカを起こし……と何故か微妙にバタバタすることになったが、なんとか全員落ち着いて休憩室のテーブルに着くことに成功した。ウィスカはまだなんか目つきが怪しいが、一応受け答えはできるようになっているから大丈夫だろう。多分。

「庶民の感覚的にはやっぱりそうなりますよね」

「なるな。というか、こんなんなら兄さんの金銭感覚がガバガバというか、お大尽になるのも無理ないわ」

「俺、そんなに金銭感覚ガバガバか……？」

自分ではそんなことはないと思っているのだが、ティーナとミミから見ると俺の金銭感覚はガバガバらしい。無駄遣いをしているつもりは一切ないんだが。

「私はそうは思わないけど。気前は良いと思うけど、別に無駄遣いはしてないでしょ？」

「そうだよな」

「あかん。この二人同類や」

「ですよね。最近私のほうがおかしいのかと思い始めてました」

ティーナが首を振り、ミミが激しく頷《うなず》いている。ええ？　まことに？

「基準が違うんやな。うちらは日々の食事代とか生活費とか、一ヶ月の給料が基準になってる。兄さん達は新品で買う船の値段とか、装備の値段とかが基準になっとるんや。この人らがちょっと高いなぁって思う金額は多分100万エネルくらいからやで。1万エネルくらいは端金《はしたがね》って思っとるやつや。間違いない」

「1万エネルって大金ですよね？」

「大金やで」

「えぇ……」

1万エネルとか船の修理とか補給で簡単に吹っ飛ぶじゃないか。俺はシールドで受けて装甲や船体にはダメージを負わないように戦ってるから滅多に修理費がかかることはないけど、仮にクリシュナが撃破寸前のボロボロな状態になると余裕で十数万エネルは吹っ飛ぶからな。1万エネルじゃ屁《へ》の突っ張りにもならないよ。

「そこで『えぇ……』ってなる辺りがもう住んどる世界が違う証明やろ……」

「それくらいちょっといい料理店で飯食ったら吹っ飛ぶじゃんか」

「本物の肉や野菜を取り扱う超高級料理店くらいやろ、それ。普通の食堂なら5エネルもあれば腹いっぱい食えるやん」

そう言われればそうだけれども。

「フードカートリッジも通常グレードのもので一本100エネルですよね」

「一本で三十食分になるな。一食凡《およ》そ3エネルや。一月分で300エネル、これが人一人が一月生きるための最低限の食費ってやつやで。空気や水、その他生活費なんかも合わせて一月凡そ1000エネルあればコロニストは生きていけるようになっとるんや。うちらは月に3700エネル貰《もら》ってたから、これでも高給取りなほうなんよ？」

ティーナの隣でウィスカがコクコクと頷いている。確かに二人とも初めて会った時から肌艶《つや》は良かったし、生活に困窮しているような様子は微塵《みじん》も見えなかったけど。そっかー、俺の金銭感覚はガバガバだったのかー……まぁミミには何度も言われてたから今更だな。

「まぁ良いじゃないか。俺は収入に見合うだけの支出をして経済を動かしているんだよ。うん」

「そうよね。上手《うま》くやってるんだし別に非難される謂《いわ》れはないわよね」

俺の発言にエルマが頷く。

「そして俺と行動を共にする以上、君達はもうこっち側だから。諦《あきら》めろ」

「はい」

「せやな……」

「……善処します」

もう今更だからか、ミミは俺の言葉に素直に頷いた。向こう側についていたのは単に自分の金銭感覚が間違っていなかったということを肯定して欲しかっただけらしい。

「平和裏にお互いの金銭感覚のすり合わせが終わったようで何よりです」

俺達が話し合う様をテーブルの横に立って見つめていたメイが、そこはかとなく満足そうな顔でそう言って頷く。メイ的にはどう考えているのだろうか？

「メイとしてはどう思う？」

「私ですか。私としましては、ご主人様の経済観念に対する懸念は一切ございません」

「そうなのか。少し意外だが」

俺としても無駄遣いしているつもりはないが、そこまで全肯定されるほど俺の出費が適切だとも思えない。

「はい。少々押しに弱いように見受けられますが、今のところは特に問題はないかと。ご主人様自身も自覚がお有りのようですし。実際にこのブラックロータスを即金で購入できるだけの資本を自身の腕一つで稼ぎ出しているわけですから、何の心配もありません」

「なるほど」

俺の経済観念が本当にガバガバならブラックロータスを買うような資金を貯《た》めることもできない

だろう。俺はちゃんと資金を稼げているので、今のままで問題ないということだな。

「よし、解決。この件は終わり。で、傭兵ギルドでちょっと話をしてきたんだが……」

お金の話はとりあえず横にうっちゃって俺は傭兵ギルドで手配してきた運び屋の真似事をする話について話を切り出した。目的を達するために、そして全員が幸せになるためにまだまだ金は稼がなきゃならないんだからな。来し方より行く末の話をしたほうが建設的というものだろう。

エピローグ

略奪品の売却と拿捕《だほ》した船の売却を終え、再び出撃しようか――というところで傭兵ギルドから荷運びの依頼が入ったと連絡があった。

「昨日《きのう》の今日で依頼が入るものなのね」

「こちらとしては嬉《うれ》しい限りですけど」

朝の運動を終え、ひとっ風呂《ぷろ》浴びて朝食を摂《と》っている時に連絡が入ったので、丁度全員が食堂に集まっていた。朝の運動には整備士姉妹も参加しており、食事も一緒にしている。

「結構忙しいんやな。ちょっとイメージと違ったわ」

「ああ、それはわかります。私もヒロ様の船に乗った直後はこんなに勤勉に働くんだ、と思って少しびっくりしましたから」

「そうなのか？」

ティーナの発言にミミが同意し、それに俺が聞き返す。勤勉って言ったって、別に毎日ひっきりなしに出撃してるわけじゃないぞ。出撃後には一日二日と休みを取ることも多いし、そこまで勤勉ではないと思うんだが。

「ひと仕事したら一週間や一ヶ月はダラダラと遊んで過ごすってイメージがあったんでしょ？」

「うん。うちはそう思ってたで」

「実は私もそう思ってました」

ティーナとウィスカの整備士姉妹が頷き、ミミもうんうんと頷いている。

「一回出撃するごとにそんなに休んでたら金が貯まらないし、装備も更新できないだろ……」

「でも結構いるわよ、そういう傭兵も。ドーンと稼いでパーッと使ってお金がなくなったらまた働くって感じのが」

「そうそう、そういうイメージ」

「そういうのに比べたら確かにヒロは勤勉よね。ちゃんとお金を貯めてるし、無意味な散財もあまりしないし」

「そうか……？　まぁ、悪いことじゃないだろう」

「全く悪いことではないですね」

俺の言葉にウィスカが頷く。

俺としてはメイを買ったり、このブラックロータスの内装を豪華にしたり、カメレオンサーマルマントを買ったりとそれなりに散財しているつもりなんだけどな。まぁ、この世界にまだ馴染《なじ》みきっていなくて、船以外に大きく金を使う先を見出《みいだ》していないというのもあるのかもしれない。

まぁそれより何よりもだ。

「皆の生活を預かっている以上、俺が放蕩《ほうとう》をして家計を傾けるわけにはいかんだろ」

それに俺には目的もあることだしな。どこかの星に庭付きの一戸建てを購入して、そこで炭酸飲料を浴びるように飲みながら悠々自適な生活をするという野望が俺にはあるのだ。

「まともやなぁ……どうして傭兵《ようへい》になったん？」

「スリルと興奮を求めて？」

「何で疑問形なんですか？」

ウィスカは細かいことを気にするなぁ。少なくとも現時点では整備士姉妹に俺の特殊な事情を説明するつもりはないので、肩を竦《すく》めて誤魔化《ごまか》しておく。

「それよりも仕事の話だよ。メイ」

「はい」

俺の呼び声に応《こた》えたメイが食堂に設置されているホロディスプレイに依頼内容を表示する。いつも通り俺達の会話には参加せず、影のように俺の傍《そば》に寄り添いながら俺達のやり取りを聞くに徹していたというわけだ。本人――本人？　の存在感がかなりのものなので、影のように寄り添うという表現が妥当かどうかはちょっとわからないが。

「傭兵ギルド経由で商人ギルドから回ってきた依頼内容はこちらです。凡《およ》そ１２０ｔの補給物資を九つ先のイズルークス星系にある帝国航宙軍のアウトポストに届ける、という内容ですね」

「帝国航宙軍の前線基地に？　補給物資を？」

「？？？」

俺とエルマが同時に首を傾《かし》げる。首を傾げる俺達にミミと整備士姉妹が更に首を傾げる。疑問が疑問を呼び、クエスチョンマークの旋風が巻き起こった。

「何が不思議なんですか？」

ミミの質問に俺とエルマが思わず顔を見合わせる。

「いや、だって帝国航宙軍の前線基地だぞ？」

「天下の帝国航宙軍が補給をミスってお急ぎ便で民間に補給を頼るなんてあり得ないでしょう。それも、たった120tよ？　そりゃ少なくない量の物資だけど、帝国航宙軍が日々扱っている補給物資の総量から考えれば微々たるものだわ」

「民間の物資輸送になるだろうと考えていたのに、何故か帝国航宙軍からの依頼で困惑してるってことか。確かに120tくらいならブラド星系に駐留してる巡洋艦でも運べるやろな。わざわざこの船に依頼する意味がわからんわ」

「うん、確かにそう考えるとちょっとよくわからないね」

俺とエルマが不思議に思う理由に納得できたのか、整備士姉妹も再度首を傾げ始めた。ミミもなるほど、という顔をしている。

「というか、何に対する前線基地なんだ？　イズルークス星系ってベレベレム連邦と隣接してるとか？」

ベレベレム連邦というのは俺達の滞在しているこのグラッカン帝国と敵対している銀河勢力の一つで、前に一度グラッカン帝国側の傭兵としてやりあったことのある相手である。

「いいえ、イズルークス星系は辺境星域ですね。結晶生命体との最前線基地です」

「Ｏｈ……結晶生命体かぁ」

「う、宇宙怪獣か……」

結晶生命体というワードを聞いたティーナが顔を青くしている。ウィスカもドン引きしているようだ。結晶生命体というのは読んで字の如《ごと》くという感じの敵対的な航宙珪素《けいそ》生命体で、今の所コミュニケーションが一切成立していない宇宙怪獣と呼ばれる種族の一つである。

奴《やつ》らは人間が住めないような惑星や小惑星などを巣としており、自分達以外の航宙種族を探知すると高密度のエネルギー弾やレーザーによる攻撃、質量を活《い》かした衝角突撃を仕掛けてきて船を破壊しようとしてくる。

しかも、奴らは有機生命体に何の恨みがあるのか、有機生命体を侵食して殺しにかかってくるのだ。研究は色々と進められているらしいが、進捗《しんちょく》はよろしくないらしい。色々と謎の多い厄介な存在なのである。

「補給物資というのは結晶生命体に対して効果がある新型砲弾の試作品だそうです。フィールドテストを行うために早急に届けて欲しいとのことで」

「それこそ軍の仕事だと思うが……」

「こちらのほうが足が速く、フットワークも軽いですから。気が進まないようであれば断ることもできますが」

「いや、気が進まないわけではないけど。どうする？」

「軍からの依頼なら裏はないでしょうし、報酬も悪くないから受けて良いんじゃないかしら」

「私も良いと思います。あと、残り60ｔ分はお酒などの嗜好《しこう》品を積んでいったらどうでしょうか？

ドワーフの造るお酒は人気だと聞きますし」

「悪くない考えだな」

軍の前線基地のような場所では嗜好品が不足しがちだ。規律の問題で敢《あ》えて量を絞っている場合は買取拒否される可能性もあるが、まぁその場合は別のコロニーで売《う》り捌《さば》けばいいだろう。

「流石《さすが》ミミ、わかっとるやん。酒といえばドワーフ酒やで」

「そうですね。うちのコロニーは造船でも有名ですけど、ドワーフの職人が作る工芸品やお酒を目的に来る商人も多いって聞きます」

地元民のティーナとウィスカもミミの判断を支持している。念の為《ため》にメイに視線を向けてみると、彼女もコクリと頷《うなず》いた。

「良い判断かと思います」

「じゃあ残りの積荷枠についてはミミに任せるよ。今後も積荷に関してはミミに任せるからな」

「はいっ……はぇっ⁉」

俺の発言にミミが笑顔で元気よく返事をした——かと思うと笑顔のまま固まってダラダラと汗を流し始める。うん？　何かおかしいことを言ったか？

「ミミが急に凄《すご》く重い責任を負わされて固まってるわよ」

「え？　重い？」

「重いでしょ。任せるっていうのはつまりヒロのお金で交易品を買い込んで、それで利益を出してくれってことよね？」

「そうなるな」

何かおかしいだろうか？

「ミミは交易のプロでも何でもないんだから、損失を出すこともあるわよね」

「そういうこともあるだろうな」

「ヒロのお金を使ってヒロのお金を溶かすこともあるということよね、それは」

「そうだな。ああ、それで責任か。別に多少の損が出ても俺は気にしないけど」

流石に数十万、数百万エネルという単位で損失を出されたら困るけど、今回みたいに60ｔくらいの交易じゃそうはならないしな。万が一行き先で売れなかったりしても、別に他の利益が上がりそうなコロニーに持っていって売れば良いだろうし。

「……まぁ、あんたはそういう奴よね」

エルマが溜息《ためいき》を吐《つ》く。

「気楽にやってくれ、気楽に。立ち寄ったコロニーの特産品や生産過剰で安くなっていたりする品目の物を買えば少なくとも大損こくことはないだろうからさ。行き先で良い値がつかなかったら、別のコロニーで売り捌けばいいし。損を出しても余程大きくない限りは怒ったりしないし、デカく儲《もう》けられればボーナスを出す。小さな利益でも全然構わない。俺の感覚としては寄港料とか日々の生活費が少しでも稼げれば良い、くらいの感覚だから。つまり片手間の小遣い稼ぎだな」

「お兄さんのお小遣い稼ぎはスケールが大きいですね……」

「ほんとそれな……」

俺の言い分を聞いた整備士姉妹が表情を引きつらせている。

「そういうことだから、頑張ってくれ」

「ひゃ、ひゃい……」

ミミがなんだか死にそうな顔をしているが、そのうち慣れるよ。大丈夫大丈夫。

「そんなに心配しなくてもメイをサポートにつけるから」

「はい、ご安心ください。お手伝い致します」

メイなら上手《うま》い具合にミミを一端の交易商人として鍛えてくれるだろう。これでミミが実績を積み重ねていけばミミの昇給が更に早まるというわけだ。日々の業務に護身訓練、それに交易の管理……ミミが無理をしすぎないかどうかだけはしっかりと見てやろう。うん。ミミは真面目《まじめ》だから根を詰めすぎるかもしれないからな。

「私も手伝うから、安心して」

「わ、わかりました。メイさん、エルマさんもよろしくお願いします」

「はい」

「うん」

「こうして俺は良きに計らえ、の一言で副収入を得るわけだ」

「えげつないなぁ……」

「俺が管理しても良いけど、仕事をクルーに振るのもキャプテンの仕事だからな」

俺もSOL《ステラオンライン》に於《お》いては金策として交易もやったので、実際にやれと言われたらそれなりにやれるだろう。基本的にどのような星系でどんな物資の値段が安くて、どんな物資が不足気味かというのは頭に入ってるからな。

「俺の金を元手に使って良いから、適当に交易品を選んでおいてくれ。一応アドバイスとしては、軍に持ち込むなら安酒は少なめに。中級品を中心に、高級品を一割か二割くらい混ぜとくと良いぞ」

軍人はそれなりに金を持っているからか、悪酔いするけど大量に飲める安酒よりもそれなりの品質の酒を好む傾向にある。上級士官には高級品などもよく売れる筈《はず》だ。持ち込み先が採掘星系のコロニーとかステーションだと質より量のほうが好まれる傾向なんだけどな。

「わ、わかりました」

「メイは先方に依頼を受ける旨の返事をしておいてくれ。大変だと思うが、ミミのサポートも頼むぞ」

「承知致しました」

「うちらは？」

「特にない。ただ、このコロニーを離れることになるから、やり残したことがあるなら済ませておけ。次にいつここに来るかわからんぞ」

「わかりました」

「私は出港の準備をしておくわね」

「そうしてくれ。俺は備品の再チェックとルートの確認をしておく。では、行動開始だ」

俺の号令で各々が動き出す。

さて、これでこのブラド星系ともおさらばだな。いつもの調子でセレナ少佐とどこかで会うかと思ったが、流石にゲートウェイを使って遠方に来ているから遭遇することはなかったな。

なんて油断してたらばったり会ったりするんだよなぁ……別に向こうも意図的に俺を追いかけているわけじゃないんだろうけど、三度も遭遇すると四度目も、なんて考えちゃうよな。今回の行き先が帝国航宙軍の前哨《ぜんしょう》基地ってところがちょっと気になるが、宙賊に対応するセレナ少佐の部隊が結晶生命体に対抗するための前哨基地に居るってことはないだろう。

ないよな？　きっとないはず。うん。

あとがき

『目覚めたら最強装備と宇宙船持ちだったので、一戸建て目指して傭兵《ようへい》として自由に生きたい』の五巻を手に取っていただきありがとうございます！　やったぜ！　リュートです！

ミミとエルマが可愛《かわい》いコミックスも好評発売中！　買ってね！（どストレート）

ではサラッと作者の近況コーナー。

先日愛用の眼鏡《めがね》がぶっ壊れて買い替えました。ド近眼なので眼鏡が無いと生活が……何よりゲームが！　ゲームが、できないのである！

最近は巷《ちまた》で大流行のお馬さんを育成するゲームとか、ヴァイキングでサバイバルするゲームとかやってました。あと有名サンドボックスゾンビゲーをＭＯＤ入れてプレイしたりとか、最近地球勢力がＤＬＣで出たスペースフライトシムに見せかけた組織運営ゲームとか。

Ｓｗｉｔｃｈ？　ＰＳ５？　知らない子ですね。

作者の近況という名の遊んだゲーム発表会はこれくらいにして、小説の話をしていきましょう。

今回は母船購入＆ドワーフ姉妹出会い編です。やったねヒロくん！　お船とクルーが増えるよ！

なので今すぐ爆発四散しないか？　ああいや、できれば君だけね。他の娘《こ》まで巻き込まれたら可哀想《わいそう》だからね。絵に起こされたドワーフ姉妹が可愛すぎて、ヒロに対する作者の嫉妬《しっと》が激しさを増す回でしたね。

書き下ろしエピソードでは姉妹の過去やそれにまつわる様々な新展開がありますよ。あとがきから先に読む人は是非期待してね！

では今回も本編ではあまり詳細に語られない、ちょっとした設定コーナーに行きましょう。

今回は最強宇宙船世界におけるＦＴＬ航法について。

最強宇宙船世界において用いられているＦＴＬ航法は大きく分けて二つ。一つは超光速ドライブで、もう一つがハイパードライブです。

超光速ドライブは重力・質量系のＦＴＬ航法で、特殊な装置により船体の質量を誤魔化《ごまか》して瞬間的に加速し、光速を突破する技術です。後述のハイパードライブに比べると技術的なハードルは低いですが、小惑星やスペースデブリとの衝突によって船体が深刻なダメージを負う可能性を常に孕《はら》んでおり、それを防止するためにシールド技術が開発されました。元々は強力な加速から人体を守るための慣性制御技術から質量制御技術へと発展し、超光速ドライブ技術へと発展してきたものです。

対してハイパードライブは恒星間を繋《つな》ぐ亜空間レーン――ハイパーレーンに入り込み、超光速ドライブよりも遥《はる》かに短い時間で恒星間航行を成し遂げる技術です。超光速ドライブ中にも使える高精度レーダー技術の開発時に初歩的な亜空間レーダーが開発され、その亜空間レーダーによってハイパーレーンの存在が発見されました。その後の研究によってハイパーレーンへと突入して恒星間を移動するハイパードライブが開発されましたが、亜空間技術はまだ発展段階にあり、今も各国で研究が続けられています。

恒星系内の短距離移動には超光速ドライブ、恒星間航行にはハイパードライブといった感じで二つのＦＴＬ技術は使い分けられており、多くの航宙艦がその両方を同時に装備しています。といったところで、ぼかしている部分も多いですが最強宇宙船世界における一般的なＦＴＬ航法はこのような感じです。実は他にも存在しますが、それはまた別の話ということで。

さて、今回はこの辺りで失礼させていただきます。

担当のＫさん、イラストを担当してくださった鍋島《なべしま》テツヒロさん、本巻の発行に関わってくださった皆様、そして何より本巻を手に取ってくださった読者の皆様に厚く御礼申し上げます。

次は六巻で会いましょう！　六巻出ろ！　それでは！

リュート

カドカワBOOKS

目覚《めざ》めたら最強装備《さいきょうそうび》と宇宙船《うちゅうせん》持《も》ちだったので、一戸建《いっこだ》て目指《めざ》して傭兵《ようへい》として自由《じゆう》に生《い》きたい 5

2021年５月10日　初版発行

著者／リュート

発行者／青柳昌行

発行／株式会社KADOKAWA

〒102-8177
東京都千代田区富士見2-13-3
電話／0570-002-301（ナビダイヤル）

編集／カドカワBOOKS編集部

印刷所／大日本印刷

製本所／大日本印刷

ISBN 978-4-04-074083-6 C0093

新文芸宣言

かつて「知」と「美」は特権階級の所有物でした。

15世紀、グーテンベルクが発明した活版印刷技術は、特権階級から「知」と「美」を解放し、ルネサンスや宗教改革を導きました。市民革命や産業革命も、大衆に「知」と「美」が広まらなければ起こりえませんでした。人間は、本を読むことにより、自由と平等を獲得していったのです。

21世紀、インターネット技術により、第二の「知」と「美」の解放が起こりました。一部の選ばれた才能を持つ者だけが文章や絵、映像を発表できる時代は終わり、誰もがネット上で自己表現を出来る時代がやってきました。

UGC（ユーザージェネレイテッドコンテンツ）の波は、今世界を席巻しています。UGCから生まれた小説は、一般大衆からの批評を取り込みながら内容を充実させて行きます。受け手と送り手の情報の交換によって、UGCは量的な評価を獲得し、爆発的にその数を増やしているのです。

こうしたUGCから生まれた小説群を、私たちは「新文芸」と名付けました。

新文芸は、インターネットによる新しい「知」と「美」の形です。

2015年10月10日
井上伸一郎

百花宮のお掃除係
黒辺あゆみ
イラスト　しのとうこ
転生した新米宮女、後宮のお悩み解決します。
シリーズ好評発売中！
カドカワBOOKS
前世の記憶をもったまま中華風の異世界に転生していた雨妹。後宮へ宮仕えする機会を得て、野次馬魂全開で乗り込んでいった彼女は、そこで「呪い憑き」の噂を耳にする。しかし雨妹は、それが呪いではないと気づき……

FLOS COMICにて
コミカライズ連載中！
漫画・shoyu
憧れの後宮はトラブルだらけでした!?
新米宮女、医療チートで大活躍！
風邪の予防にアルコール消毒！
呪い信者の道士と医学論争!?
無害な化粧品づくり！
第4回カクヨムWeb小説コンテスト
キャラクター文芸部門
〈特別賞〉

辺境でのんびり……

出来ずに内政無双中！

はやく休ませて！

うみ ill あんべよしろう
転生し公爵として国を発展させた元日本人のヨシュア。しかし、クーデターを起こされ追放されてしまう。

絶望——ではなく嬉々として悠々自適の隠居生活のため辺境へ向かうも、彼を慕う領民が押し寄せてきて……!?

カドカワBOOKS

The exiled reincarnated duke wanted to take it easy
on the frontier and work the fields.
追放された転生公爵は、
辺境でのんびりと畑を耕したかった
～来るなというのに領民が沢山来るから
内政無双をすることに～
少年エースplusにて
コミカライズ
連載中！
漫画：佐藤夕子
シリーズ好評発売中！

竜と精霊と聖女の力で……
領地がめちゃめちゃ強くなってます!?
B's-LOG COMIC ほかにて
コミカライズ決定!
漫画：黒野ユウ

役立たずと言われたので、わたしの家は独立します！
～伝説の竜を目覚めさせたら、なぜか最強の国になっていました～
遠野九重
ill 阿倍野ちゃこ
カドカワBOOKS
言いがかりで婚約破棄された聖女・フローラ。そんな中、魔物が領地に攻め込んできて大ピンチ。生贄として伝説の竜に助けを求めるが、彼はフローラの守護者になると言い出した！　手始めに魔物の大群を一掃し……!?

1巻即重版の人気シリーズ!!
魔物の魔石を食べて強くなれるのは、この世界でオレだけ!
コミックス好評発売中!!
魔石グルメ
作画：菅原健二
結城涼
ILL. 成瀬ちさと
カドカワBOOKS
転生特典のスキル【毒素分解EX】が地味すぎて、伯爵家でいびられるアイン。しかし母の離婚を機に隣国の王子だと発覚！　しかもスキルのおかげで、魔物の魔石を食べてその能力を吸収できる体質らしく……？